Mon passé dans tes yeux

Sandre Plume

À noter que cette fiction contient des scènes qui ne sont pas destinées à un jeune public.

Mon passé dans tes yeux

Édition originale

Dépôt légal 2020 par Sandre Plume

ISBN : 978-2-9569040-6-9

Couverture : Sandre Plume

Photo : Waves Crashing Against Rocks by Ed Gregory (Stokpic)

Du même auteur

Je te vois (2019)

Tiendras-tu ta promesse (2019)

Résumé

Marquée par un accident survenu alors qu'elle avait dix-sept ans et dont elle ne se souvient pas, Angélique s'est reconstruite loin des siens, espérant ainsi fuir les circonstances qui ont changé son existence à jamais.

Mais lorsque Max fait irruption dans sa vie et emménage dans son immeuble, le fragile équilibre qu'elle avait réussi à établir est sur le point de voler en éclats.

Son attirance pour cet homme est indéniable, mais osera-t-elle prendre le risque de se confronter à nouveau aux souvenirs douloureux qui n'attendent qu'une chose, qu'elle baisse sa garde pour la replonger dans ce cauchemar qu'elle aurait tant voulu oublier.

Chapitre 1

Je suis cernée par l'obscurité.

Malgré la température ambiante que je sais quasi estivale, ma peau se couvre de chair de poule.

Par la vitre, j'aperçois un quartier tranquille aux jolies clôtures alignées, une rue déserte, paisible, à peine traversée de quelques volutes de fumée éparses alors qu'une odeur métallique assaille sans pitié mes narines provoquant un haut-le-cœur que je peine à contenir.

Tout semble calme, comme en suspens.

Pourtant dans ma tête c'est le chaos, la tempête. La panique dévale mes veines à une vitesse vertigineuse quand je réalise que la seule couleur que je parviens à discerner est le rouge, teinte visqueuse et coulante, qui englobe peu à peu chaque détail, chaque objet, teintant le paysage, rampant vers moi inexorablement, se déversant sans fin. En quelques secondes, les gouttes deviennent des flaques, les flaques des flots écarlates comme le sang dans lequel je vais me noyer.

Je le sais, je le sens... Alors que mes poumons peinent à se remplir correctement me faisant suffoquer, haleter et que mon cœur martèle avec frénésie dans ma cage thoracique comme s'il forçait les barreaux de sa prison pour s'en échapper. Je tente de bouger sans y parvenir décuplant la peur qui crépite en moi. Mes membres sont glacés, je voudrais pouvoir bouger le bout de mes doigts pour les porter à mes lèvres afin de contenir le cri d'effroi qui monte inéluctablement dans ma gorge.

Mais je ne peux pas crier.

Je ne peux pas prendre le risque d'ouvrir la bouche.

Pas alors que les flots carmins menacent de m'engloutir à tout jamais...

Trempée de sueur, à bout de souffle, je me redresse d'un bond dans le lit. Un goût de bile tapisse ma bouche alors que je suis secouée d'un haut-le-cœur. La chambre est plongée dans la pénombre, mais le rai de lumière qui traverse mes persiennes me permet de distinguer le bleu des murs, le vert des rideaux et ces couleurs simples apaisent les battements de mon palpitant affolé.

Ma peau se couvre de chair de poule et un frisson me traverse de part en part. Remontant le drap sur mon corps, je me rallonge quelques minutes le temps de recouvrer un semblant de calme, de me débarrasser des derniers lambeaux de ce cauchemar, de ces odeurs qui me poursuivent sans pitié, s'incrustant par tous les pores de mon être.

Je me sens sale, poisseuse, moite. Comme à chaque fois que ce mauvais rêve vient me hanter. J'éprouve le besoin presque maladif et compulsif de me laver, de me purger de ce songe, de toutes les peurs sournoises et implacables qu'il éveille en moi. Alors c'est au gant de crin que je frotte ma peau avec frénésie sous la douche. Usant les couches supérieures dans l'espoir d'en chasser tout ce qui englue mon épiderme.

Les traits tirés par le manque de sommeil, je recoiffe ma tignasse devant le miroir de la salle de bains avec l'espoir vain de réussir à en faire quelque chose de potable. À voir les cernes sous mes yeux, il est difficile de croire que je reviens d'un long week-end reposant à la mer. Pourtant, sur le meuble près de moi, mon téléphone me fait savoir sans l'ombre d'un doute, à quel point mon absence de quelques jours, loin des réseaux semble avoir traumatisé mes copines. Ses vibrations répétées raisonnent dans la pièce depuis deux minutes déjà. Je n'ose pas imaginer le nombre de messages qu'elles ont pu me laisser, cela relève sûrement du harcèlement. Sans même prendre la peine de les consulter, je leur envoie quelques mots.

> Retour à la civilisation !

Un rapide coup d'œil au miroir me confirme que je n'arriverais à rien avec mes cheveux aujourd'hui. En désespoir de cause, j'attrape un élastique et entreprends de les remonter en un chignon lâche. Le déstructuré ça marche toujours ! Cette fois, c'est une musique disco qui emplit l'espace réduit de ma salle de bains.

Marlène. Je m'y attendais.

Prenant une profonde inspiration, je me prépare au savon qui m'attend, comme à chaque fois que j'éprouve le besoin de m'isoler quelques jours, de partir loin de tout pour me ressourcer.

- Quatre jours ! Quatre jours que tu ne réponds pas au téléphone ! Où étais-tu ? Je me suis fait un sang d'encre moi !

- Bonjour Marlène. J'ai vu tes textos... J'ai bien cru que tu avais réussi à saturer ma messagerie, je plaisante pour détendre l'atmosphère.

- Je croyais qu'on avait convenu que tu ne disparaissais plus sans nous prévenir ! Me réprimande-t-elle.

- Je ne suis pas partie sans prévenir. Je vous ai envoyé un message mercredi soir avant d'éteindre mon téléphone, je plaide.

- La belle affaire ! Tu nous as envoyé quatre mots ! Tu appelles ça prévenir ? En plus à peine envoyés, tu coupes ton téléphone sans nous laisser le temps de réagir. Tu ne nous as même pas dit où tu allais et combien de temps tu serais partie ! Imagine qu'il t'arrive quelque chose, comment on le saura ? Est-ce que tu as dit à quelqu'un où tu allais ?

Je ne lui réponds pas que je suis une grande fille responsable car je sais bien que ses reproches sont motivés par le fait qu'elle a dû s'inquiéter pour moi. Il est vrai que mon message était un peu court.

>Je pars quelques jours

Mais à ce moment-là, je ne savais pas encore où j'allais atterrir. Je savais juste qu'il me fallait partir, m'éloigner, me retrouver avec moi-même sans intervention extérieure. Je sais bien que mes amies ne comprennent pas ce besoin, et je dois bien avouer que je n'ai jamais pris la peine de leur confier les raisons qui font que parfois je n'ai plus la force de supporter mon quotidien, les contraintes de ma vie, les cauchemars qui polluent mes nuits.

- Moi aussi je t'aime, Marlène.

J'entends mon amie souffler fort à mon oreille, dans un soupir qui prouve qu'elle s'avoue vaincue.

- Je m'inquiète Angélique.

- Je sais Marlène, mais ce n'est pas la peine. Je vais bien.

- Comment veux-tu que je ne m'inquiète pas avec tout ce qu'on entend aux informations quotidiennement ?

- Arrête de regarder les infos...

- Tout le monde ne vit pas en marge de la société comme toi, Angélique.

Je souris à sa remarque. Elle n'a pas tort. Et heureusement, car sinon, je serais au chômage. Mais pour ma part, j'estime que j'ai déjà bien assez de choses à gérer sans en plus avoir à m'inquiéter de ce qu'il se passe dans le monde. Sans compter que je travaille pour un journal et que je sais donc d'expérience que les journalistes ont tendance à faire tout un monde de faits anodins, juste pour pouvoir livrer du croustillant aux masses.

- Il faut vraiment que tu apprennes à tenir compte des gens qui tiennent à toi.

Sa remarque finit par me faire culpabiliser quelque peu.

- Tu as raison, excuse-moi.

La conversation avec Marlène se finit sur un ton plus apaisé et nous convenons de nous retrouver dès le lendemain pour une soirée entre filles avec celle qui complète notre trio, Caroline.

En sortant de la salle de bains, un regard vers la pendule du séjour me confirme que je ne suis pas en avance. J'ai intérêt à m'activer si je ne veux pas me faire remonter les bretelles par mon patron. Je finis de m'habiller en quatrième vitesse, j'attrape ma veste dans l'entrée, enfile des ballerines pour pouvoir trottiner afin de rattraper le temps perdu et prends mon sac au vol. Deux secondes plus tard, je dévale les escaliers de mon immeuble et déboule sur le trottoir désert alors qu'arrive un message de Caroline.

>Tu m'as manqué. J'espère que tu vas bien.

Loin de la tornade Marlène, Caroline est un esprit calme et posé. Bien que nous ayons à peu près le même âge, elle est maman de deux enfants, ce qui l'aide à relativiser face à une situation inattendue. C'est la grande sœur que je n'ai jamais eue et je sais que si je le voulais je pourrais me confier à elle sans crainte qu'elle ne me juge ou qu'elle me fasse des reproches.

>Oui, je vais bien. Je suis rentrée dans la nuit.

>Marlène s'est inquiétée, et moi aussi.

>Je sais, elle m'a appelée. Tu es dispo pour qu'on se voie demain ? 19h ?

>Je vois avec Kevin pour qu'il garde les enfants, mais ça devrait le faire.

Moins de dix minutes plus tard, je tape du pied dans la file d'attente du French Coffee Shop impatiente d'assouvir mon besoin quotidien de caféine. J'en profite pour consulter mes mails du week-end. C'est fou comme il suffit de se couper des réseaux pendant quatre jours pour être submergée de toutes parts.

Alors que je finis de mettre à la corbeille la myriade de pubs qui encombraient ma boite, le client de devant règle la vendeuse et quitte enfin le comptoir me laissant le champ libre. Rangeant mon téléphone dans ma poche, je m'avance et commande la même chose que chaque matin. Je n'ai même plus besoin de préciser ce que je prends, il me suffit de dire bonjour à la serveuse pour obtenir ce que je veux. Depuis presque trois ans que je vis dans cette ville, venir ici chaque matin, est mon péché mignon, et je ne me vois pas démarrer une journée sans ma boisson chaude préférée. Alors que la vendeuse dépose mon gobelet devant moi, je glisse la monnaie sur le comptoir, m'empare de mon nectar et la remercie prête à tourner les talons.

Je remonte la file d'attente pour rejoindre la sortie quand un mouvement sur ma droite me distrait un instant et qu'une masse se trouvant subitement sur mon chemin me percute. Sous l'impact, mon verre en carton s'échappe de mes doigts et va s'écraser au sol répandant mon cappuccino noisette sous mon regard consterné.

Inconsciemment, je retiens mon souffle, redoutant ce détail insignifiant qui menacera mon équilibre intérieur pour me plonger toute entière dans une vision venue du passé. Comme suspendue dans le vide, je compte dans ma tête les secondes qui me séparent du gouffre qui ne manquera pas de m'engloutir, de me bombarder d'images douloureusement insoutenables, guettant déjà le froid glacial qui s'emparera de moi. Comme à chaque fois.

Pourtant de façon inattendue, une main chaude et ferme s'enroule autour de mon coude, m'encrant indéniablement dans la réalité.

- Je suis désolé, s'excuse une voix d'homme.

Je contemple le désastre sans trop faire attention à ses excuses, dépitée d'un tel gâchis. Je regarde mes chaussures constellées de petits gouttes brunes, pourtant c'est bien ce liquide qui s'étale à mes pieds qui m'attriste et non l'état de mes ballerines. Je me demande parfois si c'est normal de ne pas prêter attention à ce type de détails. J'en viens à me demander si je suis vraiment une femme à part entière puisque que je ne m'attache pas aux biens matériels ou à la mode comme la plupart d'entre elles.

La main posée au creux de mon coude se fait doucement pressante, me ramenant à l'instant présent et à la perte que je viens de subir. Quittant à contre cœur mes chaussures du regard, je remonte les yeux le long d'une silhouette plutôt bien bâtie et m'arrête au niveau d'un buste tout ce qu'il y a de masculin, attirée par les muscles que je devine sous le tissu fin de sa chemise.

- Laisse-moi me faire pardonner, je reviens.

Alors que je n'ai même pas pu découvrir son visage, il s'éloigne vers le comptoir, laissant l'empreinte de ses doigts sur ma peau et le son de sa voix planer autour de moi. Son timbre est doux, posé, tout en étant viril, enveloppant. Pour je ne sais quelle raison, je trouve ce son réconfortant et je ferme un instant les paupières pour en savourer les effets. C'est à ce moment que je réalise qu'il m'a tutoyée. Pas que cela me gêne, mais, il ne me semble pas connaître cet homme. Intriguée, je pivote pour le suivre du regard et contemple ses épaules, son dos carré qui s'affine en descendant vers son arrière-train rebondi. Il porte un jean coupe droite qui lui va à ravir sur des chaussures en cuir noir et une chemise bleu indigo. Ma couleur préférée.

J'observe la serveuse lui tendre deux verres en carton avant de contourner le comptoir pour venir passer un coup de serpillère à mes pieds.

- Je suis navrée, je m'excuse auprès d'elle.

- Oh, ne vous inquiétez pas ça arrive tous les jours ! Me rassure-t-elle avec un sourire bienveillant.

Je recule pour lui laisser plus d'espace. L'inconnu nous rejoint et me tend un des deux gobelets.

- Tiens, ne te brûle pas.

Cette fois, je prends le temps de le détailler. Il est sacrément bel homme, cheveux courts bruns, mâchoire carrée, un sourire ravageur plaqué sur des lèvres charnues, et visiblement, il attend une réaction de ma part.

- Je... Merci... Vous n'étiez pas obligé, je balbutie en prenant le contenant fumant qu'il me tend.

- C'est la moindre des choses. Je te devais bien ça après un tel gâchis.

Son ton est bienveillant, et le fait qu'il s'adresse à moi comme si on se connaissait me trouble. Voulant cacher ma gêne, je reprends mon chemin vers la sortie, alors qu'il m'emboîte le pas, allant jusqu'à me tenir la porte pour me laisser passer. Je ne suis pas très douée pour engager la conversation avec les inconnus. Ni les connus d'ailleurs, si je dois être honnête avec moi-même. Les relations sociales ça n'a jamais été mon fort. Alors une fois sur le trottoir, je ne sais plus quoi faire, ni quoi dire pour mettre un terme à cet échange.

Je le contemple un instant, en tenant mon gobelet à deux mains. Je ne pense pas l'avoir déjà croisé dans le quartier. Je m'en souviendrais. C'est le type d'homme, à l'allure virile qui fait tourner les têtes sur son passage. Décontracté, sûr de lui, il dégage un sentiment de force tranquille qui attire automatiquement le commun des mortels, comme si tout était facile avec lui.

Nullement incommodé par mon inspection, il m'observe patiemment en retour, sa boisson à la main, avec un léger sourire aux lèvres, comme s'il attendait gentiment que j'aie fini. Cela ne fait qu’aggraver mon malaise et l'envie subite de prendre la tangente se fait sentir.

- Je... Je dois y aller. Merci pour le café.

- De rien. Ce fut un plaisir, passe une bonne journée.

Il porte son café à ses lèvres sans me quitter de ses yeux clairs tandis que je tourne les talons et presse le pas afin de mettre rapidement le plus de distance possible entre nous. Pas que je sois pressée d'arriver au boulot pour me faire remonter les bretelles pour la deuxième fois aujourd'hui, vu mon retard... Mais plutôt parce que je trouve ce type certes, très craquant, mais aussi un peu déstabilisant.

Une fois que j'ai tourné au coin de la rue, échappant à son regard, je ralentis le pas pour enfin savourer cette boisson bien méritée. Ce n'est pas mon cappuccino préféré, paix à son âme, mais à ce stade même un simple café sera le bienvenu. Quand à la première gorgée la douce saveur de la noisette envahit délicieusement mes papilles m'apportant le réconfort du matin auquel je pensais devoir renoncer, je marque un temps d'arrêt.

Cet inconnu m'a commandé ma boisson préférée sans que j'aie eu besoin de lui dire quoi que ce soit. Je ne sais pas si je dois me sentir reconnaissante ou carrément flippée.

Chapitre 2

C'est en courant sous un fin crachin que je rejoins le Delirium Café le lendemain soir, pour mon rendez-vous avec Marlène et Caroline. Nous sommes mardi et malgré l'*happy hour*, la salle est plutôt vide à cette heure-ci. Les enceintes déversent un fond de musique ensoleillée qui contraste avec la météo extérieure. Nous aimons bien ce café un peu typique de la vieille ville avec son grand escalier en bois sombre et son plafond à caissons. À la base, c'est Marlène, adepte de la bière qui nous a fait connaître l'endroit. Il faut avouer qu'ils ont un choix important, nous l'avons donc adopté.

Frottant mes chaussures sur le tapis de l'entrée, je m'ébroue pour chasser les gouttes qui collent à mon manteau. Comme le précise le panneau à l'entrée, ici, il faut commander au bar, si bien que je m'arrête prendre une Chimay à la pression avant de m'aventurer plus avant. Quand j'emprunte l'escalier qui mène à l'étage où nous prenons habituellement nos quartiers, je vois Marlène qui fait déjà des grands gestes pour attirer mon attention. Comme si je pouvais rater la grande brune avec sa robe rouge flamboyante au milieu de la salle quasi déserte.

Je vais à sa rencontre et j'ai à peine posé mon verre qu'elle m'accueille à bras ouverts. Elle me serre contre elle dans une étreinte câline, avant de se rasseoir sur un des tabourets qui entourent le tonneau qui fait office de table.

- Il pleut encore ? Tu es toute trempée !

- On peut le dire ! Il y a longtemps que tu es là ?

Devant elle, un verre contenant une bière aux teintes rouges, certainement une Kriek connaissant Marlène, est déjà à moitié bu. Elle doit attendre depuis un moment.

- J'ai fini tôt, mais j'avais la flemme de repasser chez moi alors je suis venue directement, dit-elle en haussant les épaules.

Marlène est photographe dans le quotidien où je travaille. Elle couvre les événements d'actualité et du coup n'a pas à proprement parler d'horaires fixes. Elle se plie aux exigences liées à son métier courant à droite ou à gauche en fonction des demandes du rédacteur en chef, ce qui au final fait qu'on se voit plus en dehors du travail que pendant les heures de bureau.

Mon amie pose les coudes sur le tonneau et m'observe tandis que je pose mon manteau humide sur le siège vide près de moi.

- Quoi ?

- On a le droit de savoir où tu étais, ou c'est un secret ?

Je me doutais qu'elle me poserait la question, mais j'avoue que je m'attendais à ce qu'elle attende que Caroline soit là pour se lancer. Visiblement c'était trop dur d'attendre.

- Au calme, je la provoque avec un petit sourire en coin avant de préciser : En bord de mer.

- À cette époque de l'année ?

- C'est sympa la mer en hiver. Les plages désertes, les vagues qui se fracassent sur la dune...

La moue de Marlène m'indique sans l'ombre d'un doute qu'elle ne partage pas mon avis.

- Tu parles des bourrasques qui emmêlent les cheveux, des embruns qui poissent et des tempêtes de sable. Super ! Tu n'as pas trouvé mieux ? Même ici il fait un temps pourri, ce n'était pas la peine de partir.

Pour ma part, autant le crachin qui s'éternise je n'apprécie pas trop au quotidien, autant en bord de mer, j'apprécie lorsque les éléments se déchaînent nous rappelant qu'à tout instant la nature peut reprendre ses droits sans qu'on ne puisse rien y faire. D'une certaine façon, je trouve ça apaisant. Inutile de lutter, c'est mère nature qui aura le dernier mot, il suffit de se laisser porter.

Le bruit de la porte du bar s'ouvrant dans une bourrasque nous signale l'arrivée d'un nouveau client. Alors que je tends l'oreille, la voix de Caroline qui passe sa commande au bar parvient jusqu'à moi. Ma sauveuse arrive moulée dans un jean et un grand pull confortable, ses longs cheveux blonds relevées en une queue de cheval haute.

- Désolée les filles, Kevin a eu un imprévu, il est rentré plus tard que prévu, s'excuse-t-elle en nous prenant dans ses bras à tour de rôle sitôt arrivée en haut des marches. Alors qu'est-ce que j'ai raté ?

- Angélique trouvait qu'il ne pleuvait pas assez ici, elle est partie à la mer, bougonne Marlène.

- Tu ne devais pas être trop gênée par les touristes à cette saison.

Je confirme par un hochement de tête en prenant une gorgée de ma boisson. Caroline voit toujours le bon côté des choses. C'est une éternelle optimiste.

- Ça t'a fait du bien ? Tu as quand même la mine fatiguée.

- Je suis rentrée tard dans la nuit de dimanche.

- On aurait pu venir te chercher si tu voulais. Tu es rentrée en train ?

- Euh... Non... J'ai fait du covoiturage.

Marlène qui sirotait sa mousse en nous écoutant manque de s'étrangler en avalant.

- Quoi ! Tu veux dire que non seulement, personne ne sait où tu vas, mais en plus tu confies ta vie à de parfaits étrangers ? C'est de mieux en mieux !

Caroline ne dit rien pourtant elle me fixe avec un froncement de sourcils que j'ai appris à déchiffrer avec le temps. Elle n'approuve pas non plus.

- Je ne connais pas non plus le chauffeur de train... Je tente de plaisanter maladroitement, réalisant à peine les mots lâchés que ma remarque n'arrange pas les choses.

- Au moins tu n'es pas seule dans le train ! Peste Marlène.

Caroline lance une œillade à Marlène dont la signification m'échappe, mais qui a l'avantage de tempérer quelque peu sa réaction, alors j'en profite :

- Écoutez, je suis là, je suis rentrée et je vais bien. Va-t-on vraiment en parler toute la soirée ?

Caroline pose sa main sur mon bras dans un geste maternel et m'adresse un petit sourire peiné.

- On s'inquiète pour toi, Angélique. Mais tu as raison, on ne va pas passer la soirée là-dessus.

Sitôt dit, elle m'adresse un clin d'œil complice, puis se tourne vers Marlène pour se concentrer sur elle.

- Et toi alors, tu n'as rien à nous raconter ? Ton rencard de samedi ? C'était comment ?

Soulagée, je la remercie intérieurement de ce changement de sujet. Je n'ai jamais apprécié d'être le centre de l'attention, ce n'est pas aujourd'hui que ça va changer.

- Pas mal en fait. On est allés manger dans ce resto italien près de la cathédrale, répond rapidement Marlène en finissant de vider son verre.

- Pas mal ! C'est tout ce que tu as à dire ? La taquine Caroline. D'habitude on a droit au résumé minute par minute de tes rendez-vous, et là tu dis juste *pas mal*. Ça cache quelque chose. Comment il s'appelle ? Comment est-il ? Qu'est-ce qu'il fait dans la vie ?

- Abel. Il est enseignant au collège.

Caroline m'adresse un sourire complice, puis poursuit son interrogatoire :

- Et alors ? Il est mignon ? Il est drôle ? Intelligent ? Je ne vais pas te tirer les vers du nez quand-même ? On dirait mon fils quand je lui demande comment s'est passée sa journée à l'école, dit-elle en rigolant de sa comparaison.

Moi, je jubile en voyant Marlène attraper son verre comme pour se donner une contenance et se lever d'un mouvement brusque. Visiblement, elle non plus n'apprécie pas d'être le centre de l'attention aujourd'hui.

- Je vais me rechercher un verre.

Nous la regardons s'éloigner vers l'escalier sans rien dire, puis Caroline se tourne de nouveau vers moi :

- Tu vois Angélique, quand Marlène gagne du temps comme ça c'est qu'en fait ce n'était pas juste *pas mal*, dit-elle en me prenant à partie. Je pense que c'était carrément top.

Marlène reprend sa place avec sa nouvelle bière. Voyant que nous l'observons toujours dans l'attente d'une suite, elle finit par lâcher un soupir résigné.

- OK, il est super mignon, drôle, et intéressant. Mais je ne veux pas trop en dire, déjà parce que j'aimerais le revoir et que je ne veux pas me porter la poisse, et puis parce que... si je commence à en parler et que finalement ça tombe à l'eau, je vais être encore plus dégoûtée que ça n'ait pas marché.

- Et bien voilà, il suffisait de le dire, lance Caroline en levant son verre. À ton prochain rendez-vous et à tous les suivants !

Soulagée d'avoir réussi à lui faire lâcher prise, Marlène lève son verre pour trinquer avec enthousiasme. C'est souvent comme ça dans notre trio, on se chamaille un peu, parfois on se mène la vie dure, mais c'est toujours avec de bonnes intentions, et si l'intérêt que l'on se porte est un peu intrusif c'est parce qu'on tient les unes aux autres et qu'on se fait du souci.

Marlène est célibataire depuis deux ans déjà, mais contrairement à moi qui le vis très bien, elle enchaîne les rendez-vous pour rencontrer quelqu'un. J'en déduis que la solitude commence à lui peser.

- Et bien au moins vos week-ends sont plus trépidants que les miens, se plaint Caroline en reposant son verre. Moi je dois me contenter de vivre par procuration tellement les miens sont d'un ennui mortel. Malo nous a déclaré une varicelle vendredi soir, autant vous dire que j'ai passé mon temps entre antalgiques et éosine !

Marlène et moi éclatons de rire face à sa mine dépitée. À l'écouter on pourrait croire qu'elle regrette d'avoir eu ses deux magnifiques marmots, pourtant nous savons que c'est faux. C'est une maman dévouée et attentive. De plus, Malo et Emma sont vraiment adorables.

- Ne te plains pas, nous c'est la maternité que nous vivons par procuration ! C'est grâce à toi que nous pouvons assouvir notre besoin de pouponner. D'ailleurs, si tu veux te reposer, je peux te garder ta progéniture vendredi.

Caroline lui adresse un sourire reconnaissant tout en la remerciant.

- C'est gentil de ta part. Cela fait un moment qu'on voudrait se faire une sortie en tête à tête avec Kevin. Je te les déposerai vers dix-huit heures, ça te va ?

- Pas de soucis. Apporte leur un change, je déplierai le canapé comme ça vous n'aurez pas à surveiller l'heure.

Comme prise de remords, Caroline demande néanmoins :

- Tu es sûre ? Tu ne vois pas le bel Abel ?

- Très drôle ! Grimace Marlène. Non, je pense qu'on se verra plutôt samedi. Enfin, j'attends encore qu'il me confirme qu'il est dispo.

- On n'est que mardi, ne t'inquiète pas. Je suis sûre qu'il va te rappeler. Qu'en penses-tu Angélique ?

Leurs regards sont braqués sur moi me plaçant dans une situation inconfortable. Caroline semble vouloir que je confirme ses dires, alors que Marlène a l'air d'appréhender ma réponse. En fait, je m'y connais tellement peu en relations homme femme que je suis surprise qu'elles me demandent mon avis. Je n'ai jamais eu de vraie liaison. En général, je me contente de coups d'un soir ou d'opportunités beaucoup plus simples à gérer pour moi. Du moment que le gars se montre explicite sur ses besoins et ses envies de sorte que je n'ai pas besoin de décortiquer l'instant, alors ça me convient. Toutefois, la supplique que je vois dans le regard de Marlène me pousse à aller dans le sens de Caroline.

- Je suis d'accord avec elle.

Aussitôt, la discussion reprend entre mes deux amies et je sais que je suis tranquille pour quelques minutes avant qu'elles ne me sollicitent à nouveau. En règle générale, je ne participe pas beaucoup aux conversations, même si j'adore leur compagnie et leur joie de vivre. Elles savent que je suis quelqu'un de réservé et que je préfère rester en marge. Alors elles m'englobent dans leurs échanges mais sans trop m'en demander, un regard, un avis. Juste ce qu'il faut pour que je ne me sente pas à l'écart.

Alors que je finis mon verre, je remarque que celui de Caroline l'est aussi. D'un signe de tête, je lui propose de lui en prendre un autre et me dirige vers le comptoir.

Alors que j'attends que le patron remplisse nos verres, j'observe mes amies depuis le comptoir. Notre table est près de la balustrade, si bien que j'ai une vue dégagée sur elles. Caroline rigole à une remarque de Marlène qui mime quelque chose avec de grands gestes. Leur bonne humeur me fait sourire à mon tour.

Je regarde ces deux femmes épanouies et fortes, je me demande une fois encore par quel miracle elles ont décrété un jour que j'étais leur amie. Comment des filles aussi ouvertes et équilibrées qu'elles, aussi pleines de joie de vivre ont pu souhaiter que je fasse partie de leur groupe. Moi, un oisillon blessé, marqué par le passé. Qu'ont-elles vu en moi pour qu'elles aient éprouvé le besoin de m'accueillir comme une des leurs ?

Chapitre 3

Je suis réveillée par des bruits qui n'ont rien à faire dans mon rêve. Il me faut un moment pour comprendre qu'en fait tout ce ramdam n'est pas issu de mes pensées chimériques, mais provient de chez mes voisins. Un bruit de perceuse vient chasser mes derniers doutes, impossible que ça corresponde à mon rêve, je n'ai jamais souhaité être bricoleuse !

Quand les coups de marteau prennent le relais, j'abandonne la partie et décide de me lever. Cela fait deux semaines maintenant que des travaux ont lieu dans l'immeuble. Depuis mon retour d'escapade à la mer, en fait. Et même si je comprends qu'on ne fait pas de travaux sans bruit, j'avoue que j'apprécie difficilement le fait que le chantier démarre à sept heures. J'ai bien pensé à me plaindre, mais je ne me sens pas d'aller voir les ouvriers pour qu'ils me rient au nez. Et puis, c'est mon patron qui est content, car je n'ai plus d'excuse pour être en retard.

Quoi qu'il en soit, aujourd'hui, je suis de repos et j'aurais bien aimé pouvoir dormir un peu plus tard.

Je traîne des pieds jusqu'à la salle de bains, ôte le débardeur et le shorty qui me servent de pyjama pour prendre une douche qui, je l'espère, saura me réveiller. L'eau est si chaude qu'elle me brûle presque la peau, et je savoure sa morsure un long moment avant d'attraper le savon. J'entreprends de me rincer quand soudain l'eau se tarit rapidement, le robinet ne déversant plus qu'un mince filet. Dans un geste désespéré, je secoue la poire de douche afin d'en extraire les dernières goûtes, mais elle ne veut rien savoir.

Dépitée, je lâche une bordée de jurons le regard rivé au plafond. Décidément cette journée ne s'annonce pas bien ! Résignée, j'attrape ma serviette et entreprends de me sécher malgré les traînées de mousse qui jonchent encore mon épiderme. Heureusement, je n'ai pas lavé mes cheveux, parce que vu la tignasse que je me coltine cela aurait été un carnage !

Je m'habille en mode décontracté, jean et pull de saison, et attrape une veste pour me rendre au French Coffee Shop en quête de mon breuvage matinal. Arrivée à la porte d'entrée, mon regard se pose sur le tas de courrier que j'ai pris hier dans ma boite aux lettres et auquel je n'ai pas encore accordé la moindre attention. Sur le dessus un gentil mot adressé aux habitants de l'immeuble nous informe aimablement qu'en raison des travaux se déroulant dans l'appartement 1b, l'eau sera coupée à compter de sept heures trente ce jour.

L'envie irrépressible de me mettre des baffes s'empare de moi le temps d'une fraction de seconde, puis je me souviens que c'est une mauvaise idée. Les claques ça fait mal. Il n'empêche que je ne peux m'en prendre qu'à moi-même et ça me met en rogne.

Je suis contrariée et sans faire attention, je claque lourdement ma porte en sortant, produisant un bruit de tous les diables qui raisonne dans la cage d'escalier. Moi qui d'habitude essaye de passer inaperçue, c'est gagné !

Rentrant la tête dans les épaules, je descends les marches à pas de loup. Au moment où je passe devant le fameux appartement 1b, la porte s'ouvre sur un ouvrier qui m'adresse un salut poli avant de dévaler les marches laissant la porte grande ouverte derrière lui. Il n'en faut pas plus pour éveiller ma curiosité et m'avançant prudemment, je tente de jeter un rapide coup d'œil au logement en chantier. Le sol est recouvert de bâches et du matériel de plomberie encombre l'entrée. Un peu plus loin, j'aperçois deux peintres qui recouvrent les murs du séjour d'un blanc si éclatant qu'il en est presque éblouissant. Je tente un pas supplémentaire pour en discerner plus, quand des bruits dans l'escalier m'indiquent que l'ouvrier que j'ai vu descendre est de retour.

Sans attendre, je dévale à mon tour les marches, croisant le travailleur chargé de tuyaux en cuivre à mi-palier. Il ne manquerait plus qu'il me surprenne en train de faire ma curieuse, ce serait le pompon !

C'est avec plaisir que je constate que la file d'attente au café est réduite à sa plus simple expression. Une personne au comptoir et c'est mon tour. Une aubaine !

Je n'ai pas revu l'inconnu de l'autre jour et j'avoue que je garde un souvenir mitigé de notre rencontre. Sa familiarité à mon encontre m'a laissée perplexe, si bien que je me suis surprise à guetter sa présence à plusieurs reprises au cours des derniers jours.

Peut-être m'a-t-il confondu avec quelqu'un d'autre ? Après tout, je n'ai rien de spécial. J'ai plutôt tendance à passer inaperçue. En général, les gens se souviennent assez peu de moi, ce qui n'est pas pour déplaire à la phobique des projecteurs que je suis.

Armée de mon gobelet en carton, je savoure du bout des lèvres mon cappuccino tout en rentrant chez moi. Je dois déjeuner avec Marlène ce midi, une tradition que nous honorons au moins un midi par semaine : aller manger dans la cafétéria où travaille Caroline. Entre deux clients, elle vient discuter avec nous, et au moins nous mettons un peu de gaieté dans son service. Mais en attendant, j'ai décidé de faire un peu de rangement chez moi. Je suis à une centaine de mètres de mon immeuble quand un coureur arrive à ma hauteur et ralentit sa course pour se caler sur mon pas. Je baisse le nez plus avant dans mon verre comme si je pouvais m'y dissimuler, quand une voix masculine m'interpelle :

- Cette fois, je suis armé si tu décides de partir en courant.

Sans que je sache clairement l'identifier, cette voix m'est pourtant familière. Relevant le visage, je jette un œil à ma droite pour vérifier si c'est bien à moi que l'on s'adresse et constate qu'il s'agit du fameux inconnu. Sa tenue est loin d'être chic comme la dernière fois : Débardeur mettant agréablement en valeur des pectoraux sculptés et short. Pourtant, je le reconnais au premier regard malgré sa casquette qui me cache une partie de son visage.

- Pardon ? Je balbutie alors que ses mots atteignent mon cerveau. Armé ?

- L'arme fatale ! Insiste-t-il en désignant ses pieds. Mes baskets. Si tu décides de partir en courant, je pourrai te courir après.

Pour ponctuer sa phrase, il arbore un sourire renversant qui me déstabilise une fraction de seconde. Pourtant, je reste perplexe face à sa remarque. Je comprends qu'il s'agit d'une tentative d'humour et qu'il fait référence à ma fuite de la dernière fois. Toutefois, je ne comprends toujours pas qu'il se montre aussi familier avec moi. À moins qu'il ne se trompe réellement de personne et ne me prenne pour quelqu'un d'autre.

- Je devrais fuir ?

Je ne parviens pas à cerner ses intentions. Est-ce un jeu pour lui, tente-t-il de m'intimider ? Ce type a beau être absolument sublime, je ne suis pas ignorante au point d'ignorer qu'un joli physique peut cacher un psychopathe. En même temps, si c'était le cas, il ne me l'avouerait certainement pas.

- À toi de me le dire, me répond-t-il en me contemplant tête inclinée sur le côté. Je n'ai pas l'impression d'être si effrayant que cela.

Malgré-moi, je fronce les sourcils, pleine de suspicion. Ses paroles ne sont ni rassurantes, ni inquiétantes. Autant dire qu'elles ne m'avancent pas.

Face à ma mine renfrognée, l'inconnu éclate d'un rire grave qui me chatouille sensuellement les tympans. Mains sur les hanches, il semble amusé par ma réaction.

- Étant donné qu'aujourd'hui tu n'as pas l'intention de fuir, on pourrait peut-être finir le chemin ensemble, me propose-t-il d'un signe du bras.

Il esquisse un pas lent en avant, me laissant le temps de me décider, puis tourne vers moi une mine interrogative. Je suis un peu perdue face à son attitude, néanmoins, j'esquisse un premier pas puis un autre, le suivant un peu en retrait.

L'inconnu se calque sur mon rythme et marche à bonne distance de moi, bras dans le dos. Je ne sais pas où il va, mais pour ma part, il ne me reste que quelques mètres à faire. Sa présence me rend nerveuse, les battements de mon cœur se faisant plus soutenus qu'à l'accoutumée.

J'en profite pour l'observer à la dérobée. Dans sa tenue de sport, il arbore un corps aux muscles fins mais bien marqués. J'en déduis qu'il doit faire régulièrement de l'exercice pour se maintenir en forme. D'ailleurs ses chaussures sont loin d'être neuves, elles sont assouplies par le temps et les usages répétés.

- Ton cappuccino va être froid.

Je détourne prestement le regard, pour reporter mes yeux vers ma boisson, qui effectivement a bien refroidi. Sans prendre la peine de répondre, je la finis d'un trait, avant de jeter le gobelet dans la poubelle se trouvant devant mon immeuble. Maintenant que je suis arrivée, je ne compte pas m'attarder plus que nécessaire. Je me tourne donc vers l'inconnu pour lui dire au revoir quand j'avise qu'il a ouvert la porte donnant sur le hall de mon bâtiment et me tient la porte poliment.

- Euh... Là c'est flippant.

- La galanterie t'effraye ? S'amuse-t-il à mes dépends.

- La galanterie non, mais le reste oui.

Cette fois, je le fais franchement rire, ce qui déclenche une volée de papillons dans mon ventre qui chassent en un battement d'ailes une bonne partie de ma peur. Il faut dire que le spectacle est plutôt saisissant alors que son visage rayonne de gaieté le rendant encore plus beau que lorsqu'il est sérieux.

Reprenant son calme, il lâche la porte et fait un pas vers moi en me tendant la main.

- Bonjour, je suis Max, ton nouveau voisin.

Je contemple sa main tendue sans réagir. Je n'ai pas vu de camion de déménagement indiquant l'arrivée de nouveaux voisins dernièrement. À cet instant, la porte du hall s'ouvre sur le plombier que j'avais aperçu plus tôt. Malgré ses bras chargés de matériel, il salue mon soi-disant nouveau voisin d'un signe de tête et lui dit :

- Vous tombez bien ! Je vous attendais pour savoir où placer la douche.

- Je vous rejoins dans une minute, lui répond sans me quitter des yeux l'homme que je supposais être un psychopathe il y a encore une minute.

Sa main est toujours tendue vers moi dans l'attente d'un geste de ma part. Pourtant, contrairement à ce à quoi je m'attendais, il ne laisse transparaître aucun agacement face à mon inertie. Je comprends alors qu'il est prêt à me laisser tout le temps qu'il faudra, tant que je lui rends son geste. C'est cette patience qui finalement me sort de mon mutisme et m'incite à lui répondre :

- Bienvenue dans l'immeuble Max, je souffle en prenant sa main.

Son contact est à la fois chaud et ferme. Ses doigts enveloppent les miens dans une caresse douce et réconfortante qui me trouble. Jamais auparavant une poignée de main ne m'avait semblé aussi apaisante. C'est comme si par ce simple geste, ce bel inconnu aspirait toutes mes angoisses, toutes mes peurs pour les faire siennes, ne me laissant qu'une douce quiétude.

Quand à contre cœur, je me résous à relâcher sa main, consciente d'avoir fait traîner plus que la normale ce contact, pour je ne sais quelle raison, son regard s'est fait pétillant et son sourire espiègle, ce qui me plonge dans un profond désarroi. Un sentiment qui m'est familier bien plus qu'aucun autre, car il est la conséquence de mon inadaptation sociale. Il se manifeste chaque fois que je me sens en décalage vis-à-vis des autres ou qu'une situation m'échappe. Et croyez-moi, ce n'est pas rare !

Embarrassée que cet homme qui semble si sûr de lui, ne se rende compte à quel point je suis inadaptée et sans intérêt, j'ébauche un geste vers l'immeuble, m'apprêtant à le contourner. Cette fois, je suis bien décidée à me dérober. Mais une fois devant la porte, je réalise que mon attitude manque quelque peu de politesse.

- Bonne journée, je lui lance du bout des lèvres avant de disparaître en courant dans l'escalier.

Ce n'est qu'une fois dans mon appartement, adossée à la porte que je viens de refermer dans un mouvement brusque, le cœur battant la chamade que je réalise que si à présent je connais son nom. Lui, ne connaît toujours pas le mien.

Chapitre 4

J'arrive à la cafétéria "Une Faim de loup" avec dix bonnes minutes de retard, si bien que Marlène est déjà attablée. Le nez dans son portable, elle ne remarque pas de suite mon entrée dans les lieux. Alors que je me dirige vers elle, j'ai tout loisir de l'admirer. Avec ses cheveux coupés à la garçonne qui n'entravent nullement la féminité débordante qu'elle affiche sans gêne, elle arbore des tenues qui mettent son physique avantageux en valeur. Marlène est une très belle femme et elle le revendique.

- Je commençais à croire que tu ne viendrais pas ! Me tance-t-elle en m'embrassant.

- Désolée. Je me suis laissée surprendre par l'heure.

Au fond de la salle, je vois Caroline qui me fait un petit signe auquel je réponds de la main tandis qu'elle prend la commande d'une tablée de huit costards-cravate. Je m'installe face à Marlène et suis surprise de la trouver concentrée sur son portable, comme à mon arrivée. Cela me surprend d'autant plus que cela n'est pas dans ses habitudes.

- Le bel Abel ?

- Tu ne vas pas t'y mettre toi aussi ? Me demande-t-elle en reposant son portable à contre cœur.

Je hausse les épaules plus très certaine de vouloir entamer cette conversation. Pourtant Marlène est mon amie et si elle a rencontré quelqu'un et que c'est sérieux, je ne veux pas qu'elle pense que ça m'est égal.

- Tu n'es pas obligée de me répondre.

- Non, excuse-moi, soupire-t-elle. En fait, je crois que j'ai besoin d'en parler.

Elle triture la serviette en papier qui entoure ses couverts quelques secondes, avant de reprendre sans me regarder :

- On s'est revu ce week-end.

Cette fois, elle arbore un sourire qui lui donne un air d'adolescente enamourée qui m'encourage à poursuivre.

- Alors, ça matche toujours ?

- On peut dire ça. En fait, c'est assez flippant. Ça fait des années que je ne m'étais pas sentie aussi bien, aussi à l'aise avec un homme. Tu vois, quand tu te laisses porter par les événements parce que ça te semble tout bonnement naturel. Comme si votre relation allait de soi.

En fait non, je n'ai jamais réussi à être suffisamment détendue avec un homme pour ressentir cela. Mes relations avec le sexe opposé ont toujours été laborieuses et difficiles, loin du naturel qu'elle me décrit. Mais je n'ose pas lui avouer cela alors, je me contente de hocher la tête pour l'encourager à continuer comme si je voyais tout à fait de quoi elle parle.

- Et bien ça se passe comme ça avec Abel, avoue-t-elle tandis que son regard se perd un peu dans le vague. Parfois, j'ai peur de me réveiller pour me rendre compte que tout cela n'est qu'une chimère et que je me suis fourvoyée du tout au tout.

Son portable posé sur la table, vibre discrètement et les joues de Marlène rosissent à vue d'œil m'indiquant sans doute possible qu'il s'agit de l'homme qui semble occuper toutes ses pensées. Je me demande ce que cela me ferait de recevoir des messages tendres d'un homme, de sentir qu'il s'intéresse à moi, ressentir l'attente entre deux rendez-vous, l'envie de le revoir aussi. Aurais-je aussi les joues empourprées ? Sentirais-je mon cœur s'emballer ? Ou suis-je tout bonnement incapable de ressentir tout cela ?

Ce matin, alors que je marchais non loin de Max sur le trottoir, j'ai bien senti que mon cœur battait plus lourdement que d'habitude, me donnant une conscience plus aiguë de la présence de cet organe cardiaque d'ordinaire plus discret, mais également de cet homme étrange. Divinement beau et perturbant.

Caroline pose bruyamment nos assiettes sur la surface dure de la table, stoppant mes pensées.

- Ça va les filles ?

- Plutôt bien, je lui réponds en lui rendant son sourire.

Mais nous avons à peine le temps d'échanger quelques mots, qu'elle est déjà hélée par une table de retraités un peu plus loin.

Marlène et moi commandons toujours la même salade : Chèvre pour l'une et César pour l'autre. Aussi, notre amie serveuse n'a-t-elle pas besoin de prendre nos commandes, ce qui nous permet d'être servies plus vite. Affamée, j'attaque sans attendre mon plat alors que Marlène m'observe en silence.

À la troisième bouchée, je sens que quelque chose ne va pas.

- Qu'est-ce qu'il y a ?

- À toi de me le dire, tu as l'air fatiguée et tu arrives en retard, ce n'est pas ton genre.

Avec n'importe qui d'autre, j'aurais esquivé la question pour ne pas avoir à parler de moi, mais s'agissant d'elle, je fais un effort. Un petit.

- Il y a des travaux dans mon immeuble. Disons que les ouvriers sont matinaux, et pas moi, je plaisante. Du coup, quitte à me lever tôt, je me suis lancée dans un grand ménage et je n'ai pas vu l'heure passer.

Ce n'est qu'une partie de la vérité, mais au moins ce n'est pas un mensonge. Et je sais que Marlène se contentera de cette réponse.

- Et toi ? Comment ça va le boulot ? Je ne t'ai pas vue ces derniers jours.

Marlène est une passionnée qui adore son travail, alors je sais d'expérience que si elle mord à l'hameçon, elle cessera de me poser des questions auxquelles je ne souhaite pas répondre. Quand elle aborde un reportage qu'elle a fait la veille, c'est rassurée, que je reprends mon repas en l'écoutant :

- Tu aurais dû voir ça, dit-elle entre deux bouchées. Un vrai carnage ! Le chauffard est littéralement monté sur le trottoir et a emporté sur son passage tout l'étalage du fleuriste, répandant sur le bitume des brassées de fleurs et de pétales multicolores. Il devait y en avoir pour une fortune, j'espère qu'il avait une bonne assurance, s'amuse-t-elle. Ceci dit, du coup les photos sont magnifiques. Je crois que je n'avais jamais fait des photos d'un événement aussi dramatique qu'un accident de la route qui soient aussi colorées. On aurait dit qu'on avait volontairement jeté des tonnes de fleurs pour embellir ce drame sordide.

Un moment, elle reste la fourchette suspendue dans le vide tout comme ses pupilles, laissant le silence s'allonger entre nous avant de reprendre la parole sur un ton un peu triste.

- Il y a quand même trois blessés dont un enfant. J'espère que le chauffard ne s'en tirera pas comme ça...

C'est en bonne partie en raison de fait divers comme celui-là que je ne regarde pas les actualités. On n'y découvre que le côté le plus sombre de la race humaine, et pour ma part, je trouve que la vie est assez dure comme cela sans en plus avoir besoin de la saupoudrer d'incivilités, de crimes ou de drames en tout genre.

- T'as pas un truc un peu gai à raconter ? Je crois que j'ai un peu plombé l'ambiance, s'excuse Marlène en haussant une épaule.

Je prends le temps de m'interroger sur mon quotidien et sur ce que je pourrais lui dire pour relancer la conversation, mais alors que les mots jaillissent dans mon esprit :

J'ai un nouveau voisin craquant dans mon immeuble.

Je me demande si c'est réellement une information assez intéressante pour qu'on en parle. Après tout, je ne sais rien de lui à part, de quoi il a l'air et qu'il refait son appartement. Est-ce vraiment cela qu'elle attend de moi ? N'est-ce pas sans intérêt, un peu trivial même ? J'aurais peut-être dû commencer par lui parler de notre rencontre choc dans le café, mais à ce moment-là, j'étais trop intriguée par ce type étrange pour envisager d'en parler à quelqu'un. D'autant qu'il semblait plutôt tout droit sorti d'un de mes fantasmes, sûr de lui, séduisant, viril et charmeur, avec ce sourire communicatif et sa chemise de ma couleur préférée... Après y avoir repensé toute la journée, j'en étais venue à me demander si je ne l'avais pas rêvé tellement il était beau. C'est rare qu'un gars comme ça engage la conversation avec moi. Remarquez, c'est certainement pour cela qu'il m'est rentré dedans. Je suis transparente la plupart du temps.

Le silence s'éternise alors que je me perds en tergiversations et spéculations, si bien que Caroline revient vers nous avant que j'ai pu me décider si je devais aborder le sujet Max ou pas. L'instant est passé et avec lui l'occasion de parler de moi. Comme souvent...

- Alors les filles ? Vous prendrez un dessert aujourd'hui ? Nous interroge-t-elle son bloc à la main.

Sa tenue de travail est simple, pantalon noir et chemisier blanc, mais il lui donne un petit côté classe que l'on ne lui voit pas dans la vie privée, et ça lui va bien. Habituellement, elle bien plus décontractée.

- Parce qu'il est déjà arrivé qu'on n'en prenne pas ? Rétorque Marlène.

- Je me disais aussi... Profiteroles et tarte aux pommes, comme d'habitude ?

- Ça dépend... Ce n'est pas de la tarte meringuée au citron que je vois là-bas ?

Se tortillant sur sa banquette, Marlène se démonte le cou afin d'apercevoir le comptoir depuis sa place. Malheureusement, des clients faisant la queue pour régler en caisse lui gâchent la vue.

- Décidément on ne peut rien te cacher ! J'ai compris, tarte au citron. Une ou deux, demande-t-elle en se tournant vers moi.

- Deux, s'il te plaît. Au fait comment s'est passée ta sortie avec Kevin ? Je lui demande tout en repoussant mon assiette à présent vide.

- Petit resto en tête à tête, musique de fond, balade en amoureux avant de rentrer. Je dois dire que ça nous a fait du bien de se retrouver tous les deux, même si la moitié de la soirée on a parlé boulot ou gamins.

- Ça a dû vous faire du bien, intervient Marlène.

- Oui, c'est vrai. Un bien fou ! Surtout après être rentrés ! confirme-t-elle en m'adressant un clin d'œil canaille.

Nous rions toutes les trois à son sous-entendu scabreux.

- À ton service, chérie. Je joue les nounous quand tu veux, lance Marlène avec un grand sourire. Je suis la bonne fée des couples en manque d'intimité.

- Continue comme ça et on va finir par t'appeler la *Fée Lation*.

Mes deux amies se tournent vers moi interdites avant d'éclater d'un rire sonore qui nous vaut le regard ahuri de la moitié du restaurant. Caroline peine à reprendre son souffle, se tenant les côtes d'une main quand elle illustre ma blague à haute voix :

- Allô, la *Fée Lation* ? C'est pour une envie pressante... Je suis sûre que Kevin va apprécier ! Ce soir, je remplis les autorisations pour que tu puisses récupérer mes enfants à l'école pendant que je m'occupe de mon mari !

- Oui, enfin, n'oublie pas qu'il ne faut jamais abuser des bonnes choses... Tempère Marlène.

- Je vais essayer de m'en souvenir !

Caroline arbore un sourire éclatant avant de tourner les talons emportant nos commandes sucrées en cuisine. Décidément, je trouve mes amies particulièrement radieuses aujourd'hui et je me doute que ces messieurs y sont pour beaucoup. Je ne suis pas quelqu'un de jaloux ou d'envieux, alors, je suis sincèrement heureuse pour elles, j'espère que Marlène va trouver le prince charmant qu'elle recherche, et que Caroline saura trouver un juste équilibre entre son rôle de mère et sa vie de couple.

Malgré tout, dans un coin de mon esprit, je ne peux m'empêcher de me demander si un jour, moi aussi j'aurais la chance de vivre cela. Vais-je finir par rencontrer un homme qui me plaise et qui saura me comprendre ? M'aimer ? Saurais-je décrypter les signes de son intérêt pour moi ? Lire l'amour qu'il me porte dans son regard ?

Ou passerais-je tout bonnement à côté sans me rendre compte de sa présence ? Sans le remarquer ?

Chapitre 5

Max

Avant...

La voiture de Yann se gare le long du trottoir, déversant son rap bruyant dans mon quartier un peu trop rangé et tranquille.

J'aime voir mes potes bousculer un peu la perfection qui entoure la maison familiale. Je ne suis rentré que depuis hier soir, mais déjà le calme de notre petite ville bien sous tous rapports m'étouffe.

- Hey ! Tu vas rester planté là encore longtemps, mec ?

Le torse entièrement sorti par la vitre passager, Benjamin agite le bras pour attirer mon attention tout en tapant de l'autre sur la portière, tandis que Yann donne des coups d'accélérateur rageurs qui font déjà tiquer la voisine occupée à tailler ses hortensias.

Ces deux-là ne changeront jamais ! Et c'est tant mieux.

Je quitte le muret sur lequel je m'étais installé pour les attendre et les rejoints sans me presser.

- Vous en avez mis du temps les mecs ! Je lance par pure provocation.

- On s'est dit qu'il valait mieux faire le plein avant de passer te chercher. Ça a été plus long que prévu, il y a une nouvelle caissière à la station-service.

Au coup d'œil entendu qu'échangent mes potes alors que je monte à l'arrière de la voiture, je devine que ce n'est pas l'inexpérience de la fille qui les a retenus, mais plutôt son physique.

Benjamin se retourne vers moi et secoue ses sourcils curieux :

- Alors ? Elles sont comment les minettes à la grande ville ?

- Je dois dire qu'elles ne sont pas farouches ! En plus, y'a le choix, contrairement à ici !

Je cale en arrière mes bras sur le dossier de la banquette et adopte une attitude que je veux désinvolte.

- Putain, mec ! Tu aurais pu penser à tes potes et en ramener une ou deux, se plaint Ben.

- Mais oui bien sûr ! Je vois d'ici la tête de ma mère si je lui ramène un petit cul à la maison ! C'est sûr, elle appréciera le geste !

Le rire moqueur de Yann accompagne le mien, tandis qu'il quitte son stationnement.

- Et sinon, c'est comment la fac ? Me demande-t-il pour changer de conversation.

Contrairement à Ben qui est plutôt du genre expansif et beau parleur, Yann est un type réservé qui économise ses mots et sa salive.

- Ça va. Les profs ne sont pas trop chiants, alors c'est cool. Et vous ? Quoi de neuf dans le secteur ? À part la caissière de la station-service ?

- Pas grand-chose, répond Ben en haussant les épaules. Je me coltine presque les mêmes profs que l'année dernière, c'est un peu rageant. Faire un BTS dans son ancien lycée ça donne parfois l'impression de redoubler. Mais bon, dans le coin, il n'y a pas trente-six solutions.

- Tu aurais pu demander une autre affectation.

- Et me coltiner trois quarts d'heure de transport tous les matins pour aller en cours ! Non, merci. Je suis très bien là où je suis.

C'est tout Ben, ça. Il passe son temps à se plaindre, mais finalement se contente parfaitement de ce qu'il a. Je secoue la tête face à ce constat en me tournant vers Yann.

- Et toi, ça roule au garage ?

Yann travaille avec son père dans le garage automobile familial depuis qu'il a décroché son bac pro. C'était son rêve dès tout gosse, cela fait d'ailleurs un moment qu'il a commencé à lui donner un coup de main pendant les congés scolaires.

- Ça roule.

Tournant la tête vers la fenêtre entrouverte, je laisse l'air frais de ce début d'automne me fouetter le visage alors que nous parcourons les rues de mon enfance. Cela fait déjà un mois et demi que je suis parti pour suivre des cours à l'université et vivre en cité U. J'ai l'impression de redécouvrir ma ville natale. En apparence rien n'a changé, pourtant, le regard que je porte sur ces lieux, sur cette ville modeste et ses habitants a changé. J'ai l'impression que l'espace a rétréci en mon absence, un peu comme ces maisons de vacances où l'on revient tous les ans et qui soudain ne correspondent plus au souvenir que l'on en avait parce qu'on a grandi entre temps. Sauf que là, ma croissance est finie depuis un moment. Depuis mes dix-sept ans, pour être précis. À présent, je suis majeur, vacciné et pressé de faire la fête avec mes potes.

- Vous m'emmenez où ?

- Au Zinc, bien sûr ! S'esclaffe Ben. On s'est dit qu'il fallait que tu renoues avec les bases.

Le Zinc, c'est un peu notre repère depuis la fin du collège. Un boui-boui en apparence, mais avec un baby-foot Bonzini, il n'y avait pas mieux dans le coin. En plus, le patron n'était pas regardant, ne rechignant pas à nous servir des bières légères alors que nous n'avions pas l'âge.

- Salut tout le monde ! Clame Ben alors que nous franchissons les portes du Zinc.

La salle est sombre et un peu crasseuse, mais rien n'a changé, toujours les mêmes habitués qui occupent les mêmes tables, comme si le temps s'était figé ici plus qu'ailleurs.

- Salut les jeunes, nous accueille Pierrot, le patron. Hé, mais le fils prodigue est de retour ! Comment c'est la grande ville, gamin ?

- Pollué, bruyant. Mais on peut y faire la fête tous les soirs ! Si tu voyais la carte des bières dans le moindre troquet, tu serais vert de jalousie !

- Ouais, faut toujours qu'ils en fassent des tonnes là-bas. Qu'est-ce que je vous sers les jeunes ? Trois pressions ?

- Comme d'hab, Pierrot !

Instinctivement, nous rejoignons notre table favorite au fond à droite, tout près du baby que du coup nous revendiquons pour la soirée. De toute façon, ce n'est pas les vieux piliers du coin qui vont nous piquer la place.

Dans une harmonie, rodée par les années de pratique, nous enchaînons les parties et les bières à grand renfort de boutades et de blagues bruyantes. Rapidement, j'ai l'impression de n'être jamais parti, je retrouve mes repères, mes potes, notre routine.

Quand la voiture de Yann se gare de nouveau le long du trottoir, la nuit est déjà tombée. C'est bientôt l'heure du dîner, la rue est calme, juste un peu malmenée par nos rires et nos voix un peu fortes. Pendant tout le trajet de retour, Benjamin nous a divertis avec les anecdotes du lycée et nous rigolons de bon cœur à ses imitations de la prof de maths ou du proviseur en pleine crise d'autoritarisme.

- Putain les mecs, c'était bon de vous retrouver, j'avoue avant de descendre de voiture un peu titubant.

Je me penche à la fenêtre de Ben, pour leur jeter un dernier regard.

- Merci pour la virée, c'était top.

- Demain, on se fait un bowling ? Propose Ben en croisant les bras sur le montant de sa porte. Le dimanche soir, ils font demi-tarif pour les filles, il devrait y avoir de la donzelle en folie, lance-t-il avec un haussement de sourcils subjectif.

Yann secoue la tête sans faire de commentaire, comme à son habitude. J'en déduis qu'il est partant.

- OK, pour moi. À demain ! Dis-je en tapotant le toit.

Alors que la voiture s'éloigne, je reste quelques instants à repenser aux dernières heures passées avec Yann et Ben. C'est vrai qu'ils m'ont manqué ces deux-là, et j'ai bien l'intention de profiter des prochains jours pour rattraper le temps perdu.

Alors que la voiture de Yann tourne au coin de la rue, je glisse les mains dans mes poches et rejoins la maison de mes parents. Les lampes allumées dans la salle à manger et la cuisine, indiquent qu'ils sont sur le point de passer à table.

Je monte les trois marches qui mènent au perron lorsque la porte d'entrée s'ouvre, déversant une lumière douce de l'entrée à mes pieds. Je relève le visage pour découvrir ma sœur Clarisse tenant la porte à une fille que je ne connais pas.

- Merci pour ton aide, dit-elle en me tournant le dos pour faire face à Clarisse.

J'observe son dos, ses cheveux châtains aux nuances dorées qui cascadent sur ses épaules, sa silhouette fine sans être maigre. Et malgré moi, je poursuis en détaillant sa taille fine, son cul rebondi moulé dans un jean noir près du corps pour finir par ses jambes élancées.

- Pas de quoi, t'inquiète, moi aussi j'ai eu du mal avec cet exercice, lui répond ma sœur.

Sa remarque me ramène à la réalité quand je comprends qu'il s'agit d'une de ses copines de cours. Ce qui signifie qu'elles doivent avoir le même âge.

OK, trop jeune pour moi. Je ne fais pas dans les minettes encore au lycée. Dommage.

Un dernier coup d'œil à son cul, me confirme que c'est vraiment dommage. Mais je n'ai pas le temps de la détailler plus avant, car sans même m'accorder un regard, la fille passe devant moi en faisant un signe d'au revoir à ma sœur et dévale les marches pour disparaître de mon champ de vision.

- T'arrives pile à l'heure, me lance Clarisse. On passe à table.

Puis, me plantant là, elle rentre dans la maison laissant la porte grande ouverte.

- Maman ! Maxime est rentré ! Je l'entends crier.

Et bien visiblement, je ne suis pas si invisible que ça ! À part pour cette inconnue...

Chapitre 6

- Angélique ! Tu as fini avec l'article sur l'usine ?

Mon patron sort en trombe de son bureau me tirant brusquement de mes pensées. Il faut dire que depuis quelques jours, je peine à me concentrer sur mes tâches que ce soit en raison de mon manque de sommeil ou à cause d'un certain Max. Il se campe devant mon bureau, les manches de sa chemise remontées sur ses bras. C'est un quinquagénaire un peu bedonnant, qui me fait un peu penser au stéréotype du bon père de famille. Les poings sur les hanches, il attend ma réponse à sa question, alors que moi je balaye le capharnaüm qu'est devenue ma surface de travail à la recherche de l'article en question.

- Je... J'ai presque fini.

- Je te laisse jusqu'à onze heures, pas une minute de plus, tranche-t-il en tournant les talons.

Alors que la porte de son bureau se referme sur son dos, je m'appuie contre le dossier de ma chaise soulagée de ce répit, tout en lorgnant la pendule près de l'ascenseur. Vingt minutes. Ce n'est pas beaucoup. J'ai intérêt à retrouver le papier fissa.

Je brasse fébrilement les piles de documents les unes après les autres pour retrouver cet article que je devais taper ce matin, je tourne et retourne chaque papier avec frénésie quand mon geste un peu brusque vient percuter un tas situé à ma droite avec trop d'élan. Impuissante, je regarde les feuilles virevolter au ralenti pour venir s'échouer sur le sol.

Un bruit sourd assaille instantanément mes oreilles, comme un bourdonnement dans ma tête, alors qu'un rideau de confettis argentés venus du passé se déverse autour de moi, tourbillonnant sans fin dans une cascade de rires et de cris qui loin d'être joyeux à mes oreilles, me glacent de l'intérieur. Mon cœur se met à galoper comme un cheval fou lancé en plein galop. Mes mains lâchent les feuilles qu'elles tenaient ajoutant au chaos virevoltant qui m'entoure. Une odeur lourde de cigarette et de sueur me fait froncer le nez, m'écœure. Je sens la peur s'insinuer en moi lentement, agripper mes chevilles et remonter le long de mes jambes, toujours plus haut, me paralysant de la tête aux pieds. Mes doigts son glacés lorsque je les porte à mes lèvres pour contenir ma peur. Je me force à reprendre pied dans la réalité, à m'arracher à cette vision annonciatrice d'une catastrophe que je ne veux pas revivre.

Que je ne veux pas admettre.

Que je refuse d'accepter.

Le bruit de l'ascenseur me ramène dans mon bureau où les feuilles blanches étalées devant moi semblent se moquer de mon regard hagard et de mon souffle court. Prenant sur moi, je tente de reprendre contenance chassant d'une grande inspiration d'air frais l'odeur nauséabonde qui s'attarde dans mes narines. Sortant de l'ascenseur, un coursier se dirige vers moi d'un pas décidé, alors que je me baisse pour ramasser les dossiers épars.

- Bonjour.

- Bonjour, je lui réponds d'une voix tremblante en me redressant.

Poussée par la force de l'habitude, je signe mécaniquement sa feuille et récupère le pli qu'il me tend avant de repartir de là où il est venu. Dès que les portes se referment sur lui, je me laisse retomber sur ma chaise à bout de force. Ces incursions dans le passé, que j'ai pourtant passé des années à provoquer, sont devenues une vraie torture que je redoute à présent de toutes les fibres de mon corps. Chaque fois que cela se produit, je dois déployer des trésors de self-control pour reprendre le fil de mon quotidien, et cette fois ne fait pas exception à la règle.

Baissant les yeux, je discerne le coin d'une feuille griffonnée à la va-vite. D'une main fébrile, je tire dessus pour découvrir l'article sur l'usine attendu par mon patron. Je sors mon ordinateur de sa veille tout en jetant un nouveau regard vers la pendule au-dessus de la porte de l'ascenseur. Plus que quinze minutes. Calant la feuille dans la pince prévue à cet effet, je m'attelle à la tâche et tape aussi vite que possible la prose du journaliste.

Douze minutes plus tard, j'envoie le document par mail à mon patron, qui me répond sans tarder : *Ponctuelle comme d'habitude. Merci Angélique.*

C'est un type un peu vieille école, mais il a toujours été réglo avec moi, alors je ne m'offusque pas de ses petites sautes d'humeur.

Quand j'étais gamine, je rêvais de faire une grande carrière de journaliste, je voulais écrire, aller sur le terrain, faire des reportages sur des sujets humanitaires, dénoncer, découvrir, relater étaient des buts pour moi. Mais j'ai dû vite revoir mes aspirations à la baisse quand il est devenu évident que je n'étais pas assez stable pour faire du terrain. Trop influençable par les bruits, les odeurs ou les images qui déclenchent des images de cauchemar à l'improviste, me déstabilisent et m'effrayent.

Aujourd'hui, je suis bien contente de ne pas côtoyer la noirceur du monde au quotidien. Je peine assez comme cela à tenter de contenir les ombres que recèle ma mémoire. À museler les souvenirs qui menacent de jaillir à tout instant. J'ai trop peur de ce que je risquerais de découvrir si je les laissais faire.

****

Quand j'éteins mon ordinateur de bureau à dix-huit heures, je n'ai pas revu mon patron de la journée. À travers la porte qui nous sépare, j'entends sa voix qui monte en volume. Il doit être au téléphone, comme souvent. À croire qu'il gère toute la rédaction grâce à son téléphone. Les bureaux sont presque déserts, alors que d'habitude, ils grouillent à cette heure-ci, signe que les journalistes sont dans les rues à couvrir quelque événement important.

J'attrape mon sac, mon manteau et quitte les locaux pour rentrer chez moi. La journée a été chargée, je dois avouer que je suis claquée. Je fais le trajet jusqu'à chez moi hypnotisée par les gouttes de pluie qui semblent laver la ville de ses tracas, de sa pollution. C'est un torrent qui nous tombe sur la tête si bien que les caniveaux se remplissent d'une eau grise que les voitures s'empressent de faire jaillir sur les passants.

Je descends du bus, capuche sur la tête et cours jusqu'à mon immeuble pour me mettre à l'abri, ce qui ne sert pourtant pas à grand-chose puisque je suis trempée quand je franchis la porte de mon appartement. Sans même allumer la lumière, je rejoins la salle de bains où je mets directement mon linge mouillé dans la machine avant de prendre une douche chaude pour me réchauffer.

Alors que j'attends que l'eau tiédisse, je prie pour que les ouvriers ne soient pas de nouveau intervenus sur les canalisations. Heureusement les volutes de fumée qui s'échappent du pommeau me rassurent. D'ailleurs, cela fait bien deux jours que je ne les ai ni entendus, ni croisés sur le palier. Alors que je me glisse sous le jet, je me demande si les travaux sont à présent finis.

Si c'est le cas, mon nouveau voisin va-t-il emménager ? Vais-je le croiser régulièrement ? En ai-je seulement envie ?

Tandis que cette question germe dans mon esprit, je réalise que oui, j'en ai envie. En dehors de l'attirance physique que j'éprouve pour lui, cet homme m'intrigue. J'aime son petit côté familier, réconfortant. Son sourire entendu comme s'il savait des choses que je ne sais pas. Son assurance, mais surtout la patience dont il semble vouloir faire preuve avec moi.

Je finis de me rincer en laissant l'eau chaude dévaler longuement dans mon cou, dénouant mes muscles tendus par ma journée. Puis, je me contraints à couper l'eau pour aller me sécher et enfiler une tenue décontractée.

Il fait à présent sombre dehors, lorsque je rejoins mon salon vêtue d'un jogging et d'un débardeur. Je me saisis de mon sac resté près du canapé pour en sortir mon portable. Je n'ai pas eu de nouvelles des filles depuis hier, et je m'apprête à leur envoyer un petit message quand deux coups rapides raisonnent contre ma porte. Délaissant mon portable sur la table basse, je me dirige vers l'entrée pour aller ouvrir et me retrouve nez à nez avec mon fameux voisin.

- Bonsoir.

Il est toujours aussi beau dans un jean décontracté et une chemise grise dont les premiers boutons sont ouverts sur son torse. Les cheveux légèrement en bataille, un regard d'un bleu profond dans lequel je voudrais me perdre, il m'observe d'un air surpris.

- Bonsoir, je lui réponds.

- Tu as un problème d'électricité ? S'enquiert-il.

- Euh... Non, pourquoi ?

- Ton appartement est plongé dans le noir.

Je pivote légèrement pour constater qu'effectivement, je n'ai pas encore allumé la lumière depuis que je suis rentrée. D'un geste leste, je donne une pichenette à l'interrupteur se trouvant près de moi.

- Je ne vois pas de quoi tu parles.

Il penche la tête et la secoue doucement. Je me demande s'il comprend mon humour ou si je vais encore passer pour une fille bizarre à ses yeux. Mais quand il relève la tête et que je rencontre ses yeux hypnotiques, il a plutôt l'air amusé, du moins c'est ce qu'il me semble, alors je lui adresse un modeste sourire.

- Je me demandais si Mademoiselle-je-vis-dans-le-noir, pourrait me prêter la clé de service qui mène aux caves. J'ai commencé à défaire mes cartons et je voudrais les stocker à la cave le temps de finir.

Ainsi donc il vient d'emménager. Je ne sais pas pourquoi mais cette nouvelle accentue malgré moi le sourire qui dansait timidement sur mes lèvres. Il va donc bien vivre là, et je vais le croiser souvent, j'espère ! Je m'imagine déjà faire le trajet jusqu'au café tous les matins en charmante compagnie, prendre plaisir à le découvrir souvent sur le pas de ma porte quémandant un service. Et pourquoi pas, faire plus ample connaissance.

Face à moi, Max fronce légèrement les sourcils en penchant la tête. Il m'observe d'une drôle de façon, et son regard a quelque chose de familier qui me perturbe, mettant fin à mes divagations. C'est alors que je me rends compte que je n'ai pas répondu.

- La clé de service. Oui, bien sûr.

Je me dirige vers le petit meuble qui trône dans mon entrée et en ouvre les tiroirs à la recherche de cette fameuse clé dont je ne me suis pas servie depuis un bout de temps. Dans mon dos, Max croise les bras en s'appuyant au chambranle comme s'il s'installait pour une longue attente. En réalité, il n'est pas loin de la vérité. Je fouille et farfouille dans tous les sens sans succès, quand tout à coup un ruban vert accroche mon regard.

Me tournant vers lui, je brandis la clé comme un trophée sous son sourire placide.

- Cela te dérange si je ne te la rends que demain ? Je voudrais en faire un double. Me demande-t-il en s'emparant de la clé que je m'empresse de lâcher, redoutant son contact.

Je me sens déjà fébrile en raison de sa présence sur le pas de ma porte, inutile d'en rajouter en le touchant, même furtivement.

- Non, pas du tout. Je n'en ai pas besoin.

Des petits plis se forment sur mon front lorsqu'il m'interroge :

- Comment tu descends tes poubelles dans ce cas ?

Mince ! Il est perspicace, et curieux avec ça. Mais pour une raison étrange, cela ne me dérange pas de répondre à ses questions. Ça m'amuse même.

- Euh... Je les glisse dans le container quand il est sur le trottoir, je finis par avouer.

Un doux tressautement de ses épaules m'indique qu'il rit de ma technique de fainéante. Mais à cet instant, je n'ai pas honte de cet aveu qui me permet de savourer son rire, même discret.

- Dois-je en déduire que tu connais les jours de collecte ?

- Pas vraiment...

- Explique-moi.

Sa voix chaude et son ton ferme me donnent envie de répondre à toutes ses questions aussi triviales soient-elles, si cela peut faire durer cet instant encore un peu plus longtemps. Car aussi étrange que cela puisse me paraître, je me sens de plus en plus à l'aise avec ce gars, qui me semble de moins en moins bizarre.

- En fait, je les descends quand j'entends le bruit des camions poubelle dans la rue.

- Mais alors les poubelles sont déjà vidées quand tu mets ton sac !

- Il faut bien les remplir à nouveau pour la prochaine collecte, je me justifie en haussant les épaules.

- Bien vu ! Confirme-t-il en hochant la tête comme s'il approuvait ma méthode. Pour ma part, je suis un peu plus classique dans mon organisation, alors je compte bien demander les jours de collecte en mairie. Tu voudras que je te les donne ?

- Oui, pourquoi pas, ça me sera utile si je finis par découvrir le sens du mot *organisation*.

- Marché conclu ! Dit-il en lâchant un éclat de rire sonore. À demain, je te ramènerai ta clé.

J'attends que ses pas s'éloignent dans l'escalier pour refermer ma porte et m'y adosser. Je ne sais pas qui est ce type et si on se connaît vraiment, mais j'aime sa façon d'entrer dans mon jeu et de plaisanter avec moi comme s'il comprenait mon humour décalé. Alors, non, je ne mémoriserai pas les jours de collecte, mais toutes les excuses sont bonnes pour qu'il vienne de nouveau toquer à ma porte. Même si c'est pour être juste mon voisin sympathique et totalement craquant.

Chapitre 7

Le lendemain, je ne cesse de surveiller les heures qui s'égrènent à une vitesse d'escargot sur la pendule face à mon bureau. À mesure que la petite aiguille enchaîne les tours de cadran, ma nervosité monte lentement mais sûrement, car chaque heure passée me rapproche un peu plus de ma possible entrevue avec Max.

Finalement, je n'ai pas appelé les filles hier, toute retournée que j'étais de ma rencontre avec mon voisin sexy. J'ai donc passé ma soirée devant un feuilleton, dont je n'ai pas vraiment suivi l'intrigue, me repassant en boucle notre conversation pourtant si affligeante de banalité.

Dire qu'il suffit qu'un bel homme me parle poubelle pour que je bave toute la soirée. Pathétique !

Ce qui accapare mes pensées, et me perturbe même, c'est cette facilité avec laquelle nous avons eu cet échange. Habituellement, je suis plutôt réservée, je ne me confie pas et surtout, surtout, je n'aime pas parler de moi. Alors, il est vrai que nous n'avons pas abordé de sujet personnel, mais j'ai néanmoins l'impression de m'être livrée comme jamais auparavant, et sans même m'en rendre compte, comme si cela m'était facile. Comme si parler avec Max avait quelque chose de naturel pour moi. Arriver à ce constat est plus que surprenant et me déstabilise quelque peu. Comment se fait-il que ce type sorti de nulle part, me mette aussi à l'aise alors que j'ai toujours un mal fou à m'exprimer devant des inconnus ? Et pourquoi ai-je toujours la sensation qu'il m'est familier, alors que je ne le connais que depuis quelques jours ?

À chacun de ses passages près de mon bureau, mon patron me lance des regards noirs, preuve qu'il n'est pas dupe de mon manque de concentration malgré mes efforts pour être efficace. Vers seize heures, alors que je vois avec soulagement arriver la fin de mon calvaire et savoure déjà la perspective d'une soirée tranquille, je reçois un message de Caroline qui remet tout en question.

>Recherche nounou de toute urgence. Rdv médical pour Malo à 18h30 et Kevin ne sera pas rentré à temps pour garder Emma. Sois ma sauveuse !

De nous trois, je ne suis pas la plus douée pour les enfants, c'est d'ailleurs pour cela que la plupart du temps c'est Marlène qui s'y colle. Fille unique, je n'ai pas eu de frères et sœurs pour me faire la main. Néanmoins, il m'est déjà arrivé de garder Emma et Malo à plusieurs reprises, et je ne m'en suis pas sortie si mal que cela.

>Marlène n'est pas dispo ?

>Rendez-vous avec Abel ce soir...

Je comprends mieux pourquoi elle fait appel à moi... Au moins, le tandem Marlène-Abel a l'air de tenir la route.

>Je serai là vers 18h10, ça te va ?

>Merci, tu me sauves !

C'est donc en courant que je me rends comme promis chez Caroline dès ma fin de journée pour y garder la petite Emma. Âgée de seize mois, cette petite frimousse est une coquine qui mène son petit monde par le bout du nez. Aussi blonde que sa mère, on lui donnerait pourtant le Bon Dieu sans confession.

J'arrive alors que Caroline aide Malo à enfiler son manteau dans leur petite entrée, prête à partir.

- Je te remercie, Angélique. J'avais peur d'être obligée d'emmener Emma avec moi.

- Pas de soucis, je vais prendre le relais. Bonjour Malo.

Il est ballotté en tous sens par les gestes rapides de sa mère, mais il parvient néanmoins à m'adresser un geste de la main et un sourire radieux. Je pose ma veste sur la patère de l'entrée et mon sac au sol avant de me tourner vers elle.

- Des consignes ?

Tout en enfilant ses chaussures, et sa veste elle énonce rapidement :

- Son repas est prêt dans le frigo. Tu as juste à le réchauffer. Il y a aussi des lasagnes, n'hésite pas à manger si tu as faim. J'espère que je ne serais pas trop longue, mais au cas où, Emma doit être au lit au plus tard à vingt heures.

Portant la main à mon front dans un salut militaire, je lui fais face droite comme un i.

- Compris chef !

Caroline marque un temps d'arrêt et sa posture se détend d'un seul coup alors qu'elle soupire.

- Je suis désolée Angélique, excuse-moi, je suis un peu sous pression là.

- Je vois ça, ne t'inquiète pas, je gère. Va à ton rendez-vous, je la rassure en lui frottant le bras.

Toutefois, j'ai beau me montrer rassurante, dès que la porte se referme sur Malo et sa mère, je sens l'appréhension monter en moi. Je prends une grande inspiration et franchis le seuil du séjour pour y découvrir une Emma toute occupée à empiler des cubes en une tour bringuebalante et instable qu'elle s'évertue ensuite à faire tomber en tapant dans ses petites mains toute fière d'elle.

Je reste un instant sur le seuil à m'imprégner de sa candeur infantile, à me demander si la vie a un jour été aussi simple pour tout le monde ou si cette petite fille bénéficie d'un traitement de faveur spécial rare en ce monde. Elle tourne le visage vers moi, et incroyablement, celui-ci s'illumine un peu plus.

- Angique ! Crie-t-elle en venant à ma rencontre.

- Bonjour ma belle ! Je la salue en la hissant dans mes bras.

Son odeur de bébé m'enveloppe de toute part et je savoure ce doux fumet apaisant.

- Alors, explique-moi. À quoi tu joues ?

La fillette tend son doigt potelé vers les cubes éparpillés sur le tapis au sol.

- M'ma fait tomber la tour ! Badaboum ! Encore !

Alors que je la repose parterre, elle attrape ma main pour m'entraîner vers le tapis. Malheureusement pour elle, son pyjama grenouillère glisse sur le parquet annihilant tous ses efforts destinés à me tracter, ce qui m'arrache un sourire attendri.

Cédant à sa prise, je la suis et m'agenouille près d'elle pour l'aider à reconstruire sa tour une fois de plus. Sans surprise, dès que le dernier cube rejoint le haut de la pile, elle donne un coup sec dans la construction qui chancelle et se fracasse sous ses cris ravis et ses applaudissements. Sa joie est communicative alors je ris à mon tour de bon cœur. Dès qu'elle reprend son souffle la construction s'élève de nouveau pour mieux se rompre ensuite. Qui a dit que les enfants se lassaient vite ? Sûrement pas moi !

Au bout d'un moment, je vois Emma se frotter les yeux entre deux rires et je comprends sans qu'on me le dise qu'il est temps de passer au repas.

La laissant à son jeu, je rejoins la cuisine pour sortir le repas du frigo. Un bol en plastique avec un couvercle en caoutchouc renferme une onctueuse purée orange qui me met l'eau à la bouche. Je la réchauffe un moment avant d'y ajouter une pincée du gruyère rappé que sa mère a pris soin de placer dans un ramequin au frigo. Sur la table, tout ce qu'il faut est déjà prêt cuillère en plastique un gobelet avec un peu d'eau, une compote et son bavoir.

- Emma, ma belle à table, je l'interpelle tout en la rejoignant.

La demoiselle est à genou face à ses cubes éparpillés et se frotte frénétiquement les yeux de son petit poing fermé. Quand je m'approche pour la porter, elle s'agrippe à moi, lovant sa tête dans mon cou et prend son pouce. Une fois installée sur sa chaise haute, elle est tellement fatiguée qu'elle se laisse nourrir docilement. À peine son dessert fini, je la prépare pour la nuit et l'emmène au lit sans tarder, persuadée qu'elle va tomber comme une masse. Mais à peine son petit corps entre-t-il au contact du matelas, qu'elle empoigne mon t-shirt pour me retenir.

- Histoire Angique !

- Tu es sûre que tu n'es pas trop fatiguée, j'ai pourtant bien l'impression que le marchand de sable est passé, moi.

Sa petite tête se secoue résolument alors qu'elle s'obstine à me retenir dans ses doigts. Son opiniâtreté a raison de moi, comme souvent et c'est en détachant doucement ses doigts que je cède.

- Une petite alors.

J'attrape un des livres qui traînent sur la commode et entreprends de lui narrer une histoire qu'elle a dû entendre des centaines de fois déjà, vu la souplesse des pages qui semblent malgré son jeune âge usées par les manipulations. Appuyée sur la rambarde de son lit, je passe machinalement les phalanges dans ses cheveux tout en parcourant les pages du recueil. Comme prévu ses petits yeux se ferment avant même que j'aie atteins le milieu du récit, alors je me tais, la contemplant un moment en silence sans cesser mes caresses.

Je me demande ce que l'on ressent lorsqu'on est maman. Est-on fière d'avoir pu donner la vie ? Réalise-t-on à quel point c'est merveilleux de pouvoir créer de toute pièce un petit être vivant ? Se voit-on au travers de ses enfants, se reconnaît-on dans leurs mimiques, leurs gestuelles ? Est-on émerveillé chaque jour de constater leurs progrès et leurs découvertes ? Sans doute que oui. Même moi, qui ne suis pas sûre d'avoir la fibre maternelle, je suis admirative face au miracle de la vie, face aux facultés de résilience des enfants et leur soif de vie. Je leur envie d'une certaine façon la naïveté et l'innocence dont ils semblent déborder, alors que moi j'en suis dépourvue. Mon innocence on me l'a volée ce fameux jour que j'aurais voulu ne jamais vivre, remplacée par des cicatrices et des séquelles qui resteront encrées en moi pour toujours. Mon innocence et plusieurs années qui auraient dû être les plus belles de ma vie, m'invitant doucement à franchir le pas vers l'âge adulte.

Mais ne m'a-t-on volé que cela ? Les médecins affirment que oui. Je n'ose y croire. Aurais-je la chance un jour de tenir un petit être tel que celui-ci dans mes bras, un être qui soit de ma chair et de mon sang ?

Commence par te trouver un homme, dit une petite voix pleine de sarcasme dans mon esprit rompant par la même la mélancolie qui accompagne mes pensées. Oui, effectivement, ce serait un bon début.

Je dépose un baiser sur le front d'Emma, éteins la petite lampe et referme la porte de la chambre sur moi. Je rejoins le séjour sans bruit et m'installe dans le canapé en attendant que Caroline ne revienne. Assise là, dans la pénombre, je regarde l'appartement de Caroline, le sol jonché de jeux, les dessins de Malo créant un patchwork sur le mur près de l'entrée. Les baskets de Kevin abandonnées près du buffet. Tous ces petits détails qui peuvent relever du fouillis mais qui pour moi révèlent qu'ici vit une vraie famille. Je me demande à quoi peut bien ressembler l'appartement de Max.

Est-il bordélique ou soigneux ? A-t-il choisi des meubles contemporains ou plutôt classiques ? Laisse-t-il traîner ses vêtements un peu partout ou bien est-il maniaque ?

Quand mon regard accroche l'heure sur le home cinéma sous la télé, il est un peu plus de dix-neuf heures trente. Je me demande s'il a déjà sonné à ma porte pour me rapporter mes clés, et je suis profondément déçue d'envisager que ce soit le cas, car alors je l'aurais raté. Je l'imagine avec un pantalon habillé et une chemise parfaitement taillée pour mettre en valeur son corps à la fois svelte et musclé. Était-il nerveux comme j'ai pu l'être aujourd'hui ? Est-il allé directement frapper à ma porte en rentrant du travail, impatient de me revoir ? A-t-il été déçu comme moi que je ne sois pas là ?

Je secoue la tête pour chasser toutes ces questions qui polluent mon esprit et auxquelles je ne peux de toute façon pas répondre. Il est fort probable que Max ait une vie bien remplie et trépidante, bien loin de la mienne. Et je suis bien certaine qu'il a d'autres sujets à penser que sa voisine bizarre et ses histoires de poubelle.

Un bruit de clés annonce le retour de la maîtresse des lieux et de sa progéniture.

- C'est nous ! Lance la voix mélodieuse de Caroline. Ça s'est bien passé ?

- Très bien ! Emma était fatiguée alors je l'ai couchée un peu plus tôt.

- Tu as bien fait, les journées sont longues pour elle, me confie mon amie avant de se tourner vers son fils qui finit d'ôter son manteau. Va te laver les mains sans réveiller ta sœur, on passe à table.

La tornade Malo part à toute vitesse vers le couloir accomplir sa mission, tandis que sa mère finit d'accrocher leurs vêtements.

- Tu as mangé ? Ou tu veux manger avec nous ? Me demande-t-elle en se dirigeant vers la cuisine pour sortir le repas du frigo.

- C'est gentil, mais je suis claquée, je vais rentrer à la maison.

En réalité, j'espère bien que si je ne rentre pas trop tard, j'aurais l'occasion de croiser Max. Mais ça, je me garde bien de lui expliquer.

Après avoir mis le plat de lasagne au four, Caroline se tourne vers moi pour m'observer attentivement. J'ai parfois l'impression que son regard avisé de maman voit plus de choses que les autres, et je m'empresse de détourner le regard pour qu'elle ne voit pas que je lui cache quelque chose.

- C'est vrai que tu as l'air fatiguée. Tu as des problèmes pour dormir ?

- Pas vraiment.

J'hésite un instant avant de lui avouer une demi-vérité :

- Il y a eu des travaux dans mon immeuble ces derniers temps, et tu sais comme je ne suis pas du matin, j'avoue en haussant les épaules.

- Tu aurais dû le dire, tu serais venue dormir à la maison !

Je ne lui dis pas que j'aurais eu trop peur que mes cris nocturnes ne réveillent les enfants lorsque je fais des cauchemars, car c'est justement de ça que je ne veux pas lui parler. Il n'empêche que sa gentillesse me touche, vraiment. D'autant que c'est spontané chez elle, elle n'a pas besoin de se forcer, elle est comme ça, serviable et dévouée.

- C'est gentil, mais normalement les travaux sont finis alors ça devrait rentrer dans l'ordre.

- Comme tu veux, mais n'hésite pas, si besoin.

- Je m'en souviendrai.

Malo arrive pile au moment où Caroline remplit les assiettes. Il s'assoit en se léchant les babines, nous faisant glousser toutes les deux.

- Allez, je vous laisse. Bon appétit les gourmands !

Je leur envoie un baiser à travers la pièce et m'éclipse après avoir récupéré mes affaires dans l'entrée.

Il ne me faut pas plus de dix minutes pour rejoindre mon appartement. Arrivée devant la porte, je découvre une grande enveloppe glissée entre le battant et son chambranle. Je la prends et la retourne entre mes mains, mais elle ne porte aucune inscription. Elle est un peu lourde et un petit renflement en déforme sa surface. J'en déduis qu'elle contient la clé de service redue par Max et un petit picotement dans ma poitrine vient accompagner cette pensée.

Je prends le temps de rentrer, de refermer ma porte et de poser mes affaires, avant de m'installer dans le canapé pour en découvrir le contenu. À l'intérieur, une feuille cartonnée pliée en deux et ma clé ornée de son ruban vert. Délaissant la clé, je me saisis de la feuille pliée en livret pour y lire d'une belle écriture masculine un peu inclinée, ces quelques mots : *Pour te remercier de ton aide précieuse, Max.*

Intriguée j'ouvre le livret cartonné un sourire amusé dansant sur mes lèvres. Sous mes yeux se déploie un semainier en couleur qui m'indique jour par jour, les passages pour la collecte des ordures ménagères. Mais ce qui attire avant tout mon regard et accentue mon sourire au point que mes zygomatiques en sont douloureuses, c'est le titre au-dessus du tableau :

« PETIT GUIDE PRATIQUE POUR JOLIE VOISINE UN PEU TÊTE EN L'AIR »

Je reste un long moment le regard aimanté par cette phrase pleine d'humour. Mais c'est le mot *jolie* qui à lui seul influence mon rythme cardiaque, me donne des vapeurs et provoque une volée de papillons dans mon ventre.

Finalement, je suis heureuse de ne pas avoir ouvert l'enveloppe devant lui. J'aurais été capable de piquer le fard du siècle, la honte ! À vingt-quatre ans, j'ai passé l'âge de rougir comme une adolescente ! Mais à ma décharge, il faut dire que je ne suis pas le type de fille auquel les garçons font des compliments. Pas que je sois laide, loin de là. Du moins, je ne crois pas, mais je ne suis pas quelqu'un que l'on remarque, qui attire les regards. Je suis banale.

Je n'ai jamais ouvertement suscité de l'intérêt, de l'attirance ou du désir chez le sexe opposé.

Ou bien je ne m'en suis jamais aperçue...

Chapitre 8

Max

Avant...

- Tu pars déjà ?

Pressant le pas vers l'entrée, je feins de ne pas avoir entendu la question de ma mère.

Pour ma part, je viens de passer presque deux heures à table dans un repas de famille interminable et j'estime qu'il est grand temps que je prenne la tangente. Après tout, j'ai aussi le droit de fêter ce jour avec mes potes.

- Maxime ?

Bon, OK, je ne m'en tirerais peut-être pas aussi facilement.

- Je dois voir Ben et Yann, maman, je prétexte en enfilant mes chaussures.

- Ça ne peut pas attendre demain ?

- Demain, je dois repartir de bonne heure, et puis, je crois qu'ils m'ont préparé une surprise.

J'ai déjà ma veste sur le dos, prêt à filer quand j'entends ma génitrice capituler.

- Ne faites pas d'excès !

- Pas plus que d'habitude. À demain ! Je lâche en claquant la porte derrière moi.

L'hiver n'est pas encore là, que déjà le vent du nord souffle sur la région faisant chuter les températures. Dans la rue, tout est calme. Seules les guirlandes lumineuses accrochées aux lampadaires indiquent que nous sommes en décembre. Le dix décembre pour être exact. Un chiffre rond, qui sonne bien. D'ici quelques jours, les jardins foisonneront de lumières, de vieux bonhommes habillés en rouge et de bêtes à cornes, une façon comme une autre de repousser les longues nuits hivernales, d'égayer les rues pour se remonter le moral en fin d'année. Mais aujourd'hui, c'est mon jour à moi et je compte bien m'éclater.

Deux phares balayent la rue alors qu'une voiture tourne au coin. Pile à l'heure.

Je ne suis revenu que pour quarante-huit heures, mais je ne pouvais pas passer à côté d'une soirée avec mes potes. Yann ne prend même pas la peine de se ranger, arrêtant sa vieille caisse au milieu de la chaussée.

- Ce soir c'est ton soir frérot ! Lance Benjamin lorsque je grimpe à l'arrière.

- Salut les gars !

- Alors ? Tu as été gâté ?

Il règne dans l'habitacle une douce chaleur qui n'est pas désagréable. J'ouvre ma veste tout en répondant.

- Si je te dis que ma sœur m'a offert un collier de nouilles, t'en penses quoi ?

- Merde ! Elle m'a piqué mon idée pour Noël !

Yann se marre dans son coin. Je le soupçonne de trouver le cadeau de Clarisse drôle. Il a toujours trouvé amusantes les blagues de ma sœur. Même lorsqu'elles étaient à mon détriment.

Me calant en arrière sur le siège, je passe la main sur mon ventre.

- Putain, ma mère à encore trop fait à bouffer, je n'en pouvais plus !

- Elle a peur que tu ne manges pas assez à la fac !

- Typique des mères poules, renchérit Yann.

- Oui, ben, vu les restes, elle pourra les engraisser les poules !

Nous arrivons à destination, Yann se gare sur la première place qu'il trouve. Autour de nous, le parking est presque déjà plein et des groupes de jeunes venus de toute la région convergent vers l'entrée principale où deux vigiles nous détaillent d'un œil suspicieux.

Comme tous les ans en décembre, la patinoire municipale va drainer les jeunes des environs et apporter à ce bled dramatiquement calme, un peu d'animation. C'est un rendez-vous que nous ne ratons jamais les gars et moi. Comme c'est la seule piste du secteur, elle attire beaucoup de monde. Pour nous, c'est l'occasion idéale pour passer un bon moment, et draguer à tout va.

- Ce soir c'est ton soir frérot ! Répète Benjamin dès que nous avons franchi l'entrée.

Les hauts parleurs déversent les tubes du moment et la piste de glace est déjà chargée. Un peu plus loin, la buvette se charge de rassasier tout ce beau monde. Pour ma part, je ne peux plus rien avaler.

- T'essayes de me faire passer un message ? Je lui demande en me tournant vers Ben.

Avec un sourire fier, il m'indique du menton le côté droit de la piste où se tient un groupe de filles.

- Je crois que ton cadeau est par là...

Comme si elle avait entendu les paroles de Ben, une des filles se détache du groupe pour se tourner vers nous un sourire aguicheur plaqué sur les lèvres. Michèle.

Même si nous ne sommes jamais sortis officiellement ensemble, Michèle et moi avons un passé horizontal commun assez dense. C'est une fille sans prise de tête, jolie et accessible avec qui j'aime bien prendre du bon temps. Autant dire, que sa présence est la garantie que mes prochaines heures seront bien remplies... D'ailleurs le regard de braise qu'elle m'adresse me prouve si besoin était, que je ne vais pas beaucoup patiner cette année.

Quand je franchis le seuil de la demeure familiale de longues heures plus tard, la maison est plongée dans le noir et c'est tant mieux. Mes activités de la soirée ont laissé des traces sur ma tenue que je ne tiens pas à coller sous le nez de mes parents. Alors que je m'apprête à grimper dans ma chambre, un petit bruit provenant de la cuisine attire mon attention. Ma sœur a depuis toute petite la sale habitude de se lever pour grignoter la nuit. Aussi, j'en déduis qu'il s'agit de Clarisse que je décide d'aller enquiquiner un peu. Un juste retour des choses après le cadeau d'anniversaire qu'elle a osé me faire.

Elle ne perd rien pour attendre, je me promets avide de prendre ma revanche sous peu.

- On ne t'a jamais dit que tout ce que tu manges la nuit va directement atterrir sur tes hanches ? Dis-je en pénétrant dans la pièce. Les mecs n'aiment pas les grosses.

Je stoppe net en découvrant une silhouette enveloppée d'un simple t-shirt la couvrant jusqu'à mi-cuisses au milieu de la cuisine. La pièce est plongée dans la pénombre, et seule la lumière de l'éclairage extérieur filtre à travers la fenêtre. Une hanche appuyée contre le plan de travail, elle tient un verre d'eau en suspens à quelques centimètres de ses lèvres.

Je ne distingue pas clairement son visage, mais il est évident que ce n'est pas ma sœur. Clarisse a les cheveux courts, alors que l'intruse en question a de longues mèches ondulées qui flottent sur ses épaules. Bloquée dans son geste inachevé, elle semble aussi surprise que moi.

- Oups, tu n'es pas Clarisse.

Passant une main dans mes cheveux, je me sens soudain un peu con d'avoir involontairement insulté cette fille. Pas que ce que j'ai dit soit faux, mais mes paroles visaient Clarisse, pas cette fille qui visiblement a toutes les rondeurs qui plaisent aux mecs et rien de trop.

- Euh... Non.

Sa réponse est à peine un murmure, mais elle a le mérite de lui rendre sa liberté de mouvement. Elle porte son verre à ses lèvres et boit l'eau qu'il contient. Alors que son bras se lève pour incliner le verre, j'observe l'ourlet de son t-shirt remonter sur ses cuisses dévoilant une peau claire et lisse. Lorsque le tissu retombe d'un coup et que le bruit du verre percutant le plan de travail raisonne, je réalise que je viens de mater ouvertement ce qui semble être une copine de ma sœur.

- Soirée pyjama ? Je tente.

- Oui, me confirme-t-elle.

Ma sœur a toujours adoré organiser des soirées et inviter ses copines à dormir. J'aurais dû m'y attendre. Mais depuis trois mois que je ne vis plus là que sporadiquement, j'ai oublié les habitudes de la maison.

Ouvrant le lave-vaisselle, elle se penche en avant pour y placer son verre, signe que ce n'est pas la première fois qu'elle vient ici. Je me dis qu'elle non plus, ne devait pas s'attendre à tomber sur moi. Mais ma pensée est rapidement oblitérée par une nouvelle remontée de son haut sur le galbe de ses cuisses à la peau satinée. Après mes activités de la soirée, je devrais être rassasié, et je dois dire qu'il y a encore dix minutes, je croyais l'être, pourtant je sens déjà les effets de ce délicieux spectacle sur mon anatomie. Je détourne le regard, confus de réagir physiquement à la présence de cette fille comme un clébard en manque que je ne suis pas.

- Ce que j'ai dit...

- Ce n'est rien. Bonne nuit, souffle-t-elle tout bas en sortant de la pièce sur la pointe de ses pieds nus.

Le déplacement d'air généré par sa fuite me percute, une douce odeur de coco et de vanille m'enveloppe. Fermant les yeux, je reste là de longues secondes à savourer les effluves de cette créature étrange. Déconcertante.

Quand enfin, je sors de ma transe, j'ai la sensation que son parfum flotte dans toute la maison, me suivant pas à pas jusqu'à ma chambre. Je ne sais pas qui est cette fille, je ne connais pas son nom. Je n'ai même pas vraiment vu son visage ou entendu clairement sa voix. Mais son odeur et ses courbes délicieuses ont déjà laissé leur empreinte sur mes sens. Et je sais que cette marque sera visible pendant un bon moment.

Chapitre 9

Je finis mon troisième cappuccino de la matinée, sans que les faibles traces de caféine contenues dans ce doux breuvage ne parviennent à me faire réellement de l'effet. Depuis mon réveil en sursaut ce matin, j'ai la désagréable impression que les images de mon rêve me collent à la peau. Cette fois, j'ai eu beau me frotter à m'en rougir l'épiderme avec acharnement et opiniâtreté, cela n'a rien changé. Je vois toujours ces filaments rouges accrochés à mes membres tels des tentacules me ramenant au passé, me retenant prisonnière à jamais.

D'ordinaire, le quotidien prend le pas sur mon mental et je parviens à me détacher des images résiduelles de mes cauchemars dès lors que je m'active. Mais aujourd'hui, rien n'y fait. J'ai l'impression de traîner mes visions comme une ombre qui me suivrait où que j'aille.

Cela faisait pourtant plusieurs jours que je n'avais pas refait ce rêve qui me hante depuis plusieurs années déjà avec une régularité que je qualifierais d'aléatoire. Le bon côté, c'est qu'il se passe parfois plusieurs semaines avant qu'il ne refasse surface. Le mauvais, c'est qu'il peut ressurgir à tout moment et parfois me harceler sans pitié plusieurs nuits de suite.

J'ai passé une partie de la matinée à angoisser parce que je devais manger avec Marlène ce midi et que je sais déjà qu'elle ne va pas manquer de me cuisiner pour connaître les raisons de ma mine déconfite. Mais Dieu merci, la petite lumière verte qui clignote sur mon portable m'indique que je dois encore avoir une bonne étoile qui veille quelque part sur moi, car elle vient de se décommander.

>Photos de dernière minute pour le patron, je ne peux pas manger avec toi.

Est-ce normal de ressentir un tel soulagement de ne pas déjeuner avec sa meilleure amie ? Quel genre d'amie cela fait-il de moi ? La culpabilité m'assaille alors que je réponds par quelques mots rapides :

>Pas de soucis. Un autre jour.

Je relis avec une grimace mon message un peu trop factuel. Décidément, la communication ce n'est pas mon truc... Pétrie de remords, je décide d'adoucir ma réponse en lui adressant un *"Bisous"*, avant de ranger mon portable et de me remettre au travail.

À la fin de la journée, c'est d'un pas traînant que je rentre chez moi, pressée de retrouver mon lit au plus vite. En traversant le hall, je me rends compte que cela fait plusieurs jours que je n'ai pas relevé mon courrier alors j'entreprends de vider ma boîte avant de monter les étages. Cela fait également plusieurs jours que je n'ai pas croisé Max et je me demande s'il a fini de défaire ses cartons et s'il est bien installé.

Arrivée chez moi, je pose la liasse d'enveloppes dans l'entrée avec la ferme intention de m'avachir un moment dans mon canapé quand un sursaut de courage m'incite à m'occuper du courrier sans remettre à plus tard. Après tout, le souvenir cuisant de ma douche inachevée, est encore bien présent à mon esprit, et j'aimerais autant que cela ne se reproduise pas. Je reviens donc sur mes pas et commence à trier les enveloppes par ordre d'importance. Mon courage se limite à traiter les urgences, pour le reste, ça attendra ce week-end.

Une pub, une facture, un rappel de cotisation à un club de gym que je ne fréquente plus depuis plusieurs mois déjà... Je bute un instant sur l'entête d'un office notarial que je ne connais pas et reporte mon regard vers le nom du destinataire.

Mon cœur manque un battement lorsque je déchiffre l'association de lettres qui s'étale sous mes yeux formant un patronyme que je n'avais pas recroisé depuis de nombreuses années.

CAVALHOC

Pas de prénom. Juste *CAVALHOC*. Et ce simple mot fait ressurgir en moi une multitude de souvenirs auxquels je n'ai pas repensé, que je n'ai pas revisité depuis des années. Car oublier tout un pan de mon adolescence, était ma façon à moi de surmonter les stigmates de ce que j'avais vécu. Ma façon de brider les souvenirs pour ne pas qu'ils m'avalent pour de bon.

Son visage rieur...

Ses yeux bleus azur pétillants...

Sa façon de me pousser gentiment à me dépasser, à repousser mes limites...

Clarisse Cavalhoc a été mon inséparable meilleure amie au lycée, et pourtant, après le drame que j'ai vécu, je l'ai écartée sans scrupules de ma vie, faisant preuve de la plus fourbe des couardises. J'ai rayé d'un bloc notre amitié et notre complicité par pure égoïsme, pour me préserver, moi, au détriment de tout le reste. À présent les lettres qui encrent cette enveloppe me renvoient ma lâcheté en plein visage, ma trahison, ma démission pure et simple de notre amitié. Ma culpabilité cruelle et sans fard.

J'ai soudain l'impression que ce rectangle de papier blanc que je tiens entre mes doigts va s'enflammer et me consumer toute entière pour me punir, me réduisant en cendres en un battement de paupières.

L'anxiété me gagne, mes mains deviennent moites et c'est le pouls à cent à l'heure que je dévale les escaliers pour débouler dans le hall de l'immeuble, trop pressée de me décharger de cette enveloppe trop envahissante, trop lourde, trop accusatrice.

Je déchiffre un à un les noms sur les boîtes aux lettres alignées le long du mur, une succession de noms que je connais pour la plupart, sans pourtant arriver à mettre un visage dessus. Arrivée presque en bas de la série une étiquette plus récente que les autres me saute aux yeux CAVALHOC écrit en lettre d'imprimerie noires sur fond blanc. À cet instant, je me demande comment j'ai pu ne pas voir ce nom auparavant, alors qu'à présent il me saute littéralement au visage, agressant douloureusement mes rétines.

CAVALHOC Maxime - 1b

Sans même songer à y glisser l'enveloppe, je fais demi-tour et monte les marches quatre à quatre pour me planter devant la porte de l'appartement 1b que je frappe de mon poing rageur. Mon cœur tambourine furieusement à mes oreilles alors que la colère galope à présent le long de ma colonne vertébrale. Alors que la culpabilité me rongeait quelques minutes plus tôt, je suis à présent folle de rage. Je me sens flouée, manipulée, et je compte bien délivrer le fond de ma pensée à mon nouveau voisin.

Je m'apprête à frapper plus fort sur cette porte quand soudain, elle s'ouvre sur un grand corps magnifiquement sculpté, doté de muscles souples joliment dessinés qu'un débardeur peine à camoufler et un sourire qui aurait pu me faire chavirer si je n'avais pas été aussi en furieuse.

- Tu comptais me le dire quand ? Je lui crie en brandissant l'enveloppe que je tiens toujours en main. Tu as cru quoi ? Que j'étais assez bête pour ne pas comprendre qui tu étais en voyant ton nom ? Bien sûr, tu te payes le culot de me tutoyer comme si on était copains comme cochon, mais il ne te vient pas à l'esprit de te présenter en bonne et due forme !

À mesure que je lance mes attaques et mes questions auxquelles il n'a pas le temps de répondre, un sourire se dessine sur ses lèvres. Il semble amusé de ma réaction, prêt à attendre patiemment que j'en ai fini avec mon pétage de plombs. Paisiblement, il s'appuie contre le chambranle bras croisés.

- En fait je te reconnais bien là ! Je ne sais même pas pourquoi je suis étonnée, ça te ressemble tellement de te payer ma tête comme ça ! C'est encore un de tes coups tordus, une nouvelle façon de te moquer de moi ? Et arrête de sourire comme ça, ça m'énerve !

- Ce n'est pas de ma faute, plaide-t-il, j'adore quand tu t'énerves.

Sans tenir compte de ma demande, il sourit encore plus avant d'enchaîner :

- Tu te souviens de moi, dit-il comme si c'était la meilleure nouvelle de l'année.

Sa répartie me déstabilise quelque peu. Ce n'est pas vraiment la réaction que j'attendais de sa part, même si en réalité, je ne sais pas vraiment à quoi je m'attendais. J'ai frappé à sa porte poussée par la colère, pas dans le but d'obtenir quoi que ce soit de sa part.

- Et qu’est-ce que c'est que cette lubie de te faire appeler Max ? Je renchéris pour masquer le fait que ma colère est quelque peu retombée.

- Il n'y a que mes parents qui m'ont toujours appelé Maxime. En dehors de la maison, j'ai toujours été Max.

Son ton posé, capte mon attention et je vais à la rencontre de ces yeux bleus qui me semblent si familiers. Les mêmes que ceux de Clarisse. Le bleu profond de ses iris me happe un instant et je me sens bête de ne pas avoir fait le rapprochement plus tôt. De ne pas avoir décrypté les signaux que pourtant mon subconscient ne cessait de m'envoyer. Je le trouvais familier, apaisant, comme quand on retrouve un objet du quotidien auquel on tient, une chose intime associée à des souvenirs heureux de son enfance. Maxime et Clarisse sont cela pour moi, des souvenirs heureux du passé que je me suis pourtant efforcée de chasser par peur, par égoïsme, pour me protéger. Pour rien au final.

- Qu'est-ce que tu fais là Max ?

- Je viens de commencer un boulot dans une étude d'architecte, me répond-t-il en enfonçant les mains dans les poches de son pantalon. Je visitais des logements dans le quartier quand je t'ai reconnue, alors, je me suis dit qu'on pourrait refaire connaissance, qu'on se sentirait moins seuls dans cette grande ville.

Il hausse les épaules et esquisse un petit sourire qui se veut timide mais qui ne lui va pas du tout. Max n'a jamais été timide, loin de là.

- Et si je n'en ai pas la force... Je murmure en évitant son regard.

Et si la présence de Max, ravivait ma mémoire, faisait ressurgir tout ce que je m'efforce d'enfouir depuis sept ans déjà. Cette éventualité, éveille des frissons d'effroi qui me font trembler de la tête aux pieds. Sa simple présence dans cet immeuble est un risque que je ne suis pas sûre de vouloir prendre.

Max m'observe les sourcils froncés, accentuant l'intensité de son regard, soulignant cette couleur si particulière qui m'a toujours interpellée. Quand je ferme les yeux pour lui échapper ce sont les yeux rieurs de Clarisse qui me percutent.

- Allez, juste un verre, on est là pour s'amuser, m'encourage-t-elle alors que le tourbillon de confettis argentés flotte encore autour de nous.

La musique forme un bourdonnement informe à mes oreilles qui se mêle aux rires qui nous cernent. Une main me tend un gobelet rouge sang comme la promesse d'une catastrophe annoncée, à laquelle je ne pourrais pas me dérober.

Pourtant, je dois m'y soustraire, oublier à tout prix.

Dans une tentative désespérée destinée à bloquer les images qui m'envahissent de toutes parts, je lâche l'enveloppe, me retourne et grimpe les escaliers en courant, manquant de trébucher dans la panique. À l'étage en dessous, j'entends Maxime m'appeler, mais je ne réponds pas, trop pressée de me réfugier derrière ma porte close.

Trop pressée de mettre le plus de distance possible entre moi et mes souvenirs.

Comme si on pouvait d'un simple battant cloisonner son esprit, ranger les images dont on ne veut plus au fond d'un placard.

Pour toujours.

Chapitre 10

Cela va bientôt faire une semaine que je me terre dans mon trou, me cantonnant aux sorties indispensables souvent motivées par mes obligations professionnelles et la liasse de factures à payer en fin de mois. Il m'est même arrivé de renoncer à mon cappuccino préféré. Rompant avec mon petit rituel du matin afin de ne pas prendre le risque de tomber sur Max. Car oui, je suis lâche. Je redoute notre prochaine rencontre, j'ai peur de l'affronter, lui, et les souvenirs qu'il pourrait déclencher.

Mes cauchemars sont toujours présents, et je peine à bloquer les flash-back qui ne cessent de vouloir faire des intrusions dans mon quotidien. Dire qu'il y a encore cinq ans, j'aurais tout fait pour arriver à retrouver mes souvenirs et comprendre enfin ce qui s'était passé ce fameux soir.

Amnésie réflexe, ont dit les médecins. Une façon de se protéger suite à un traumatisme ou à un choc trop dur à gérer pour le corps et l'esprit, paraît-il.

Mais ils ont eu beau m'expliquer que la nature était bien faite, et que si mon cerveau bloquait mes souvenirs c'était pour me protéger, j'avais l'impression d'être dépossédée de quelque chose, d'une partie de moi. Comme si les événements de cette nuit de juin avaient pu tronquer mon être d'un morceau qui à présent me fait défaut. C'est pourquoi pendant plus de deux ans, j'ai tout essayé pour me débloquer, pour faire ressurgir les souvenirs enfouis, pour revivre ce qui s'était passé. Sans succès. Le thérapeute qui m'a suivie pendant un temps à ma sortie d'hôpital, m'a conseillé de laisser faire le temps, de ne pas insister, au risque de provoquer plus de mal que de bien. Alors, j'ai fini par l'écouter. Mais cela n'a rien changé.

J'ai repris le cours de ma vie, le plus naturellement possible, bien que je ne sois déjà plus dans le même environnement, dans la même ville et que mes repères aient disparu. J'espérais qu'un déclic, une situation, un élément quel qu'il soit me donne enfin les clés indispensables pour comprendre ce que j'avais vécu, mais rien. Le miracle n'a pas eu lieu.

C'est à ce moment-là que j'ai décidé de tourner la page, d'oublier mon passé et de refaire vraiment ma vie, ailleurs. Je suis partie, coupant quasiment les ponts avec ma famille qui ne comprenait pas mon mal être et mes réactions. J'ai changé de ville, encore, de travail également et je suis arrivée ici. Je me suis reconstruite comme j'ai pu, si tant est que l'on puisse se reconstruire efficacement sans avoir toutes les pièces du puzzle, sans comprendre ses peurs les plus profondes ou même ses désirs enfouis.

Ce faisant, j'ai choisi de tirer un trait sur cette partie de ma vie, faisant mon deuil d'une adolescence trop vite interrompue. Un deuil qui je l'espérais m'éviterait de revivre la cause de mes stigmates, de mes terreurs nocturnes et diurnes, car même si je ne sais toujours pas ce qui m'est arrivé, je sais une chose avec certitude, sans l'ombre d'un doute possible, c'est que ce que je risque de découvrir me terrifie plus que tout.

Par un heureux hasard, j'ai rencontré Marlène et Caroline peu de temps après avoir emménagé ici. Elles sont devenues en peu de temps de véritables amies, les seules qui m'acceptent telle que je suis. Renfermée, parfois silencieuse ou fuyante, mais toujours incomplète. Au fil du temps, elles ont remplacé cette famille qui ne me comprenait plus, pour devenir ma famille de cœur, celle que j'ai choisie. Avec elles, j'ai l'impression que je peux être un peu moi-même, pas complètement, mais bien plus qu'avec n'importe qui d'autre. Elles prennent soin de moi, tout en acceptant les barrières que je leur impose, même si ce n'est pas toujours de gaieté de cœur.

C'est d'ailleurs grâce à Marlène que j'ai décroché ce boulot qui sans être celui de mes rêves, m'apporte quelques satisfactions et de quoi boucler correctement les fins de mois, ce qui n'est pas négligeable.

Le problème c'est qu'au fond de moi, je sais qu'une des pièces manquantes du puzzle que je suis devenue, a changé à tout jamais ma perception de femme, ma façon d'aborder mes relations avec le sexe opposé, mes désirs, mes envies ou mon plaisir. À tel point que je ne me comprends pas moi-même, je ne comprends pas mon corps et ses réactions alors comment puis-je attendre d'un homme qu'il le comprenne à ma place et qu'il me donne du plaisir. Pas que je sois vierge, mais je ne peux pas dire que mes expériences passées aient été pleinement satisfaisantes. Loin de là. Et je pense que le fait que je ne sois pas à l'aise avec le sexe opposé ne fait rien pour arranger les choses.

À bien y réfléchir, je ne me suis jamais sentie assez en confiance avec un homme pour baisser ma garde, sauf tout récemment avec Max. L'espace d'un court échange, je me suis laissée porter, lui laissant entrevoir une petite partie de ce que je suis. À peine un fragment, certes, mais à ce moment précis masquer mes faiblesses ou ma bizarrerie était le cadet de mes soucis. J'étais juste bien. J'ai lâché prise, simplement.

Pourquoi faut-il que ce soit justement lui, qui parvienne à réaliser cet exploit ? Pourquoi faut-il que ce soit une ombre de mon passé qui parvienne enfin à susciter un semblant d'intérêt là où tous les autres ont échoué avant lui ?

Perdu dans mes sombres réflexions, je regarde la pluie mouiller mes fenêtres, et les nuages assombrir le ciel. J'ai l'impression que les éléments reflètent mon état d'esprit, les doutes dans lesquels je me noie, le tourbillon formé par les questions sans réponses qui ne cessent de me percuter.

Mon téléphone posé sur la table basse émet une vibration. Je m'écarte de la baie du salon et m'en saisis pour y découvrir un message de Marlène :

>Vous croyez que c'est une bonne excuse pour me coller à lui ?

Une affiche de *Ça* de Stephen King accompagne son message et me fait sourire malgré mon humeur sombre.

>Tu crois que tu as encore besoin d'une excuse ?

Envoyer. Je reste le regard rivé sur mon portable en attente de sa réponse. À mesure que les semaines passent, je la trouve de plus en plus épanouie. Abel accapare son temps libre, si bien qu'on ne s'est pas beaucoup vues ces derniers temps, mais je sais que c'est une bonne chose pour elle. Ils ont besoin d'apprendre à se connaître, de se découvrir et pour cela il est normal qu'ils se consacrent l'un à l'autre.

Mon téléphone frétille dans mes doigts délivrant un nouveau message.

>Peut-être pas... Mais je ne voudrais pas qu'il me trouve trop collante.

Un émoticône farceur accompagne son message, et cette fois je ris carrément.

>T'inquiète s'il te trouvait trop collante il ne t'inviterait pas tous les soirs.

Alors que mon message part dans les limbes de la téléphonie moderne, je ne demande depuis quand c'est moi qui donne des conseils amoureux à Marlène. Moi, qui ne suis pas foutue d'entretenir de simples relations sociales élémentaires. Secouant la tête, face à ce paradoxe, je repose mon téléphone au moment où de légers coups raisonnent à ma porte. L'interphone ne s'est pas fait entendre, il y a donc de fortes chances pour que soit quelqu'un de l'immeuble. Max.

Je suis très tentée de faire comme si je n'étais pas là. Immobile, j'évite de faire le moindre bruit quand les coups redoublent sur le bois. Je retiens mon souffle, priant pour qu'il croie à mon mensonge, même si je sais que c'est un comportement indigne de moi, mais mes espoirs sont réduits à néant quand sa douce voix raisonne contre le battant.

- Angélique, je sais que tu es là, ouvre-moi, s'il te plaît.

Avec un soupir marqué, je me dirige vers la porte d'un pas traînant.

- Ne fait pas l'enfant, il faut qu'on parle, insiste-t-il gentiment.

Même s'il n'a pas tort, sa remarque me vexe et c'est en lui jetant un regard assassin que j'ouvre la porte en grand. Face à moi, Max me surplombe de toute sa hauteur, les mains posées sur le haut du chambranle, affichant un sourire éclatant. Je le fixe un instant essayant de comprendre que signifie ce qui brille au fond de ses yeux bleu nuit, de la malice, un peu de fierté peut-être ou un brin de moquerie. J'écarte d'emblée cette dernière hypothèse qui me blesserait bien plus que je ne suis disposée à l'admettre.

- De quoi veux-tu qu'on parle ? Je lui demande en croisant les bras sur ma poitrine dans un geste de protection.

Son regard me détaille un moment de la tête aux pieds et je me demande si j'ai changé depuis mes dix-sept ans. Sûrement que oui. Lui-même a pris en carrure, et ses traits se sont affirmés, sa mâchoire devenant plus carrée, son front plus large. C'était déjà un garçon attirant, c'est devenu un homme très séduisant. Il porte une légère barbe de trois jours qui renforce sa virilité et d'une certaine façon met ses yeux en valeur. Si je scrute son visage, je revois les traits du jeune homme de dix-neuf ans qu'il était, la forme de son visage, son regard rieur semblable à celui de sa sœur, sa coiffure. Il porte ses cheveux bruns un peu plus longs qu'autrefois. Il a suffisamment changé pour que je ne l'aie pas reconnu au premier abord, alors comment se fait-il que lui m'ait reconnue. Je ne suis pas naïve au point de croire que je n'ai pas changé en sept ans. Je porte les cheveux plus courts et mon corps a pris quelques rondeurs.

- Et si tu commençais par changer de pantalon pour que je t'emmène dîner.

Je baisse les yeux sur ma tenue soirée-décontractée-seule-à-la-maison composée d'un vieux pantalon de yoga défraîchi et d'un t-shirt décoloré trop large qui me tombe sur l'épaule, et décide de le prendre à son propre jeu.

- Si je comprends bien, je peux garder le t-shirt...

Je lui adresse un sourire sarcastique destiné à le rembarrer. Décidément, il a raison, je me comporte comme une enfant ce soir. Mais ce rôle me permet de ne pas prendre la conversation qui m'attend trop au sérieux et de garder mes distances.

- Oui, j'aime assez ton côté un peu grunge, me provoque-t-il avec un rictus en coin. Et puis, je ne compte pas t'emmener dans un cinq étoiles.

- Écoute Max, je ne suis pas sûre que ce soit une bonne idée...

- Je veux juste passer un bon moment avec ma charmante voisine. Et puis, je n'aime pas aller au resto tout seul et je n'ai plus rien dans mon frigo, achève-t-il avec un clin d'œil appuyé faisant fi des barrières que je tente d'ériger entre nous.

Je laisse retomber les bras sur mes flancs et secoue légèrement la tête à la recherche d'un argument qui lui fera lâcher l'affaire et me sortira de ce pétrin. Mais aucune des raisons que je pourrais invoquer ne me semble avouable à voix haute, sans lui révéler le fond du problème. Je suis dans une impasse.

- Max...

- Angélique, ne fais pas ça, s'il te plaît. C'est moi, Max, le voisin sympa qui te faisait rire il y a quelques jours encore. Rien n'a changé.

Quand je reviens sur son visage, il arbore la même expression de patience résolue que les premiers jours où je l'ai revu. Cet air qui me dit à sa façon et sans mots qu'il attendra le temps qu'il faudra que je me décide. Pour le coup, je trouve sa sollicitude désarmante et c'est bien malgré moi que je finis par céder.

- Laisse-moi cinq minutes pour me changer.

Je tourne les talons avant de changer d'avis quand je l'entends ajouter dans mon dos :

- Tu gardes le t-shirt grunge ?

Je grogne face à son humour pour ne pas montrer qu'en fait il m'amuse. Beaucoup même.

Trois minutes plus tard, je le rejoins dans l'entrée vêtue d'un jean et d'un pull chauve-souris clair, tout en remontant mes cheveux en chignon. Max m'attend appuyé à la rambarde de l'escalier et je réalise qu'il ne m'est même pas venu à l'esprit de le faire entrer pour attendre. Bravo pour les talents d'hôtesse !

Dehors la pluie tombe toujours aussi drue, alors j'enfile une parka avant de refermer ma porte.

- On va où ? Je lui demande en arrivant sur le trottoir.

Max m'adresse un regard en biais puis m'entraîne vers le bout de la rue avant de me répondre.

- Je suis sûr que tu connais un bon italien pas trop loin.

La cuisine italienne c'est mon pêché mignon, alors oui, j'en connais un bon dans le quartier. Je ne sais pas ce que me réserve cette soirée, mais au moins je suis assurée de profiter d'un bon repas.

Nous effectuons le trajet en silence ce qui me laisse tout loisir de lister tout ce qui pourrait mal tourner dans cette soirée à commencer par la possibilité qu'il aborde le passé, en finissant par la forte probabilité qu'un flash-back me provoque une crise de panique en public. Décidément, plus on s'approche de notre destination et plus je suis convaincue que j'aurais dû refuser.

Même si Max n'a pas tort sur un point, les choses étaient pourtant simples quand je pensais qu'il n'était qu'un voisin comme les autres.

Je laisse mon regard dévier vers sa silhouette tout près de moi, et je dois avouer en toute sincérité que cet homme est un vrai délice pour les yeux. Il y a quelques jours encore, j'aurais accepté sa proposition juste pour le plaisir de passer un bon moment avec un bel homme doté d'humour et assez craquant pour flatter mon ego, même si on se cantonnait au registre de l'amitié. N'étais-je pas prête à tout pour qu'il revienne frapper à ma porte ?

Qu'est-ce qui a changé ?

Ma réaction est-elle seulement liée à son nom de famille ? À ce que j'en sais, Max ne m'a jamais rien fait de mal. Il était juste le grand frère un peu énigmatique et totalement sexy de ma meilleure amie. Même à l'époque, je le trouvais attirant, pourtant je me serais bien gardée de lui dire, eu égard à son ego surdimensionné.

Je suis encore empêtrée dans mes raisonnements quand je réalise que Max se tient devant moi, tenant grande ouverte la porte de mon restaurant préféré, un sourire paisible étirant ses lèvres. Je détaille son beau visage un moment, et me demande s'il est encore temps de changer d'avis, de prendre mes jambes à mon cou.

Chapitre 11

Le serveur attend patiemment que nous ayons fini de choisir nos plats. Max a encore le nez dans la carte, alors que pour ma part, je ne l'ai même pas ouverte. Je sais déjà ce que je vais prendre. Quand Max daigne enfin fermer la carte, le serveur reporte son attention sur lui :

- Vous avez choisi Monsieur ?

- Oui, *pasta e fagioli*, s'il vous plaît.

Puis, je vois son regard bleu revenir vers moi et son front se froisser légèrement en voyant ma carte toujours posée sur la table.

- Tu as choisi ?

- Un risotto aux champignons, je commande en tendant la carte au serveur.

- Des boissons ?

- Une carafe d'eau, répond Max pour nous deux.

Intérieurement, je le remercie de ne pas avoir proposé de prendre de l'alcool. Je préfère garder les idées claires pour ce qui m'attend, quoi qu'il s'agisse. Je regarde le serveur s'éloigner, comme si cela pouvait me préserver encore un peu. Juste quelques secondes de plus. Je redoute cette conversation et ma nervosité doit se voir comme le nez au milieu de la figure. Mes mains sont moites, et je les frotte contre mon pantalon en jetant des regards à la salle peu fréquentée. Je suis déjà venue de nombreuses fois, Le Vesuvio est un restaurant à la déco traditionnelle, alliant bois et tissu vichy, ce qui lui confère une ambiance chaleureuse. Une musique douce remplit l'espace un peu vide autour de nous.

- Alors, ça fait longtemps que tu vis ici ? Me questionne Max pour engager la conversation.

- Trois ans.

- Je suppose que tu n'es pas venue pour le climat, tente-t-il de plaisanter en levant un sourcil de connivence qui étire le coin de mes lèvres.

- Pas vraiment, non. J'avais besoin de m'éloigner de mes proches. Redevenir une inconnue parmi la foule, je lui réponds en toute franchise, tout en sachant que c'est également une façon de lui faire savoir que je n'apprécie pas qu'il débarque dans ma vie.

- Ouille ! Je viens de foutre en l'air tous tes plans, rigole-t-il. Dois-je faire pénitence ?

- Deux Ave Maria et un Pater Noster ce soir en te couchant seront un bon début, je murmure en détournant le regard pour ne pas qu'il voie mon sourire en coin.

Je voudrais que son humour ne m'atteigne pas, tout comme je voudrais qu'il ne soit pas aussi beau à regarder. Je voudrais garder les barrières que j'ai érigées bien dressées entre nous, mais c'est plus fort que moi, et notre petite joute verbale étire un peu plus mes lèvres, m'aidant à me détendre.

- Merci ma mère, je suivrai vos recommandations, dit-il faussement sérieux.

- J'espère bien, sinon, nous serons obligés d'y ajouter quelques reptations et une flagellation ou deux.

- Avec des orties fraîches ? Pour le coup, j'hésite ma mère. Je serais bien tenté de me rebeller un peu pour tenter l'aventure.

Je secoue la tête, le cou bas pour lui cacher le rire silencieux que je ne peux plus retenir. Le fait qu'il m'appelle *ma mère* restant volontairement dans le registre de l'humour, apaise quelque peu mes craintes. C'est bien Max mon nouveau voisin que j'ai face à moi, et sans le savoir, il me facilite les choses.

- Et sinon, entre deux prières tu as fini de vider tes cartons ? Je lui demande pour assouvir ma curiosité.

Car bien malgré moi, je dois avouer que je me suis souvent demandé où il en était de son installation, essayant de l'imaginer dans son intérieur flambant neuf. Je sais, je le fuis, mais je pense à lui. Je suis un cas désespéré. Incohérente avec ça.

- Oui, même si je n'ai pas encore trouvé où accrocher le crucifix.

- Tu as envisagé de le mettre face au lit, pour ne pas oublier de faire ta pénitence ?

Son regard jusque-là rieur se fait ombrageux le temps d'un battement de paupières. Le changement est si rapide que je ne parviens pas à saisir ce que cet éclat recèle, mais ses yeux me quittent pour la première fois de notre échange. C'est à ce moment-là que le serveur revient avec une corbeille de pain et notre carafe d'eau. Je me demande ce qu'il aurait dit sans cette interruption.

Le silence s'installe un moment entre nous, alors que Max remplit nos verres et que je picore du pain pour me donner une contenance, mais très vite nos plats arrivent accompagnés d'un délicieux fumet qui m'ouvre l'appétit. J'ai presque mangé la moitié de mon risotto quand la question de Max me cueille sans prévenir :

- Tu fais quoi comme boulot ?

Nous y voilà ! Les vraies questions arrivent... Cette fois, je dois m'éclaircir la voix avant de réussir à produire un son digne de ce nom pour lui répondre. Décidément, c'est plus facile quand on se contente de balancer des futilités...

- Je... Je travaille pour un journal local.

- C'était la branche qui te plaisait, non ? Le journalisme ? M'interroge-t-il en enfournant une grande fourchetée de pâtes.

Rivant mon regard au sien, je tente de me rappeler si j'avais déjà fait allusion à ça devant lui, mais j'ai beau creuser, je ne me souviens pas en avoir eu l'occasion. Alors, comment peut-il savoir ça ?

- Plus ou moins. Je fais surtout du secrétariat. Et toi ? Tu es devenu architecte ?

Tout est bon pour recentrer la conversation sur lui, car je n'ai pas l'intention d'aborder les raisons qui font que je n'ai pas suivi mon rêve initial. Il ne manquerait plus qu'il veuille savoir pourquoi je ne suis pas sur le terrain, et je devrais lui avouer trop de choses, mes crises de panique, les souvenirs qui rejaillissent sans crier gare... Mes cauchemars. Impossible.

- Oui. Je travaille pour un petit cabinet en plein essor. J'ai été recruté pour une mission de huit mois, mais si je mène bien ma barque, ils me proposeront un contrat à long terme.

Je le regarde un moment interdite, recollant les bribes de ce que je sais.

- Mais, tu as acheté un appartement et fait tous ces travaux alors que tu ne seras peut-être plus là dans quelques mois ?

- Je suis d'un naturel confiant, dit-il comme si cela expliquait tout.

Mais à ce moment, un éclair de lucidité dont je ne me croyais pas capable me souffle qu'il n'a fait qu'éluder ma question, comme je l'aurais fait moi-même. Ce serait d'ailleurs hypocrite de ma part de creuser la question alors que j'ai tendance à fuir les sujets que j'estime intimes, alors je fais mine de ne rien avoir remarqué.

- Et ça te plaît ?

- J'adore ! Je travaille sur un projet de rénovation d'un vieux bâtiment dans le centre historique. C'est un vrai défi. Arriver à moderniser la structure tout en préservant l'esprit des lieux, son caractère, ce qui fait son charme... C'est le genre de projet sur lequel on bâtit une réputation. C'est une vraie chance pour le cabinet.

C'est agréable de l'écouter parler de son métier. Il semble passionné par ce qu'il fait. Je n'ai pas souvenir de l'avoir vu aussi impliqué plus jeune.

- Et pour l'architecte qui le porte, je suppose.

- Mon nom ne sera pas mis en avant, mais ça reste une expérience intéressante, dit-il en haussant les épaules.

- Je n'aurais jamais cru t'entendre dire ça un jour.

Les mots m'échappent sans que j'aie pu les empêcher de jaillir de ma bouche. Et je ne suis pas surprise de voir Max arborer un sourire de brigand.

- Tu me voyais plus imbu de moi-même, peut-être.

Je suis gênée qu'il lise en moi de cette façon. C'est une chose de penser du mal des gens, c'en est une autre que de l'avouer à voix haute, qui plus est au principal intéressé.

- Quelque chose comme ça.

- Il faut croire que la vie a su me remettre à ma place, dit-il tout bas en baissant les yeux.

À dix-neuf ans, Max était un garçon sûr de lui qui pensait avoir le monde à ses pieds, mais je suppose que le passage à l'âge adulte a dû lui donner quelques leçons de vie inévitables. La réalité du monde contemporain n'est pas toujours telle qu'on se la représente à l'abri du giron familial. Je suis bien placée pour le savoir.

- Tu vas vouloir un dessert ? Me demande-t-il en hélant le serveur et coupant court à mes spéculations.

- Une panna cotta, ce serait bien.

Le serveur ramasse nos assiettes vides après avoir noté nos desserts. Dès qu'il a tourné les talons, Max s'accoude à la table et se penche au-dessus de la table réduisant l'espace entre nous. Sa proximité me trouble, colorant légèrement mes joues et mon premier réflexe est de reculer contre mon dossier pour rétablir une certaine distance.

- Comment vont tes parents ?

Sa question est anodine pour deux personnes qui se connaissent depuis plusieurs années, qui se sont perdues de vue depuis un moment, mais ce faisant il entre de plein pied dans une intimité que je ne souhaite pas partager. Ma réaction ne se fait pas attendre, tout mon corps se crispe. Mâchoire contractée, je fixe un point sur la table incapable de formuler une réponse mentale, priant pour que le serveur arrive pour me dispenser d'avoir à répondre. Mais les secondes s'écoulent sans qu'un seul mot ne vienne effacer la question qui reste en suspens entre nous.

Le moment s'étire jusqu'à ce que la main de Max entre dans mon champ de vision, venant se poser à quelques millimètres de ce point invisible que je m'évertue à soutenir. Il ne me touche pas, il reste là, à proximité, immobile, silencieux. Sa façon de me prouver une fois de plus qu'il est disposé à être patient. Incapable de m'en détourner, je fixe à présent cette main virile, aux doigts fins sans être efféminés, centimètre par centimètre, je remonte le long de son poignet, de son bras, escaladant son épaule large, son cou léché par ses cheveux bruns. Au bout du chemin, son regard d'un azur intense me fixe. Son expression est bienveillante et calme, pas un tic nerveux ne laisse transparaître le moindre agacement. Alors peut-être parce que je ne me sens pas acculée, ou peut-être parce que c'est Max, je pousse les mots hors de ma bouche d'une voix éraillée :

- Je suppose qu'ils vont bien.

Son expression ne change pas, elle n'exprime pas de jugement ou d'incompréhension, alors je poursuis :

- Je ne les ai pas revus depuis trois ans.

- Depuis que tu as emménagé ici ?

J'opine de la tête, détaillant ses traits à la recherche d'un reproche, d'une accusation, mais je ne vois rien à part ses pupilles à la teinte incomparable qui me happent, me captivent. Je pourrais me perdre dans ses yeux. Déjà jadis, il aurait pu charmer une fille d'une seule œillade, et je ne faisais pas exception, même si j'étais parfaitement consciente de ne pas avoir ce qu'il fallait pour charmer un garçon dans son genre. Trop mec, trop charmeur, trop sûr de lui. Je me suis toujours demandé si ses parents étaient conscients du fait que leur fils était un tombeur de première, même s'il prenait soin de ne pas leur ramener de filles à la maison.

- Et tes parents ? Comment vont-ils ?

- Bien. Même si mon père passe son temps à se plaindre que la maison est trop grande pour eux deux.

Des images fugaces de leur foyer chaleureux me reviennent en tête, la bonhomie de son père. Sa mère qui me semblait toujours de bonne humeur... Je m'empresse de refouler ces souvenirs le plus loin possible avant qu'ils n'en appellent d'autres plus sombres. Mais au fond de moi, la culpabilité de les avoir rayés de mon esprit alors qu'ils m'ont toujours accueillie les bras ouverts, est toujours là. Alors que dire de ma meilleure amie ? Celle que je considérais comme la sœur que je n'ai jamais eue, la seule à me comprendre.

- Je... J'espère que Clarisse est heureuse, je lâche comme une prière, comme si cela pouvait atténuer mes remords.

La mâchoire de Max se crispe dans un tic et son regard se modifie imperceptiblement, mais il m'adresse néanmoins un sourire fragile qui se veut rassurant :

- Il ne peut en être autrement.

Sa réponse me semble étrange, mais il étire un peu plus la bouche dans un sourire convaincant qui chasse mes doutes et m'apaise un peu, repoussant un peu plus loin mes regrets.

Le retour se fait dans la bonne humeur, Max me faisant remarquer les rangées de poubelles alignées dans le quartier et m'encourageant à y déposer mes ordures le lendemain.

- Mince, moi qui pensais me servir de ton joli planning, j'affirme boudeuse.

- Tu espères que j'y croie ? Se moque-t-il.

- Bien sûr, je te signale que je l'ai accroché dans mon entrée ! Ce tableau est en passe de devenir une bible pour moi !

- J'aimerais bien voir ça ! Rigole-t-il alors que nous pénétrons dans l'immeuble.

- Et tu comptes faire comment ? Tu vas m'espionner quand je descends les poubelles ? Je me disais bien que tu étais un peu bizarre !

Je m'arrête un instant devant sa porte pour me tourner vers lui. En dépit de mes appréhensions, j'ai passé un bon moment, un peu tendu par certains aspects, mais ce n'était pas si terrible que ça. À présent, je suis un peu gênée de m'être montrée aussi réticente.

- Merci pour le repas.

- Pas de quoi, je veillerai à oublier de remplir mon frigo de temps en temps pour qu'on puisse remettre ça, dit-il avec un sourire un tantinet charmeur.

- Mon voisin aurait-il également un petit côté étourdi ?

- Si ça peut lui permettre de revoir sa jolie voisine... Plaide-t-il.

Je lui adresse un salut de la main et m'élance vers l'escalier pour rentrer chez moi, quand ses phalanges s'enroulent autour de mes doigts pour me retenir. Son contact provoque des frissons qui remontent le long de mon bras et un spasme inattendu me contracte le bas ventre, si bien que quand mon regard rencontre le sien, je sens une bouffée de chaleur m'envahir.

- Angélique, j'ai compris que si tu es venue t'installer ici, c'est pour prendre un nouveau départ, mais on n'est pas obligés d'explorer le passé. J'aimerais juste que tu me fasses une petite place dans ton présent.

Nos regards restent soudés un long moment, son contact brûlant ma peau par ondes successives au rythme des battements de mon cœur. Une petite voix loufoque se demande si ses empreintes seraient suffisamment nettes pour être reconnaissables sur ma peau, s'il serait possible de tatouer ses marques digitales ou si ce serait techniquement impossible. Est-ce que j'aimerais que ce soit le cas ? Immortaliser sur ma peau ce qui pour moi est à ce jour la plus touchante déclaration que l'on ne m'ait jamais faite.

Pas une déclaration d'amour, non. Mais la preuve qu'il existe quelqu'un sur cette terre qui souhaite me connaître, moi, me découvrir, appréhender mes différentes facettes. Et peut-être apprendre à m'apprivoiser, comme si j'étais digne d'intérêt.

D'une certaine façon importante pour lui, peut-être.

Chapitre 12

Max

Avant...

C'est un bruit cristallin et mélodieux qui me tire des bras de Morphée.

Un rire doux, joyeux, communicatif qui me pousse à sourire à mon tour. Un rictus incontrôlé, un réflexe instinctif de mon être, malgré les brumes cotonneuses qui entourent inextricablement le cerveau.

Une pensée fugace me dit que c'est le son le plus beau qui ait percuté mes tympans, fait vibrer mes oreilles. Un truc qui n'existe pas vraiment sur terre, un chant venu d'un autre monde. Et je réalise que j'ai peut-être bu plus que je ne le croyais hier, car jamais une telle pensée n'avait traversé mon esprit auparavant.

Des voix s'enroulent dans une danse pleine de bonne humeur qui provient de sous ma fenêtre. La chambre est inondée d'une lumière éclatante filtrée par les voilages. Je suis rentré tard hier et n'ai pas pris la peine de fermer mes volets, trop crevé pour faire autre chose que m'affaler sur le lit encore à moitié habillé. Pour preuve, le jean qui s'enroule autour de mes jambes entravant quelque peu mes mouvements.

Passant une main sur mon visage, je m'éclaircis les idées quand de nouveau ce rire angélique raisonne dans l'air ambiant se propageant par ondes successives et je ne peux pas nier que cela suscite ma curiosité. Cela fait deux jours que je suis rentré pour les fêtes de Noël. Deux jours, que je guette les allées et venues de ma sœur pour apercevoir son énigmatique copine, alors je m'extirpe laborieusement du lit et d'un pas titubant, je me plante derrière les rideaux pour découvrir quelle créature est capable d'attiser ma bonne humeur par son simple rire.

Emmitouflées dans d'épaisses doudounes, elles sont deux à se canarder de boules de neige dans des éclats d'un bonheur non feint. Je reconnais rapidement Clarisse à son bonnet rouge et sa veste assortie, c'est donc avec avidité que je scrute la fille qui lui fait face. Bonnet et écharpe multicolores sur une doudoune aussi blanche que la neige, je reconnais de suite ses cheveux châtains aux reflets dorés qui coulent librement sur ses épaules. Elle porte un jean moulant et des bottes qui la font trébucher à chaque fois qu'elle tente d'éviter les tirs de Clarisse, ce qui ne manque pas de déclencher de nouveaux éclats joyeux.

Quand dans un méli-mélo de gestes désordonnés Clarisse entreprend d'écraser directement une boule sur le visage de son acolyte, elles se débattent un temps et finissent par se laisser tomber dans la neige. Un fou rire contagieux cascade jusqu'à mes oreilles dessinant sur mes lèvres un sourire amusé.

Le visage tourné vers le ciel, elles restent là quelques instants à contempler l'azur, toutes deux à bout de souffle. Poussé par la tentation, j'écarte les rideaux pour pouvoir contempler le visage de cette parfaite inconnue sans barrière aucune.

Ses traits sont fins, délicats et son teint de porcelaine lumineux. Ses joues rosies par le froid me renvoient au souvenir de ses cuisses à la peau claire et lisse. La vision de ce t-shirt se soulevant lentement à souvent accompagné mes pensées nocturnes, me tenant éveillé une bonne partie de la nuit. Depuis notre dernière rencontre, ces images sensuelles n'ont pas cessé de me hanter, de me torturer. J'ai imaginé les lignes de son visage maintes et maintes fois. Pourtant, je n'ai jamais réussi à égaler une telle beauté.

Si lumineuse qu'elle en est aveuglante.

Fracassante par sa pureté et son naturel.

Les anges existent, il y en a un là, qui se tient sous ma fenêtre.

Chapitre 13

C'est avec un sourire béat que je m'éveille le lendemain malgré l'heure matinale.

La nuit a été calme et j'ai dormi comme un loir, sans cauchemars, sans interruption, d'un sommeil réparateur. Du coup, je me sens bien, pleine d'entrain et d'énergie. Cela fait un petit moment maintenant que cela n'était pas arrivé, entre ces fichus rêves qui me harcèlent sans relâche et les travaux de mon voisin...

Je laisse mes pensées dériver vers Max et je ne peux réprimer un sourire de contentement en repensant à la soirée de la veille. On a beau avoir abordé des thèmes sensibles comme la famille et les raisons qui m'ont poussée à m'éloigner pour enfin m'installer ici, je ne parviens pas à regretter d'avoir accepté son invitation. J'apprécie de plus en plus nos petites joutes verbales et le fait qu'il ne se montre pas désappointé par mon humour parfois un peu décalé. Au contraire, il en rajoute et avec une sacrée répartie. J'adore !

Les rares fois où je suis sortie avec un collègue ou une vague connaissance, je n'avais jamais réussi à me sentir aussi détendue qu'hier, ce qui rendait l'échange laborieux, malaisé, pénible même parfois. Alors qu'avec lui, c'est étonnamment plus facile, fluide, presque naturel quand je parviens à mettre mes réticences de côté.

Mon réveil indique sept heures et il est grand temps que je me secoue les puces pour me préparer si je ne veux pas être en retard. Une douche, quelques fringues vite enfilées et me voilà déjà dévalant les marches à la chasse au cappuccino.

Assez fière de mon efficacité, je franchis même les portes de l'ascenseur du journal avec six bonnes minutes d'avance, un air de musique en tête et un sourire toujours éclatant sur le visage. Comme quoi, on ne plébiscite jamais assez les bienfaits d'une bonne nuit de sommeil !

Ma bonne humeur et ma productivité ne me quittent pas de la journée, courriers, relecture, saisie des articles tout y passe et sans effort, je fais d'une pierre deux coups : Mon patron est satisfait et je viens à bout de toutes les basses besognes rébarbatives que j'avais tendance à laisser de côté ces derniers temps par manque d'entrain. Adieu procrastination, bonjour efficacité !

Quand je quitte le boulot, je suis encore pleine d'énergie et je n'ai pas envie de rentrer directement, je décide donc de passer faire un petit coucou à Caroline que je n'ai pas vue depuis quelques jours. Ma ritournelle encore en tête, je lève le poing pour frapper à sa porte quand celle-ci s'ouvre sur mon amie portant dans ses bras sa jolie frimousse de fille.

- Salut ma belle ! Quelle surprise ! M'accueille Caroline. Tu tombes bien, on allait chercher Malo, tu nous accompagnes ?

- Avec plaisir ! Bonjour Emma !

La jeune demoiselle me souffle un bisou baveux au creux de sa main potelée quand je réalise que quelque chose cloche.

- Mais ce n'est pas seize heures trente la fin de l'école ? Je m'inquiète en zieutant l'heure sur mon téléphone.

- Si, confirme la maman. Ils ont fait une sortie à la journée dans un parc animalier aujourd'hui. Ils rentrent plus tard que d'habitude.

Elle ferme la porte de son appartement et nous nous mettons en route. L'école de Malo est à deux rues de son logement alors nous y allons à pied.

- Tu as bonne mine. J'en déduis que les travaux dans ton immeuble sont finis.

- Oui, je dors beaucoup mieux, je confirme avec un grand sourire.

- Ça a duré un petit moment, ils faisaient quoi au juste ?

- Je crois qu'ils ont tout refait, c'est un logement qui était à vendre depuis plusieurs mois.

- Tout s'explique ! En tout cas tu as l'air plus reposée.

Caroline m'adresse ce fameux sourire maternel dont elle a le secret tout en me pressant le bras affectueusement. J'en profite pour faire des grimaces à Emma qui rigole de mes pitreries.

Devant les grilles de l'établissement, l'attroupement de parents est conséquent, les véhicules sont arrêtés en double file et c'est un joyeux imbroglio qui se joue sous nos yeux quand les grilles s'ouvrent libérant les enfants qui semblent tout excités de leur virée. Je fredonne toujours cet air entêtant en lorgnant la foule de papas et de mamans qui se juchent sur la pointe des pieds et tendent le cou pour tenter d'apercevoir leur mini-moi qui est pourtant au ras de pâquerettes.

Ne devraient-ils pas plutôt se baisser ?

Caroline est à deux doigts de se hisser sur une des barrières qui borde le trottoir pour localiser son fils alors qu'elle tient toujours sa fille contre elle, faisant fi de toute prudence. Heureusement, celui-ci surgit comme par magie des jupes de la dame devant nous et se jette dans les jambes de sa mère ses petits bras se cramponnant à ses cuisses.

- C'était trop bien !

Mon amie se baisse pour déposer un bisou sur ses joues rebondies et examiner sa mine réjouie. Son sac à dos sur les épaules, il arbore des traces de terre et d'herbe sur ses vêtements, et des moustaches de chocolat autour de la bouche. Pas de doute, la journée a été plus intéressante qu'une leçon de français et trois exercices de maths !

- Un bon bain pour décrasser tout ça, un repas rapide et j'en connais un qui va tomber comme une masse ce soir.

Nous rebroussons chemin, tenant chacune une petite main du garçonnet survolté par sa journée et qui ne cesse de sauter se laissant porter à bout de bras. De sa bouche s'écoule un babillage ininterrompu qui narre par le menu tous les animaux qu'il a vu en une journée, si bien que nous l'écoutons religieusement, du moins pour sa mère car moi, je ne peux contenir le fredonnement qui danse sur mes lèvres. Je fais néanmoins l'effort de suivre le cheminement de son récit autant que faire se peut.

Nous arrivons rapidement chez Caroline qui s'empresse d'envoyer son fils dans la salle de bains tandis qu'elle dépose Emma au milieu de ses jouets sur le tapis du salon.

- Et sinon, tu n'as rien à me raconter ? Lance-t-elle sitôt sa fille posée.

Je mets quelques secondes à comprendre que c'est à moi qu'elle s'adresse, mais son regard braqué sur moi et son sourire en coin auraient dû me mettre la puce à l'oreille.

- Comment ça ?

Sans se démonter, mon amie croise les bras sous sa poitrine et accentue son rictus lui donnant un faux air du chat de Cheshire dans Alice au pays des merveilles.

- Allez pas la peine de faire l'innocente !

Je me repasse à vitesse grand V notre conversation de la dernière demi-heure cherchant ce que j'ai bien pu dire qui me vaille cet interrogatoire. Mais je ne vois pas. Arrivée, école, trajet, animaux. Non, vraiment pas...

- Tu me confonds avec Marlène peut-être... C'est elle qui a du croustillant à raconter en ce moment. D'ailleurs, on ne la voit plus beaucoup, je tente de biaiser pour détourner son attention.

- Laisse Marlène en dehors de ça, tu veux ! Je sais que tu es allée manger dans ton petit resto italien. Et à moins que j'ai raté quelque chose, ce n'était pas avec moi, ni avec Marlène qui a passé la soirée avec Abel. Alors, je répète ma question : Tu n'as rien à me raconter ?

Je baisse les yeux sur les vêtements que je porte à la recherche d'une trace de risotto qui m'aurait échappée mais c'est tout bonnement impossible, je ne porte pas les mêmes qu'hier. Pantalon noir coupe droite et chemise à carreaux entrouverte pour laisser voir un débardeur noir. Le mystère s'épaissit...

- Tu m'as suivie ? Je suppute incrédule.

- Non, idiote ! S'esclaffe Caroline. Depuis que tu es arrivée tu chantes la discographie complète d'Eros Ramazzotti. Ne le prends pas mal, mais à part au Vesuvio, il y a belle lurette qu'on n'entend plus ses titres.

Sa logique me semble d'une solidité à toute épreuve et à présent qu'elle le souligne, je réalise que j'ai effectivement passé ma journée à chanter des vieilles chansons d'Eros que je suis même trop jeune pour connaître ou presque. Inutile de nier l'évidence.

- OK, je suis allée y manger hier, Sherlock.

- Ce qui m'intéresse c'est de savoir avec *qui* poursuit mon amie en me faisant signe de la suivre dans la cuisine. Tu sors tellement peu que quand cela arrive, c'est un événement qui mérite qu'on s'y penche ne serait-ce que deux minutes.

Tout en parlant, elle sort divers ingrédients de son frigo et commence à préparer le repas familial comme si au final elle n'accordait pas tant d'importance que ça à ce que je pourrais lui révéler. J'apprécie les méthodes de Caroline. Elle n'a pas son pareil pour vous mener là où elle veut sans en avoir l'air. Sûrement une technique de maman rusée... En tout cas c'est efficace avec moi :

- Mon nouveau voisin, j'avoue presque à regret.

- Monsieur travaux, donc. Il voulait fêter la fin de son chantier ? Se moque-t-elle.

- Non, me remercier de lui avoir rendu service.

Je croise les doigts dans mon dos pour qu'elle se contente de ma réponse, car je ne suis pas prête à parler de Max et du fait qu'il n'est pas *que* mon nouveau voisin. Trop compliqué, trop de révélations en perspective.

- C'est bien. C'est toujours bon d'entretenir de bonnes relations de voisinage, dit-elle comme un point final à notre échange.

Je m'attendais presque à devoir batailler pour banaliser ce repas auquel il n'y a pas lieu de donner de l'importance, mais cela n'est pas nécessaire. J'avais oublié à qui j'avais affaire. Caroline n'est pas comme ça. Elle tire l'hameçon jusqu'à obtenir ce qu'elle veut, certes, mais ce n'est pas son genre d'en faire des tonnes. Par contre, si cette histoire arrive aux oreilles de Marlène, là, ce ne sera pas la même chanson ! Ramazzotti n'aura qu'à bien se tenir !

Elle change de sujet et me parle du voyage que réalise Kevin pour le boulot : Trois jours de déplacement dans une ville côtière, sans que l'on revienne sur le sujet. Je joue deux minutes avec Emma pendant qu'elle sort Malo de son bain et lui passe son pyjama, puis quand tout ce beau monde passe à table, je m'éclipse pour rentrer chez moi.

Dans le bus quasi vide qui me ramène chez moi, je chantonne encore un titre d'Eros. C'est vrai que la musique diffusée au Vesuvio est quelque peu vieillotte, mais je trouve que c'est ce qui fait le charme de ce restaurant. Ça, et leur excellente cuisine. Cela m'a fait d'autant plus plaisir d'y aller avec Max, car cela faisait un bon bout de temps que je n'y avais pas mis les pieds.

Cantare d'amore non basta mai
Ne servirà di più
Per dirtelo ancora per dirti che
Più bella cosa non c'è
Più bella cosa di te
Unica come sei
Immensa quando vuoi
Grazie di esistere[1]

Je me demande si Max a trouvé mon restaurant fétiche à son goût, s'il a apprécié le cadre et la cuisine ou, si au contraire, il n'a pas aimé son petit côté kitch. Peut-être que je devrais lui poser la question.

Mais dans ce cas, cela suppose que j'aille vers lui, que j'engage la conversation, que je fasse un pas dans son sens. Sauf que je n'ai pas encore décidé de la suite à donner à cette soirée, et encore moins à sa demande de l'intégrer à mon présent. Même si j'ai passé un bon moment, cela va certainement avoir des répercussions sur mes cauchemars, alors est-ce que je suis prête pour ça ? Est-ce que je suis disposée à lui laisser une chance d'entrer dans ma vie comme... Comme quoi d'ailleurs ? Comme un voisin de palier ? Comme un ami ?

D'ailleurs peut-on être ami avec un mec aussi beau et sexy ? À l'époque, je me rappelle que c'était un tombeur et je ne l'aurais pas imaginé fréquenter une fille sans arrière-pensée lubrique. Mais à présent ? Qu'en est-il ? A-t-il changé ?

Je me laisse aller à un fou rire qui attire le regard des rares passagers autour de moi. Je suis vraiment un cas désespéré ! Je ne sais déjà pas si j'accepte d'être son amie que déjà je m'inquiète de ce qui pourrait se passer.

D'ailleurs que pourrait-il bien se passer. Pas grand-chose.

Un type comme Max ne s'intéresserait jamais à une fille comme moi !

Quand je mets pied à terre devant notre immeuble, j'en arrive à la conclusion que ce n'est peut-être pas vraiment important de savoir si le Vesuvio lui a plu. Oui, c'est peut-être plus simple comme ça. Ne pas faire le premier pas, ne pas m'engager dans quoi que ce soit. Rester à l'abri dans ma zone de confort.

Chapitre 14

Un grattement provenant de ma porte d'entrée se fait entendre alors que j'enfile mon pantalon. Nous sommes samedi et j'ai paressé au lit avant de me décider à me lever pour prendre une douche. Il faut dire que le temps gris que je voyais entre mes rideaux n'était pas très motivant. J'hésitais même à aller me chercher ma boisson favorite au coin de la rue, c'est pour dire !

Je passe un pull pour compléter ma tenue jean-débardeur et me dirige vers l'entrée quand le grattement se fait de nouveau entendre. Je me doute de qui ça peut être, c'est donc avec une certaine appréhension que j'empaume la poignée de porte et prends le temps d'une grande inspiration avant d'ouvrir.

Je n'ai pas revu Max depuis la soirée au restaurant italien. Autant dire que je ne sais toujours pas où j'en suis...

Nonchalamment accoudé contre la rambarde d'escalier, Max me fait face jambes croisées au niveau des chevilles. Il arbore un léger sourire et un air détendu et sûr de lui qui lui ressemblent tellement, qu'il me fait sourire à mon tour.

- Salut !

Sans même me répondre, il me tend un mug que je n'avais pas remarqué. L'odeur qui me parvient alors, est le plus doux des fumets et me fait écarquiller les yeux.

- D'où ça sort ça ? Je lui demande alors que mes doigts s'emparent déjà avidement de la tasse.

Fermant les yeux pour en savourer pleinement l'arôme, je porte le mug à mon nez, m'imprégnant de l'odeur de noisette, de chocolat et de café mélangés dans un mariage parfait. Sur le dessus, un nuage de chantilly parsemé de cacao me fait saliver d'avance. Je porte le breuvage à mes lèvres pour vérifier s'il tiendra toutes les promesses silencieuses qu'il m'a déjà faites. Eh, là, c'est un pur délice qui explose sur mes papilles, un vrai orgasme gustatif qui envahit ma bouche.

- Hum ! Le paradis sur terre.

Je suis surprise par le rire de Max qui me pousse à rouvrir les yeux. Portée par l'instant, j'en avais oublié sa présence. Assez fier de lui, il affiche un sourire radieux qui illuminerait presque la cage d'escalier.

- Je n'étais pas sûr qu'il soit réussi, dit-il pour seule explication.

Portant de nouveau la tasse à mes lèvres, j'en avale quelques gorgées pour confirmer ma première impression. Et c'est un soupir de contentement que je laisse échapper.

- Je dirais que c'est le meilleur cappuccino qu'il m'ait été donné de boire.

Max passe la main dans ses cheveux sans se départir de son sourire. Son geste me surprend un peu car chez un autre homme, il aurait pu mettre en avant une certaine gêne, mais cela colle tellement peu au Max que je connais, que je ne sais pas quelle signification lui donner.

- J'en déduis que je pourrais recommencer.

- Parce que tu voudrais me faire croire que c'est toi qui as fait ce doux nectar ?

- Parfaitement, petite insolente ! Feint-il de s'offusquer.

Je regarde le contenu de ma tasse déjà à moitié vide, la finis d'une traite et plantant mon regard dans son bleu profond, je le défie, sûre de moi :

- Prouve-le !

- Avec plaisir, s'amuse-t-il en reprenant la tasse et m'adressant un geste pour m'inviter à le suivre.

J'attrape mes clés, ferme la porte et lui emboîte le pas sans plus tarder. Au-delà du défi que je viens de lui lancer, je suis prête à tout pour avoir le privilège de pouvoir savourer une seconde tasse de cappuccino !

Arrivés devant la porte de son logement, je réalise que je vais également pouvoir assouvir ma curiosité en découvrant à quoi ressemble son appartement et ce constat me rend un tantinet nerveuse. Max ouvre la porte en grand, se tourne vers moi de façon cérémonieuse, et me dit avec emphase :

- Bienvenue chez moi !

Il marque un temps d'arrêt, comme s'il hésitait à poursuivre avant de finalement ajouter :

- Tu es à deux doigts de découvrir mes plus sombres secrets, est-tu sûre d'être prête pour ça ?

Sa remarque accentue quelque peu ma nervosité, sans le savoir il a mis des mots sur mes angoisses. Mais comme s'il avait senti mon malaise, il m'adresse un sourire rassurant.

- Je te taquine ! Dit-il avant de tourner les talons pour se diriger vers son séjour.

J'en suis encore à hésiter entre le suivre et rentrer chez moi, quand sa voix virile et pleine de moquerie me parvient.

- Alors ! Un cappuccino pour la demoiselle suspicieuse, un !

C'est finalement la gourmandise qui l'emporte. J'avance dans le couloir refermant la porte derrière moi et entre dans son espace pour le découvrir derrière le comptoir de l'îlot central, s'apprêtant à reproduire un pur miracle culinaire.

Son séjour est vaste et lumineux, il a complètement abattu la séparation entre cuisine et pièce à vivre ouvrant ainsi la perspective et donnant plus de luminosité au lieu. À présent, seul l'assemblage de meubles qui constituent l'îlot crée une séparation symbolique tout en offrant une vaste table autour de laquelle plusieurs tabourets sont placés. Les meubles sont en bois blanc ce qui offre un savant mélange de classicisme et de modernité. Côté salon, un énorme canapé Chesterfield en cuir marron apporte une touche cosy. Le cuir est souple et légèrement marqué comme s'il avait déjà vécu de longues années, engrangeant les souvenirs d'une vie entière dans ses replis. Les murs sont recouverts d'un enduit à effet beige dont la cire apporte des reflets dorés. C'est à la fois masculin et chaleureux malgré le fait que les murs soient dépourvus de décoration.

Cet intérieur est à l'image de Max. Il insuffle assurance et réconfort. Je sais déjà que je vais m'y sentir bien et ce constat me trouble par son étrangeté.

Dans mon dos, le ronronnement d'une cafetière à l'italienne attire mon attention.

- C'est parti pour le meilleur cappuccino de la terre !

J'avance vers les tabourets, prenant place sur le plus proche. Je le suis du regard tandis qu'il y dépose une cuillère crémeuse de chocolat noisette, y verse un peu de lait fumant et place la tasse sous le percolateur pour faire couler un café noir. Puis d'une main de maître, il dépose une bonne dose de crème chantilly sur la surface et l'orne de cacao en décrivant une arabesque avant de poser la tasse sur le comptoir entre nous.

Son regard profond est rivé sur moi, lorsqu'il pousse son œuvre vers moi plein de défi.

- Alors, verdict ?

À cet instant, son regard enflammé me ferait presque oublier mon addiction pour le cappuccino. La couleur de ses yeux, ce bleu profond unique m'ébranle et me désarme comme jamais aucun autre regard ne l'a fait auparavant. Pourtant une petite voix tout au fond de ma conscience me dit que ce n'est pas la première fois que je ressens cela.

Cherchant à cacher mon émoi, je soulève le mug pour en boire le contenu, détournant le regard. C'est effectivement une effusion de plaisir qui de nouveau prend naissance sous mon palais dès la première gorgée. Toutefois, le ton trop sûr de lui de Max me pousse à le taquiner une peu.

- Alors, Mademoiselle a-t-elle la preuve de mes talents ?

- Pas trop mal ! Disons que ça n'égale pas le premier...

- Pas trop mal ? J'ai vu la façon dont tu savoures chaque gorgée, dont tu gardes le liquide en bouche pour en apprécier toutes les saveurs ! Cela n'a rien de *pas trop mal* !

- Tu ne crois pas que tu te surestimes ? Certes c'est agréable à boire, mais t'emballe pas tout de même !

Il marque un temps d'arrêt, son regard se faisant aiguisé avant d'affirmer sans détour :

- Moi qui croyais te faire plaisir. Oublie, ce n'est pas grave, de toute façon je trouvais que cette cafetière prenait trop de place dans ma cuisine. Je vais donc pouvoir la rendre sans état d'âme.

Se détournant de moi, il entreprend de ranger la pâte à tartiner dans le placard, de remettre la chantilly au frigo et passer un coup sur le plan de travail comme si la question était close.

- Si tu crois que tu vas m'avoir comme ça, tu me connais mal Max ! Je fanfaronne même si intérieurement je croise les doigts pour qu'il ne se débarrasse pas de son perco.

Il attrape le torchon pour se sécher les mains et vient se placer face à moi avec un petit sourire satisfait qui tout à coup m'inquiète.

- Et si je te disais que je suis tout disposé à te préparer ton cappuccino tous les matins pour que tu l'aies tout chaud à domicile ? Plus besoin de braver les éléments pour avoir ta dose de caféine chocolatée.

- Tous les matins ?

Je sens déjà que je vais flancher mais je tente tout de même de me montrer forte au moins encore quelques secondes.

- Tous les matins, confirme-t-il en m'épinglant de son regard intense.

Puis, enfonçant le clou il ajoute :

- Avec un dessin en cacao différent chaque jour.

- Alors je te dirais que tu es le roi du cappuccino orgasmique, je lâche aussi vite que possible comme si cela effaçait l'aveu que je viens de lui faire, mais qui n'empêche en rien mes joues de rosir.

Je n'en reviens pas d'avoir lâché à voix haute une pensée qui en temps normal n'aurait jamais franchi mes lèvres.

Max me contemple un long moment sans rien dire, alors que je n'ose affronter son regard, promenant mes yeux n'importe où sauf dans sa direction.

- Le rose te va bien, dit-il soudain.

Fronçant les sourcils, je baisse les yeux sur ma tenue. Mon jean est bleu et mon pull vert, ce n'est qu'en relevant le visage vers lui que je comprends qu'il parle de mes joues empourprées. Ce qui n'arrange rien à leur teinte cramoisie.

- Pour te faire payer ta traîtrise, femme, tu vas devoir m'accompagner ! Embraye-t-il en contournant le comptoir.

- T'accompagner où ? Je demande en finissant ma boisson.

- Acheter des rideaux !

- Quoi ? Quand je vois ta déco, je ne vois pas pourquoi tu aurais besoin de moi pour choisir tes rideaux. Et puis tu n'es pas architecte ?

- Si, justement, je suis architecte, pas décorateur d'intérieur ! Et puis il faut bien que tu te fasses pardonner...

- Je ne vois pas pourquoi ? Je plaide en reposant ma tasse vide.

- Tu as osé remettre en cause mes qualités de barista ! Dit-il offusqué. Allez, tu as cinq minutes pour aller chercher une veste et me retrouver dans le hall, lance-t-il comme un ultimatum en disparaissant vers le couloir qui mène à la chambre.

Descendant de mon tabouret, je trottine jusque chez moi, attrape mon portable, mon sac et une veste légère avant de descendre les deux étages vers le hall. Max est déjà là, il m'attend une main sur la poignée de porte.

Nous attrapons le premier bus qui nous emmène à la galerie marchande. Les allées sont chargées de familles faisant leurs courses de la semaine, il nous faut donc serpenter entre les badauds. Max me conduit dans un magasin de tissu d'ameublement au deuxième étage. Sitôt passées les portes, il se tourne vers moi et me dit :

- Alors, à toi de jouer. Séjour, chambre et bureau. Il me faut de quoi habiller mes fenêtres.

- Mais, je ne sais même pas à quoi ressemblent la chambre et le bureau, je plaide avec une pointe de panique. Comment veux-tu que je sache quelle couleur choisir.

Tout en formulant ma pensée, je pivote vers les tissus accrochés sur le mur près de nous et mon regard accroche un velours rose avec un motif de petits angelots tout à fait vieillot.

- Remarque que celui-ci irait à la perfection avec ton crucifix. Ça reste dans le ton !

- Figure-toi que j'ai apporté des photos, rétorque-t-il en sortant son portable.

Il fait défiler plusieurs clichés sur lesquels je peux voir sa chambre à coucher aux murs bleu nuit me rappelant la couleur de ses iris, munie d'un parquet et de meubles en teck aux lignes épurées. Puis, je découvre une pièce claire aux murs blancs et au parquet clair que je devine être le bureau, au vu du mobilier de travail qui s'y trouve.

- Ok, alors voyons voir...

Je me dirige vers le fond du magasin, Max sur les talons. Les tentures sont exposées sur de grands portants dont je fais rapidement le tour, détaillant les différents styles présentés. Je tire sur une toile bleue claire unie qui me semble fade quand j'avise un lourd tissu nuancé allant du bleu au noir et dont la trame est piquetée de points argent simulant des étoiles. Sans hésiter, je saisis le modèle qui semble correspondre à la taille de ses fenêtres et lui fourre dans les bras sans rien dire. Deux rayons plus loin, je lui remets une toile beige dont les motifs marron clair représentent des mappemondes. Cette fois, je lui demande son avis :

- Bureau ?

- Pas mal.

Je cille sentant poindre la pique. C'est sans nul doute une petite vengeance à mon *pas mal* de tout à l'heure et cela me fait sourire.

Le choix des rideaux pour le séjour est un peu plus difficile.

- Tu veux des rideaux opaques ou juste de l'esthétique pour le séjour ?

- Opaque et esthétique, c'est possible ?

Je secoue la tête tout en rigolant à sa remarque. Comment ai-je pu croire que Max se serait contenté d'un simple rideau. Même ça, il fallait qu'il le fasse pleinement sans demi-choix.

Je finis par dénicher un velours aux reflets mordorés rappelant la cire qui recouvre l'enduit de ses murs, m'en saisis en arborant un rictus de victoire et lui tends.

- Voilà ! Mission accomplie !

En tout et pour tout, cela m'a pris dix minutes, je suis donc très fière de ma prouesse.

- Tu n'as pas choisi de voilages ?

Plaçant les mains sur les hanches pour marquer ma contrariété, je plisse les yeux à son encontre.

- Peut-être parce que tu n'as pas précisé que tu en voulais !

- Ai-je aussi omis de préciser que choisir des rideaux ne te dispensait pas de me faire la conversation ? Après tout, je n'ai rien à me faire pardonner, moi.

Sa façon de me dire cela l'air de rien, fait retomber mes velléités et mes bras dans un même mouvement. À présent, je m'en veux d'avoir abordé ça comme un truc dont je devais me débarrasser au plus vite, au lieu d'en faire un bon moment à passer ensemble.

- Désolée, je souffle dans un soupir. J'étais... concentrée sur la tâche à accomplir ?

Plus qu'une question c'est une tentative de traité de paix que je dépose à ses pieds. Mais je sais parfaitement que je ne suis pas très douée pour cela non plus. Pourtant, Max se montre conciliant, comme à chaque fois depuis que je l'ai percuté dans ce café. Patience et conciliation semblent être ses leitmotivs.

- Disons qu'on fera mieux pour les voilages...

Il arbore ce que je pense être un sourire sincère. Je hoche la tête avant de le suivre à travers le magasin. Cette fois, nous avons un vrai échange qui se déroule dans la bonne humeur et me permet de confirmer que Max est peut-être un architecte prometteur, mais questions association de couleurs et de matières, il a bien fait de faire appel à moi !

Chapitre 15

Lorsque nous rentrons les bras chargés de sacs contenant doubles rideaux, voilages et embrases assorties, il est déjà presque treize heures. Je n'ai pas vu le temps passer, et, chose que je n'avouerai jamais à voix haute, j'ai passé un très bon moment avec Max. Une fois de plus. Et cette mauvaise habitude ne me dit rien qui vaille...

Il est drôle, facile à vivre et j'ai l'impression de pouvoir parler de tout avec lui. C'est assez déroutant. Surtout pour moi qui ai souvent des difficultés à me livrer.

- J'ai fait des courses depuis la dernière fois, je te garde à manger ! Dit-il tout de go alors que nous déposons les sacs à l'entrée de son séjour.

- Ce n'est pas utile, je vais rentrer.

Même si j'ai passé une matinée agréable, mon instinct me dit de profiter de la première occasion pour filer à l'anglaise. Fréquenter Max après toutes ces années, est encore source d'angoisses pour moi. Je ne peux museler mes craintes de revoir certains souvenirs ressurgir à son contact. Mais Max ne l'entend pas de cette oreille.

- Tu es attendue ?

- Non, mais...

- Alors pas de discussion. Je t'ai monopolisée toute la matinée, il est normal que je te nourrisse un peu. C'est la moindre des choses.

Je le regarde se diriger vers la cuisine comme si la discussion était close, alors que pour ma part, j'aurais bien envie de répliquer. Le souci, c'est que je n'ai pas de raison valable de refuser, je ne suis même pas sûre d'en avoir envie. Je ne peux même pas dire que je n'ai pas faim alors que mon ventre n'a pas arrêté de gargouiller sur tout le trajet de retour, ce traître !

- Une omelette aux légumes avec une salade verte, ça te convient ? M'interroge-t-il tout en remontant ses manches sur ses avant-bras.

- C'est parfait.

Voyant qu'il ne cédera pas, je prends place sur un tabouret et l'observe se laver les mains puis, étaler les ingrédients sur le plan de travail. Rapidement, il commence à émincer poivrons, oignons et tomates sur une planche à découper. Je regarde ses mouvements effectués avec dextérité. Ses avant-bras sont couverts d'un duvet châtain qui laisse entrevoir ses veines un peu saillantes, le roulis de ses muscles à chacun de ses gestes, sa peau dorée malgré le manque de soleil des dernières semaines. Ses mains sont légèrement noueuses, viriles, ses doigts sont longs sans être fins et ses ongles bien entretenus. Ce sont des mains sensuelles, et je me demande soudain ce que cela ferait d'être touchée par ces mains, aussi belles que fortes. Sentirais-je ses tendons qui ondulent, ses veines qui palpitent au rythme de son cœur ? Feraient-elles preuve de douceur ou de fermeté ? Leur contact serait-il chaud et doux ?

En un battement de paupières de longs doigts sont agrippés à mes poignets, remontant fermement mes bras au-dessus de ma tête en un mouvement brusque, presque rude qui pourtant ressemble à une caresse pour moi. Sa poigne a quelque chose de brutal et mon cœur affolé est au bord de la panique, bourdonnant à mes oreilles.

La voix profonde de Max me tire de mes pensées et enflamme mes joues lorsque je réalise à quel point je me suis laissée dériver loin, très loin de la réalité. Dans une vision dont je suis incapable de déterminer l'origine, mais qui indéniablement a réveillé une douce chaleur qui déjà se propage dans mon bas ventre.

Je suis presque surprise de le découvrir là, toujours debout de l'autre côté du comptoir, occupé à émincer le dernier oignon.

- Tu peux peut-être nous faire une vinaigrette pour la salade ? Il y a tout ce qu'il faut derrière moi.

Désireuse qu'il ne perçoive pas le trouble qui m'assaille, je lâche la première chose qui me passe par la tête :

- J'étais mieux reçue chez tes parents !

Toutefois, quand je réalise la portée de mes paroles, je me fige, incapable de les reprendre. Je me mettrais des baffes pour une telle boulette ! Nous avions convenu de ne pas aborder le passé et voilà que c'est moi qui y fais référence !

Je jette un regard furtif à Max pour voir quelle sera sa réaction, mais il est toujours concentré sur sa tâche, éplucher, couper, émincer. Je décide donc de faire comme si de rien était et contourne l'îlot pour préparer la sauce vinaigrette avec les ingrédients qui n'attendent que ça.

- Tu l'aimes baveuse ?

À cet instant sa question a des connotations tout à fait osées à mon oreille et je manque de renverser le pot de moutarde que je tiens dans les doigts. Décidément, il faut que je me reprenne !

Tentant de recouvrer mon calme, je repose un peu trop brusquement le pot sur le comptoir heurtant un objet de mon bras. Surprise, je tente de rattraper la bouteille de vinaigre qui vient de se renverser sur la surface lisse face à moi. Heureusement, elle est bien fermée et la bouteille se contente de tourner sur elle-même comme une girouette folle qui finit par s'arrêter face à moi, pointant son doigt accusateur dans ma direction.

C'est impuissante que je vois les confettis argentés envahir la pièce et perçois la musique sourde qui semble absorber toute forme de lumière. Une bouteille de bière vide pointe vers moi alors qu'une main envahissante entre dans mon champ de vision me paralysant un peu plus.

- En piste ! Grince une voix nasillarde venue du passé, une voix qui écorche mes tympans avec ces deux seuls mots au point que je sens déjà le sang qui s'écoule le long de mes lobes, goûtant sur ma robe bleue.

- Angélique !

Les confettis virevoltent au rythme des secousses qui ébranlent mes épaules se propageant dans mon corps tout entier. La musique n'est plus qu'un bourdonnement lointain, mais des cris et des rires gras ont pris le relais donnant à cette main blafarde un aspect menaçant qui me fait suffoquer.

- Angélique ! Regarde-moi !

Je cligne des yeux et découvre le visage inquiet de Max à quelques centimètres du mien. Ses mains fermement posées sur mes épaules m'aident à garder l'équilibre alors que je tremble de tous mes membres.

Honteuse, je détourne le regard pour constater que la pièce est telle que je l'ai découverte ce matin, quelques sacs de courses en plus. Pas de confettis, pas de musique assourdissante, pas de rires malfaisants. Je peine à recouvrer une respiration normale tant mon cœur bat la chamade dans ma poitrine, mais je fais un effort pour reprendre mes esprits au plus vite, me détachant de Max pour reporter mon regard vers la bouteille encore couchée sur le plan de travail.

- Ça va.

D'un geste tremblant, je redresse le vinaigre comme si cela pouvait tout remettre d'aplomb et effacer les souvenirs. Je pousse difficilement ma salive au fond de la gorge avant de répéter d'une voix que je veux plus ferme.

- Ça va, je vais bien.

Max me dévisage toujours, sourcils froncés, mais il m'est impossible de décrypter ses émotions. C'est comme s'il m'était inaccessible. À cet instant précis, plus que jamais, nous ne parlons pas la même langue.

- Tu es sûre que ça va ?

Je confirme d'un hochement de tête que j'accompagne d'un faible sourire et Max finit par lâcher l'affaire. À peine allume-t-il le gaz pour procéder à la cuisson que je me saisis du sachet de salade, je finis ce que j'avais commencé et place le saladier sur l'îlot entre les couverts que je n'ai pas vu arriver.

- C'est prêt ! Et je meurs de faim !

Je suis tout à fait consciente que c'est une faible diversion, et ma voix est encore chevrotante mais je ne veux pas inquiéter Max qui déjà a dû me prendre pour une folle tout droit sortie de l'asile.

- Encore une minute et c'est prêt, me rassure-t-il en reportant ses yeux vers moi.

Je m'installe à table plaçant mes mains sur mes genoux pour en masquer le tremblement résiduel, mon sourire de façade bien en place.

- Tu veux du Tabasco ? Me propose-t-il en remplissant les assiettes.

- Ça ira, merci !

J'ai encore l'impression que mes pensées sont éparpillées et je dois me faire violence pour me montrer enjouée.

- Ça sent drôlement bon en tout cas !

- Mais que crois-tu ? Je suis doué dans la cuisine !

- Monsieur est modeste à ce que je vois !

- Non, ne crois pas ça. Monsieur se fait à manger depuis suffisamment longtemps pour savoir que s'il ne s'applique pas un peu, le résultat ne sera jamais bon ! Rigole-t-il.

Je porte la première bouchée à mes lèvres et constate que ça n'a pas que l'air bon, ça l'est.

- Alors, tu t'es bien appliqué !

Manger me fait du bien. Après quelques minutes, je recouvre la pleine maîtrise de mon corps et arrive à me détendre suffisamment pour savourer pleinement mon plat.

Max tente de relancer la conversation plusieurs fois, mais le cœur n'y est plus. Je lui réponds sans y prendre réellement de plaisir. Ce flash-back m'a replongée de plein fouet dans mes phobies les plus abyssales, éveillant le spectre d'une soirée que je ne suis pas prête à braver. Et malgré toute la gentillesse et la patience de Max, je ne parviens pas à passer au-delà.

Je suis consciente que c'est parce que je me laisse guider par mes peurs que j'en suis là, mais je n'y peux rien. Ça n'a jamais été dans ma nature d'extérioriser mes émotions. Comme si les exposer au regard des autres allait me rendre faible ou quelque chose comme ça. Alors, j'ai toujours gardé mes sentiments bien enfouis, les mettant à l'abri au plus profond de mon être.

Comment les autres font-ils pour parvenir à dire tout haut ce qu'ils ressentent, ce qu'ils pensent ? C'est un vrai mystère pour moi. J'ai toujours l'impression que même si j'arrivais à m'exprimer, cela n'aurait aucun intérêt pour les autres. Qu'en ont-ils à faire que j'aime la mer, que je sois heureuse quand il pleut ou bien que j'ai versé une larme en écoutant une chanson à la radio.

Je ne suis déjà pas certaine que ces informations soient essentielles pour moi, alors pourquoi le seraient-elles pour les autres ?

À peine le repas fini, j'aide Max à débarrasser et à faire la vaisselle avant de m'esquiver prétextant avoir des choses à faire cet après-midi. C'est un mensonge éhonté, car je n'ai rien de prévu, mais je n'arrive plus à affronter son regard après m'être comportée de la sorte en sa présence.

Je suis à peu près certaine qu'après ça, il ne reviendra plus toquer à ma porte. Je peux dire adieu à mon cappuccino matinal orné d'un dessin différent chaque jour. Je m'en veux terriblement car je commençais à m'habituer à sa présence polissonne et rassurante. À sa façon de s'imposer dans ma vie sans me laisser le choix, mais tout en se montrant patient et prévenant.

C'est donc d'un pas traînant que je regagne mon *home sweat home*, prête à redevenir la fille solitaire que j'ai toujours été, même si au fond de moi, j'aurais voulu qu'il me retienne, qu'il s'accroche, qu'il soit prêt à passer au-delà de mes problèmes, de mes lacunes pour être mon ami, et pourquoi pas mon confident.

Chapitre 16

Max

Avant...

À l'approche des partiels de fin janvier, je vois là une formidable excuse pour passer quelques jours chez mes parents et réviser au calme, loin du tumulte du campus.

Benjamin fait un stage en entreprise qui le tient plus occupé que la normale, et réduit grandement nos virées habituelles. Je peux donc avancer dans mes révisions efficacement ce que je fais de façon assidue depuis trois jours. Et je commence sérieusement à avoir besoin d'un bon bol d'air.

>Ça te dit un petit match ?

Les yeux rivés à mon portable j'attends la réponse de Yann comme une bouée de secours dans cette mer de théorèmes et d'axiomes qui menacent de m'engloutir. Dehors, le soleil hivernal brille de sa lumière blafarde m'attirant comme un aimant.

Le bip qui accompagne sa réponse me donne des ailes et en trois minutes, j'ai chaussé mes baskets, mon jogging, attrapé mon ballon et je trottine vers notre terrain de jeux.

Ce n'est pas un terrain de sport à proprement parler, mais nous n'avons pas besoin d'un équipement élaboré pour échanger quelques paniers. En l'occurrence, un panier adossé au mur de l'église fait parfaitement l'affaire.

Il ne faut pas plus de cinq minutes à Yann pour me rejoindre. Il a lâché son bleu de travail pour une tenue de sport réglementaire aux couleurs de notre ancien lycée.

- Je te préviens j'ai besoin de me défouler. T'es prêt ? Dis-je en marquant un panier sous son nez.

Rapide comme le vent, Yann récupère le ballon pour s'élancer dans un dribble maîtrisé, me contournant par la gauche pour marquer à son tour.

- À ton avis ?

Déterminé à ne pas le laisser me battre, je m'élance à mon tour alors qu'il tente de me marquer en étendant les bras pour gêner mon attaque. Cela fait des années que nous jouons ensemble et je connais toutes ses tactiques, ce qui n'empêche pas que rapidement nous sommes tous les deux en nage et à bout de souffle.

- Et sinon, t'as pensé à tirer un coup pour évacuer le trop plein d'énergie ? Me demande Yann penché en avant, les mains en appui sur ses genoux.

- C'est une proposition ?

J'opte pour l'humour parce que je ne peux pas lui avouer que depuis mon dernier séjour ici en décembre, aucune fille n'a réussi à m'exciter comme le fait cette inconnue qui me hante. Même en soirée, je trouve les filles insipides et artificielles. Trop faciles, ce qui ne m'avait jamais gêné avant. Au contraire, j'en aurais profité autant que je le pouvais. À présent, aucune n'arrive à capter mon attention si ce n'est mon ange.

- Dans tes rêves ! J'ai vu Michèle au garage il y a deux jours, elle m'a demandé de tes nouvelles.

J'esquive sa remarche en reprenant mon dribble pour marquer un nouveau panier dans le but de détourner la conversation.

Michèle... Elle m'a envoyé un message il y a quelques jours auquel je n'ai pas répondu. Même une soirée avec elle ne me tente pas dans l'état d'esprit où je suis. Ça devient vraiment dramatique...

Je sors d'une longue douche fraîche destinée à apaiser mes muscles après ma séance avec Yann, lorsque la sonnette de la porte d'entrée retentit. Je suis seul à la maison, alors j'enfile à la hâte un jean et dévale les escaliers pour aller répondre tout en frictionnant mes cheveux encore dégoulinants avec ma serviette de bain.

Sur le pas de la porte, je découvre l'assemblage le plus parfait de molécules qu'ait créé la nature. Dans un jean usé aux genoux et un sweat beaucoup trop grand pour elle qui lui arrive à mi-cuisse, elle se tient face à moi, dans l'air frais de cette fin janvier. Son visage est pale et ses yeux cernés, pourtant ses lèvres rosées attirent mon regard. Elle est magnifique.

Un instant, je reste bloqué face aux grands yeux bleus qui me scrutent stupéfaits de me trouver là. Intérieurement, je remercie le destin de ne pas m'avoir laissé le temps de finir de m'habiller. Peut-être réussirais-je avec mon physique de sportif à éveiller son intérêt, à la troubler autant qu'elle me trouble.

Car, moi, je suis troublé. Déstabilisé par son regard azur que je découvre pour la première fois et que je m'empresse d'enregistrer au plus profond de ma mémoire pour compléter ce que je sais déjà d'elle. Bouleversé d'être aussi proche d'elle, et pourtant pas encore assez près à mon goût. Le bout de mes doigts fourmille d'une envie irrépressible de caresser sa joue, de suivre la courbe sensuelle de ses lèvres roses, de glisser dans ses mèches châtain aux reflets dorés.

Pourtant dans ses yeux à elle, je ne vois aucun trouble, aucune minauderie qui m'indiquerait qu'elle apprécie ce qu'elle voit. Elle me regarde, simplement, sans arrière-pensée apparente et je trouve cela encore plus troublant que si elle m'avait ouvertement reluqué.

Fronçant les sourcils face à ce bilan, je sens malgré moi un élan de colère m'enserrer la poitrine. On dit souvent que la vie est injuste. Mais que dire du douloureux constat qui s'impose à moi à cette seconde. Je chéris depuis des semaines l'image et le rire d'une fille chez qui je n'éveille rien, pas même un intérêt poli ou un brin de gêne face à ma semi-nudité. Rien.

- Salut.

Ma voix sonne comme un grognement, une accusation qui laisse transparaître toute ma frustration et son regard se fait incisif, presque froid se rebellant face à mon attaque.

- Salut. Clarisse n'est pas encore arrivée ?

- Non.

Jetant un regard vers la pendule de l'entrée, je reprends :

- Elle ne devrait pas tarder.

Dehors le jour décline déjà et d'ici quelques minutes la nuit va tomber.

- Tu veux l'attendre à l'intérieur ?

Je vois son front se plisser légèrement comme si elle cherchait le piège derrière ma question. En même temps, vu mon accueil agressif, je ne devrais pas être étonné. Mais n'est-ce pas là ma chance d'échanger plus de deux phrases avec elle, de lui montrer qui je suis. D'attirer son attention. À peine cette pensée s'est-elle formée dans mon esprit que je me surprends en dépit de mon élan de colère de tout à l'heure, à la supplier intérieurement :

Vas-y dis oui.

Dis oui.

Oui.

Mes doigts se crispent sur la serviette que je tiens encore dans une prière silencieuse. Ma respiration se bloque dans l'attente de sa réponse qui se fait attendre. Je vois son regard dévier furtivement vers la rue derrière elle et il ne m'en faut pas plus pour deviner qu'elle cherche une échappatoire, une voie de sortie. La colère enfle en moi obstruant ma trachée, je rêve de savourer ses lèvres douces, de toucher sa peau lisse, de sentir son odeur qui m'obsède, alors qu'elle ne cherche qu'à m'échapper. Quand ses lèvres s'entrouvrent, je suis suspendu à son souffle comme si elle seule pouvait m'insuffler l'air nécessaire à ma survie.

- Je l'appellerai plus tard, affirme-t-elle en secouant doucement la tête dans un mouvement qui fait bouger ses boucles soyeuses.

Alors que je fais un pas en avant comme pour la retenir, prêt à plaider ma cause, elle tourne les talons et dévale les marches dans un geste similaire à celui de notre première rencontre, me laissant là, perdu et vide sans son regard à la fois perçant et doux.

Cette fille est une énigme pour moi.

Une énigme que je me promets de résoudre afin de pouvoir m'en défaire avant d'y laisser plus que mon amour propre.

Chapitre 17

Cette nuit-là sang et douleur sont au rendez-vous, imprégnant d'hémoglobine le rêve terrifiant qui m'aspire toujours un peu plus, me laissant essoufflée et épuisée au petit matin.

Ces rêves étaient de plus en plus glauques et réalistes et s'invitaient dans mon lit bien plus fréquemment qu'avant, me laissant un goût amer dans la bouche.

Incapable de trouver de nouveau le sommeil, je me lève à six heures et prends une douche purificatrice. Pourtant, au mépris de tous mes efforts, une odeur métallique et charbonneuse me colle à la peau contrecarrant tous mes efforts pour bloquer les relents de la nuit. J'entreprends donc de faire du rangement et du ménage, ouvrant en grand les fenêtres, afin de chasser ces résidus olfactifs oniriques.

Cette occupation m'évite également de repenser au fiasco de la veille et au fait que j'ai tout fait foirer. Tri, classement, poussière, décapage, tout est bon pour nier l'évidence et perdre la notion du temps.

Mon téléphone bipe sur la table basse et je pose les magazines que j'ai en main pour consulter le nouveau message.

>Lait au miel avec un petit trait de rhum dès le matin, vous croyez que je vais passer pour une poivrote ?

La veille Marlène m'avait envoyé plusieurs messages se plaignant qu'elle était au fond du lit fiévreuse et toussotante, le tout bien sûr agrémenté de photos montrant ses pieds emmitouflés dans de grosses chaussettes ou un bol de bouillon de poule encore fumant.

J'avais moi-même le moral dans les chaussettes et elles n'étaient pas aussi chaudes que les siennes, alors j'avais préféré ne pas répondre. Je n'étais pas en état de compatir. Et je ne pouvais pas attendre d'elle, qu'elle le fasse pour moi, alors que je ne lui avais jamais parlé de Max ou de mon passé. Ce bilan m'avait miné encore un peu plus et j'avais fini par passer le reste de ma journée dans mon canapé devant le poste de télévision sans vraiment suivre le programme.

>Heureusement qu'on est dimanche ! Tu aurais été fraîche pour aller au boulot !

Ma réponse n'est certes pas très spirituelle, mais c'est le mieux que je puisse faire.

>Mais je suis toujours fraîche ! Réplique-t-elle sans attendre avec un émoticône arborant un nez en glaçon. *C'est d'ailleurs pour ça que je suis malade !*

Je repose mon portable en secouant la tête, cette fille est vraiment un sacré numéro. Le genre de fille libre et extravertie que je ne serais jamais...

Je reprends mon classement mais je suis rapidement interrompue par un grattement à ma porte que je n'espérais plus entendre. Je trottine presque vers l'entrée, croisant les doigts pour que cela soit Max. Un instant d'hésitation m'oblige à m'interroger sur la possibilité qu'il puisse seulement vouloir me ramener quelque chose que j'aurais oublié chez lui, mais mon sac posé au sol près de la console et mon manteau sur la patère me disent le contraire.

Malgré tout, je réprime un sourire trop content lorsque j'ouvre la porte, histoire de ne pas passer pour la fille désespérément seule que je suis.

Dans la pénombre de la cage d'escalier, Max ressemble à un rêve trop beau et cent fois trop sexy pour être vrai, un mystère que je voudrais pouvoir être en mesure de percer.

- Comme promis, énonce-t-il simplement en me tendant la même tasse que la veille.

Je glisse mes doigts autour, frôlant les siens au passage et cette fois je ne peux cacher un sourire timide. Sa main est chaude et douce répondant en partie aux questions que je me suis posées la veille et qui reviennent me tourmenter, accompagnées de nouvelles plus inquisitrices encore. Par quel miracle peut-il se tenir devant moi malgré ce qui s'est passé la veille ? Ne voit-il pas à quel point je peux être bizarre parfois ? Instable même ? Pourquoi perd-il son temps avec moi ? Autant d'interrogations auxquelles je ne peux répondre.

Max me fixe de ses beaux yeux bleu foncé comme s'il attendait quelque chose de moi. Une question muette tourne dans ses iris dont la signification m'échappe. Cette sensation, je ne la connais que trop bien. Ce sentiment d'impuissance qu'éveille en moi cette expression, me renvoyant à mes carences, à mes manques ?

Les épaules de Max s'affaissent dans un léger soupir, et sa résignation me blesse plus que tout. Je ne veux pas qu'il me considère comme une cause perdue, même si je sais au fond de moi que j'en suis une. Détournant le regard, il s'apprête à redescendre.

- Je vais...

Mais avant qu'il n'ait pu faire ce pas de plus qui l'aurait éloigné de moi, je lâche d'une main la tasse et enroule doucement mes doigts autour de son poignet. Surpris par mon geste, il me fait face.

- Je ne connais pas les règles du jeu.

Ma voix est à peine un murmure mais sous mes phalanges, je sens ses muscles se raidir signe qu'il a très bien entendu. Ne sachant pas comment gérer à la fois ma propre gêne et la tension qui émane de lui, j'abandonne son poignet pour ramener ma main le long de ma cuisse. Baissant les yeux pour ne pas avoir à soutenir les siens, je m'explique :

- Je ne suis pas sûre de savoir ce que tu attends de moi, je ne sais pas lire les gens.

Ses mains sortent de mon champ de vision et un soupir sonore parvient à mes oreilles. Puis, il fait un pas et fléchit son grand corps pour se placer face à moi, son visage à la hauteur du mien, alors que je garde les yeux baissés.

- C'est ça, ce que j'attends de toi Angélique. Que tu me parles.

Sa voix est douce et son timbre un peu rauque étale un baume apaisant sur mon cœur cabossé. Il tend une main qu'il enroule autour de la ligne de ma mâchoire pour m'obliger à venir à la rencontre de ses pupilles bleu nuit. Ce regard qui a un pouvoir apaisant que je ne m'explique pas.

- Moi non plus je n'arrive pas toujours à te décrypter. Alors je te propose un marché, chaque fois que tu ne comprends pas quelques chose, que tu n'es pas sûre d'interpréter correctement ce que j'attends de toi, pose-moi la question. Tout simplement. Et moi, je ferai la même chose avec toi. Qu'en penses-tu ? Ça te convient ?

J'aimerais vraiment que les choses soient aussi simples que ça. Mais je sais que ce ne le sera jamais pour moi. Trop de choses entravent mes relations avec les autres, des séquelles, des cicatrices, un passé encombrant. Pourtant, pour une fois j'ai envie d'y croire, j'ai envie d'essayer. Avec Max.

- D'accord.

S'il se croit capable de m'accepter telle que je suis, avec mes démons et mes crises d'angoisse, qui suis-je moi pour l'en dissuader ? Il faudrait que je sois vraiment aliénée pour tenter de lui faire entendre raison.

- Merci.

Quand je baisse les yeux vers ma tasse, c'est un point d'interrogation qui constelle la mousse blanche de mon cappuccino. Et je décide que c'est le plus beau point d'interrogation qu'il m'ait été donné de voir.

- Tu n'as rien préparé pour toi ?

- Je pensais me faire un moka, me répond-il avec un léger sourire en coin.

- Tu ne veux pas venir le boire avec moi ?

Alliant le geste à la parole, j'ouvre la porte complètement, afin qu'il comprenne mon invitation. L'effet sur son sourire est éblouissant car à présent, il traverse son visage de part en part me coupant le souffle. Heureusement, pour mon palpitant, cela ne dure pas longtemps car déjà Max dévale l'escalier vers son appartement.

Je suis installée à humer mon breuvage quand il me rejoint muni de sa tasse.

- Intéressant ! Dit-il en prenant place près de moi.

C'est à ce moment que je réalise qu'il n'est jamais entré chez moi auparavant. Il étudie mon intérieur avec beaucoup de minutie et ce qu'il voit semble beaucoup l'amuser.

- C'est pour le moins hétéroclite, commente-t-il.

- Je n'arrivais pas à me décider, dis-je en haussant les épaules.

- Même pas pour la couleur des murs ?

- Je n'ai pas trouvé de peinture arc-en-ciel, ce n'est pas de ma faute si les fabricants manquent d'imagination...

- Et pour les meubles ? C'est quoi ton excuse ?

- Joker ?

Mon esquive me vaut un éclat de rire un peu rauque et sonore qui me réchauffe jusqu'au tréfonds de mon âme. Et j'adore ça. Vraiment. Je veux bien continuer à peindre les murs de mon appartement de toutes les couleurs et à l'encombrer de meubles aussi disparates que possible si cela peut refaire germer ce type de sensation dans ma poitrine. Comme une bulle de savon qui viendrait se loger là et exploserait en laissant une douce sensation vaporeuse et chaude sur son passage.

- Encore.

Le mot a franchi mes lèvres sans que je m'en rende compte. Max me regarde les yeux encore pétillants et se penche vers moi pour voir le fond de ma tasse.

- Tu as déjà fini ?

- Pas encore, je m'empresse de répondre alors que je me sens rougir jusqu'aux racines.

- Finis-le, je t'en ferais un autre après si tu veux, me rassure-t-il en buvant à son tour. Et sinon, le problème de choix, c'est récurent dans ta vie ?

- Ça dépend des domaines. Mais il est vrai que dès que ça touche le long terme, j'hésite à faire certains choix qui pourraient m'engager pour plusieurs années.

- Tu veux dire que tu n'es pas sûre de ne pas te lasser du jaune poussin si tu en recouvres tes murs ?

- C'est ça !

- Et donc tu as opté pour mélanger du jaune poussin, du bleu roi, du vert... quoi émeraude ? Un peu d'orange et... c'est quoi cette couleur là-bas ?

- Pourpre ?

- Ah, oui c'est ça, pourpre. Et tu n'as pas eu peur de te lasser ?

- Dit comme ça, ça ne parait pas très logique, je lui concède avec une moue renfrognée.

- Remarque j'aime beaucoup, c'est coloré, c'est plein de vie. Mais note bien que si j'avais vu ton appart plus tôt, je ne t'aurais peut-être pas demandé de m'aider à choisir mes rideaux !

Intérieurement, je ne peux que lui donner raison, malgré tout, je lui tire la langue comme une petite chipie. Le résultat est immédiat, Max se poile et des bulles explosent dans ma poitrine.

****

Max a tenu parole et m'a livré mon cappuccino tous les matins qui ont suivi, me délivrant une étoile, une spirale, une fleur et même une clé de sol chocolatée.

Pour ma part, je mets mon réveil à sonner plus tôt que d'habitude pour être sûre d'être prête quand il gratte à ma porte et disposer d'encore assez de temps pour discuter avec lui.

Je suis de moins en moins gênée de me livrer telle que je suis, de lui montrer mon vrai visage, mes fêlures. Nous n'avons pas évoqué ce qui s'est passé chez lui, abordant uniquement des sujets légers. Il rigole de mes bizarreries et j'adore le faire rire.

Je n'ai pas eu de nouveaux flashs en sa présence, m'évitant ainsi de me ridiculiser irrémédiablement. Néanmoins, mes rêves sont toujours aussi présents, sanglants et angoissants, peuplant mes nuits d'ombres et de monstres qui me glacent le sang. Le rouge envahit mes nuits, c'est pourquoi malgré la myriade de couleurs qui émaille mes murs, je n'y ai jamais apposé cette couleur que j'associe à la peur.

Max s'est-il rendu compte que malgré l'arc en ciel qui colore mon intérieur, cette teinte en est absente ? Totalement.

Jeudi soir, je quitte le boulot pour retrouver les filles au Delirium Café. Entre l'idylle naissante de Marlène et les obligations familiales de Caroline, nous n'avons pas pu nous retrouver toutes les trois depuis un moment déjà. Je suis un peu en retard, en raison d'un article que je devais à tout prix finir de taper en urgence. J'ai bien senti que si j'invoquais un impératif personnel, ce soir ça ne passerait pas...

C'est un air de bossa nova qui m'accueille lorsque je passe les portes de ce lieu que nous considérons comme notre fief. La salle est déjà assaillie par les adeptes de l'*happy hour*, et je dois jouer des coudes pour franchir les quelques mètres qui me séparent du comptoir.

Les filles semblent accaparées dans une discussion sérieuse à laquelle elles mettent pourtant fin sans hésiter à mon approche.

- Coucou ma belle ! Clame Marlène en me serrant dans ses bras au point que je manque de renverser ma mousse.

Voyant ma détresse, Caroline se saisit de ma bière pour la poser sur le tonneau qui fait office de table avant de me serrer à son tour dans une étreinte quasi virile.

- On commençait à s'inquiéter !

- Juste un truc à finir au boulot. Ça fait plaisir de vous voir les filles ! Dis-je en m'asseyant.

- À qui le dis-tu ! S'écrie Marlène. On devrait imposer un délai maxi à ne pas dépasser sans se voir !

- Tu t'es déjà lassé d'Abel, pour qu'on t'ait manqué à ce point ? Se moque Caroline.

- Ça ! Ce n'est pas prêt d'arriver !

- Ça veut dire que maintenant on a le droit d'en parler ? Biaise Caroline en m'adressant un clin d'œil.

- Ah ah ! Très drôle !

Nous éclatons de rire face à sa lippe renfrognée, mais il ne lui faut pas longtemps pour se joindre à nous attirant le regard des autres tables malgré le bruit ambiant. Quand nous reprenons notre souffle, nous trinquons à la santé du nouveau couple.

En reposant mon verre, je détaille Marlène une question tournant en boucle dans ma tête.

- Comment tu le sais ?

Ma demande semble la surprendre un instant, plissant son front dans un signe de concentration, puis elle esquisse un sourire paisible qui semble en dire plus long que les mots.

- Tu le sais quand cela devient une évidence, quand les choses sont naturelles et que tu ne te sens pas forcée à agir de telle ou telle façon. Jusque-là, je n'avais jamais vécu ça. J'avais toujours cru qu'il fallait faire des efforts pour qu'un couple marche. Mais... je me suis trompée.

Elle marque un temps d'arrêt comme si elle laissait le temps à ses paroles de faire leur chemin. Ou peut-être comme si elle cherchait comment formuler les choses pour que je les comprenne. Moi. La célibataire longue durée. La fille sans expérience.

Mais je ne m'offusque pas, au contraire, je veux savoir, comprendre.

- Il faut juste se montrer honnête. Tel que l'on est vraiment. Dire les choses que l'on pense, et pas se contenter d'espérer qu'il ou elle comprendra à demi-mots ce que l'on n'ose pas dire. En fait...

Cette fois Marlène explose de rire, toute seule. Alors j'attends patiemment qu'elle reprenne ses explications, ce qu'elle fait en secouant la tête.

- En fait, oublie ce que j'ai dit. Il faut faire des efforts. Beaucoup d'efforts. C'est très dur de se livrer sans faux semblants et de se forcer à dire ce que l'on pense. Sincèrement.

Sur ses lèvres danse encore un sourire paresseux comme si elle se remémorait des instants précis. Après un court silence, elle se tourne vers Caroline.

- Et toi ? Qu'est-ce que t'en penses ?

Je regarde à mon tour Caroline qui opine du chef en silence depuis un certain temps déjà.

- Je suis d'accord, nous les femmes, on a trop tendance à choisir la facilité, dit-elle très sérieusement. On croit toujours qu'on va tomber sur le type parfait qui devinera tous nos désirs cachés sans que l'on n'ait rien à dire. Merci Charles ! Je ne suis pas sûre que ce bon vieux Perrault se soit vraiment rendu compte qu'il tirait une balle dans le pied de la gente masculine en rédigeant ses textes !

Nous rions à sa boutade, complices et détendues.

- Non, mais franchement ! Non seulement on les prend pour des super héros dotés de pouvoirs télépathiques, mais en plus, il faut qu'ils soient extralucides et anticipent nos envies et nos besoins ! Du délire ! Et eux, les pauvres gars, on leur fait croire que nous sommes de fines fleurs douces et dociles qui attendent patiemment qu'ils se pointent un beau jour. Tout à fait réaliste, conclue-t-elle en portant sa boisson à ses lèvres.

Cette fois Marlène et moi sommes hilares et le sérieux qu'affiche Caroline ne fait rien pour calmer notre fou rire. Je ris tellement, que je me tiens les côtes, pliée en deux de douleur. Du coin de l'œil, je vois Marlène manquer de dégringoler de sa chaise tant elle se gausse. Elle tente de reprendre la parole en se rasseyant mais ne parvient pas à recouvrer assez de sérieux pour cela.

- La... bonne nouvelle... pour ta fille... c'est que maintenant... Shrek est là. Aucun risque qu'elle s'imagine que son prince... doit être intelligent... Remarque, ça va se corser... si le type ne sait ni péter ni roter, elle risque de ne pas le reconnaître !

Nous repartons dans un éclat incontrôlé auquel cette fois se joint Caroline qui se gondole comme jamais.

- Tu devrais dire à Malo de s'entraîner, je glisse entre deux rires.

- Compte sur moi. Répétitions intensives dès ce week-end !

Bien plus tard, je rigole encore de nos bêtises en retirant mes chaussures dans l'entrée. Notre délire sur les princes charmants ou pas, a duré toute la soirée. À tel point que nous nous sommes promis d'organiser un concours de pets et rots entre Abel et Kevin. Les pauvres ! S'ils savaient !

Quand je me déshabille pour aller me coucher après un rapide passage par la salle de bains, je repense aux paroles de Marlène, à sa réponse. Si pour une fille aussi libre et ouverte qu'elle c'est dur de se livrer, de se montrer honnête, alors que devrais-je dire ?

Vais-je réussir le moment venu à être vraiment moi-même ? À dire ce que je ressens, ce dont j'ai envie ?

Et si je n'y parviens pas ? Mon prince charmant se montrera-t-il patient avec moi ? Ou bien baissera-t-il les bras ? Dépité à son tour que je ne sois pas une belle et docile princesse qui n'attend que lui pour être heureuse ?

Chapitre 18

Max

Avant...

Cela fait deux mois que je n'ai pas remis les pieds chez mes parents.

Deux mois que je fuis cette fille qui pourtant ne quitte pas mes pensées.

Malgré ma détermination à résoudre l'énigme qu'elle représente afin qu'elle cesse d'envahir ma tête, mes nuits, mes fantasmes, il m'est vite apparu que je ne suis pas sûr de vouloir qu'elle disparaisse de mon esprit. Je ne suis pas résolu à renoncer à ses incursions trop brèves dans ma vie.

Malgré tout, son indifférence est déstabilisante, et induit en moi une fragilité que je ne me connaissais pas jusque-là. J'ai toujours été sûr de moi, de mon effet sur les filles. Sans être pour autant un tombeur, je n'ai jamais eu de mal à conclure lorsque je jette mon dévolu sur une nénette qui me plaît. Et même s'il m'est arrivé de me prendre un râteau, cela ne m'atteint pas plus longtemps que nécessaire. Ce n'est jamais rien qui ne puisse se soigner avec une bonne bière entre potes.

Pourtant, son rejet me blesse. Profondément. Je n'arrive pas à déterminer si c'est parce qu'elle représente un défi que je me dois de relever ou bien si c'est parce qu'elle est spéciale. Unique. Du moins à mes yeux.

Je traîne des pieds en sortant de la gare, un sac avec du change pour trois jours sur l'épaule. Mon père est censé venir me chercher mais je ne vois sa voiture nulle part. Un instant j'imagine qu'il a oublié qu'il devait venir me récupérer et je me vois reprendre le train dans l'autre sens pour repartir. Remettre un peu de distance entre mon obsession et moi. Une façon comme une autre de me protéger.

Comme si un grand gaillard comme moi avait besoin de se protéger d'une fille innocente et douce comme elle.

Je ricane un peu désabusé et secoue la tête face à ma propre bêtise quand la voiture de mon père se gare à quelques mètres de moi, ne me laissant plus la possibilité de prendre mes jambes à mon cou comme le lâche que je semble être devenu.

Chapitre 19

C'est un point d'interrogation qui décorait les sommets escarpés de la chantilly de mon cappuccino le lendemain matin.

Cela me fait sourire, me ramenant aux diverses questions que je ne cesse de me poser sans pour autant y trouver des réponses. Enfin, si je me montre honnête, je dois bien avouer que certaines ont été élucidées autour d'une pinte de bière la veille au soir. Malheureusement, comme souvent chaque réponse amène son lot de nouvelles questions, c'est sans fin.

Alors que nous prenons place dans le canapé pour notre petit moment matinal, je me demande ce que ce point d'interrogation représente pour Max.

- Je suis passé te voir hier soir, mais tu n'étais pas rentrée, énonce-t-il soudain.

Élégant à souhait, il porte un pantalon noir et une chemise en lin bleu ciel dont la coupe un peu cintrée met en valeur son torse joliment dessiné. Ses manches recouvrent sagement ses avant-bras et je regrette de ne pas pouvoir reluquer sa peau dorée une fois encore. Chaque matin, je le détaille pour en arriver à la même conclusion : Max est un homme très séduisant, beau et sexy. Si bien qu'il est à deux doigts de supplanter mon cappuccino noisette dans ma liste *Plaisirs du matin*, se plaçant tout en haut de mon inventaire.

- Je suis sortie avec des amies.

- En fait, je voulais savoir si tu serais libre pour qu'on aille voir un match de basket.

Je le regarde boire son café calmement, une gorgée à la fois, comme s'il avait toute la journée devant lui. J'aime ça. Qu'il ait toujours l'air d'avoir le temps pour moi.

Je ne suis pas égocentrique au point de croire que je suis importante pour lui ou qu'il fait de moi sa priorité, mais c'est agréable de passer du temps avec lui sans pollution extérieure, ni portable, ni contrainte horaire.

- Du basket, hein ?

Max me regarde en souriant comme si j'avais dit quelque chose d'amusant, puis hausse les épaules pour toute réponse.

- Tu jouais avant.

Il hoche la tête pour confirmer mes dires. Il ne me dit pas qu'il joue encore ou qu'il a arrêté pour une raison précise, non. Il se contente de hocher la tête, parce que Max a promis de ne pas aborder le passé. Alors il me laisse me dépêtrer avec les rares bribes que je laisse remonter à la surface.

J'ai parfois l'impression que j'arrive à comprendre *pourquoi* Max fait certaines choses. Pas toujours. Mais ça arrive. Même si je ne parviens pas encore à interpréter ses motivations ou à lire ses émotions sur son visage ou dans ses yeux que je trouve si beaux. Comme quand il prend du temps pour me préparer ma boisson favorite tous les matins, c'est sa façon de se faire une petite place dans mon quotidien.

- Ce serait quand ? Je finis par demander en buvant le contenu orgasmique de ma tasse.

- Demain après-midi. Si tu n'as rien de prévu, bien sûr.

- Pourquoi pas.

Son sourire s'accentue, il est content que j'aie accepté. Alors je suis fière d'avoir suscité ça chez lui.

- Je passe te chercher vers quatorze heures, alors, confirme-t-il en finissant son café.

Je n'ose lui dire que ce sera la première fois que j'irai voir un match de basket. Un match de sport tout court, d'ailleurs. Du moins en vrai et pas à la télé.

****

Au premier regard, les gradins me semblent pleins, mais Max me pousse vers une allée où deux places nous attendent. Autour de nous, les spectateurs parlent fort et s'interpellent les uns les autres commentant le dernier match et faisant des pronostics sur celui qui n'a pas encore commencé.

Je m'installe sur un des sièges et observe cet environnement nouveau pour moi. Le parquet du terrain est étincelant comme s'il venait d'être lustré pour l'occasion. Max s'installe à mes côtés et me tend l'énorme pot de pop-corn qu'il a tenu à acheter.

- Je te le donne, sinon je vais tout manger, il dit en me faisant un clin d'œil.

La masse des spectateurs ressemble à une marée bleue et jaune. Chacun arborant les couleurs de son équipe fétiche. Si j'en crois le bleu éclatant du t-shirt que Max m'a fait enfiler par-dessus mes vêtements avant de partir, nous supportons l'équipe universitaire de la ville.

- Rappelle-moi pourquoi tu ne portes pas de t-shirt, je lui demande en me rapprochant pour qu'il m'entende malgré le bruit.

- Je me suis dit que ça t'aiderait à te mettre dans l'ambiance, rigole-t-il. Et puis, tu pourras le garder, ça te fera un souvenir.

Au bord du terrain, un attroupement se forme et les cris qui raisonnent dans les gradins accompagnent les joueurs qui investissent les lieux. Autour de nous, les supporters se sont levés sifflant et encourageant, les équipes qui rejoignent leurs entraîneurs. Je trouve toute cette agitation un peu stressante, pleine de testostérone et de rivalité mal contenue, ce qui fait se bidonner Max à mes dépens :

- Ils sont un peu expansifs mais le basket c'est plutôt un sport bon enfant, tu verras. Détends-toi et savoure le spectacle.

Les premières minutes du match sont un peu nébuleuses pour moi qui ne connais pas grand-chose aux règles de ce sport. Max tente de m'apprendre les bases, mais assez rapidement, l'action s'enchaîne et il lui devient difficile de m'expliquer tout ce qui se déroule sur le terrain.

- T'inquiète, j'ai compris les bases, je le rassure. On est les bleus et on doit marquer chez les jaunes, pour le reste, disons que ce sont des détails superficiels. Profite de ton match, ne t'occupe pas de moi. Tiens, mange ! Je conclus en lui tendant le pop-corn.

Max ne se fait pas prier et reporte son attention sur le terrain tout en engloutissant le maïs qu'il pioche par poignées. À cet instant, on dirait un ado, captivé par ce qui se passe quelques mètres en contrebas. Ses yeux suivent le ballon sans le quitter un seul instant. Il vit le match, à l'affût de chaque passe, de chaque lancer, tendu dans l'attente du panier qui permettra à son équipe de se démarquer.

Je détaille son profil, ses traits virils, ses lèvres qui s'entrouvrent dans un encouragement silencieux et je me dis qu'il n'a pourtant plus rien de l'ado qu'il était. C'est un homme à part entière qui se tient à présent devant moi, exsudant une virilité qui ne me laisse pas indifférente. Une bouffée de chaleur remonte vers mon cuir chevelu et c'est la bouche sèche que je me détourne pour reprendre le cours du match.

Le sifflement de la mi-temps me fait sortir de ma transe et me ramène à ce qui se passe autour de nous. Les gens se lèvent, cherchant à remonter l'allée pour une pause clope ou pour se dégourdir les jambes.

Notre équipe mène cinq à quatre en raison d'un panier marqué suite à une faute sifflée par l'arbitre. J'ai réussi à comprendre l'essentiel du match et ce n'est pas inintéressant.

- Tu veux qu'on sorte ?

- Non, je préfère rester là, autant éviter la cohue.

Les enceintes déversent un fond musical dont je n'arrive pas à reconnaître les titres en raison du brouhaha des allées et venues.

- Tu viens souvent ?

- Ici ? C'est la première fois. C'est un client qui m'a donné des places.

- Et tu as pensé à moi.

Ma phrase sonne comme une évidence mais en fait elle ne l'est pas. Je suis même assez surprise qu'il ait pensé à m'inviter au lieu d'y aller avec quelqu'un d'autre.

- J'ai pensé qu'il fallait bien que quelqu'un se dévoue pour parfaire ton éducation sportive, me provoque-t-il.

- Hey ! Je ne suis pas un cas si désespéré que ça !

- Je n'ai pas dit ça. Mais avoue que tu n'avais jamais assisté à un match.

- Joker ? J'esquive en faisant la moue.

Il part d'un rire si naturel, qu'il me chatouille les oreilles et étire mes lèvres de contentement. Ce son est en passe de devenir celui que je préfère entendre.

Le match reprend alors que j'arbore toujours mon sourire benêt. Les deux équipes sont remontées à bloc et les actions se suivent à un rythme effréné. Prise dans le feu de l'action, je me laisse porter par le spectacle et vibre avec la salle entière à chaque fois que les bleus sont sur le point de marquer un nouveau panier. Le score monte et les deux équipes sont au coude à coude dans les dernières minutes du match, si bien que lorsqu'un joueur tente une remontée après avoir récupéré le ballon in extremis, je suis débout et crie à tout va avec les autres, manquant de reverser les derniers pop-corns du pot. Un défenseur intervient pour contrer la tentative, mais heureusement un équipier bleu se porte à son secours et marque un panier à trois points.

Cette fois, ce panier signe l'arrêt de mort de mon pot qui valse dans les airs alors que je saute de joie. Max est debout à mes côtés et lorsqu'il se tourne vers moi arborant une mine aussi réjouie que la mienne, je contiens de justesse l'élan qui me pousse à me jeter dans ses bras pour fêter notre victoire. Au lieu de cela, je saute sur place afin d'évacuer le trop plein d'énergie qui coule dans mes veines.

Je n'aurais jamais cru que je me prendrais au jeu à ce point. Je suis encore traversée par un surplus d'adrénaline alors que nous prenons le bus pour rentrer. D'autres supporters font le même trajet que nous et l'allégresse est de mise alors qu'ils entonnent un chant de la victoire.

Nous sommes un peu pressés les uns contre les autres, Max me fait face et m'observe alors que je fredonne le refrain qui tourne dans ma tête.

- Ça t'a plu ? Me demande-t-il en replaçant une mèche de cheveux derrière mon oreille.

Ce geste me trouble, mais portée par l'euphorie du moment, je ne m'attarde pas sur sa signification possible. J'ai tellement crié et sauté que mes cheveux partent dans tous les sens, retombant devant mes yeux sans vergogne.

- J'ai adoré ! Merci de m'avoir emmenée.

Max me regarde avec un sourire attendri alors que je dois ressembler à une folle survoltée. Je n'envisage pas de rentrer tout simplement alors que la pression du match n'est pas encore retombée, alors j'ajoute d'un ton un peu boudeur où transperce une pointe de regret :

- L'après-midi est passée trop vite.

- On peut peut-être la prolonger un peu. Pizza, ça te dit ?

- Pizza et match dans la même journée, y'a pas à dire, tu es un vrai sportif, je me moque.

Les yeux de Max brillent de ce que je pense être de l'amusement et il secoue légèrement la tête comme à chaque fois que je fais ma sale gosse.

- Je pensais faire une salade verte aussi.

- Ça change tout alors !

- C'est un oui ?

- Ça se tente...

- Quatre fromages ou chorizo ?

- Je suppose que moitié-moitié ce n'est pas possible...

Max éclate de rire une fois de plus, et je me dis que je devrais tenir les comptes, les cataloguer, faire la liste exhaustive de ses rires afin de tous me les rappeler plus tard.

- Je vais voir ce que je peux faire ! Affirme-t-il malgré ma loufoquerie.

Max finit de préparer la salade lorsque le livreur sonne à la porte. Assise à même le parquet, je suis plongée dans la recherche d'un film qui me plaise dans la vaste collection de Max.

Derrière moi, j'entends Max échanger avec le commis et régler la course alors que je ne suis même pas sûre d'avoir parcouru la moitié des titres. En désespoir de cause, je finis par fermer les yeux et pointer au hasard mon doigt sur une pochette. Le masque de Zorro. Action, amour, humour. Parfait.

Quand je sors le DVD de l'étagère, Max a déjà placé la salade et les couverts sur la table basse. Il n'attend plus que moi.

- Tu as choisi ?

- Mon doigt a choisi pour moi.

- Toujours ce terrible problème de choix... Décidément, il te mène la vie dure !

- Bon quand t'auras fini de te moquer, j'aime bien manger ma pizza chaude, moi ! Je claironne en rejoignant le canapé.

Sans rien ajouter, Max nous sert une part de pizza qui comporte à la fois du chorizo, des poivrons et du fromage en quantité abondante.

- Comment t'as fait ? Je l'interroge abasourdie par le contenu de mon assiette.

- Disons que j'ai négocié les ingrédients.

- Je n'aurais jamais osé...

Max s'installe sur le tapis au pied du canapé et lance le film tout en attaquant sa part de pizza.

Pour ma part, je n'ose mordre dans cet œuvre d'art culinaire. Je suis plus que touchée qu'il ait pris la peine de prendre en compte ma demande insolite là où tout autre que lui serait passé outre. Je contemple son profil un moment, me demandant ce que j'ai bien pu faire pour mériter qu'un homme tel que lui, daigne m'accorder son temps et son attention. Un homme qui m'accepte avec mes côtés farfelus, mes travers, mes non-dits. Qui me voit au-delà des apparences. Qui me comprend.

Jamais je n'aurais rêvé avoir une chance pareille. Amusé par une réplique du film, Max esquisse un sourire affriolant qui achève de me faire fondre. Je ne peux qu'admirer cet homme généreux et sexy qui s'est invité dans ma vie.

Alors que je croque dans ma part de pizza, je prie je ne sais quel saint pour qu'il m'accorde assez de force pour résister à son charme dévastateur.

Chapitre 20

Max

Avant...

Le carillon de la maison retentit et j'entends ma sœur se précipiter dans les escaliers pour aller ouvrir. Aux gloussements qui me parviennent depuis le salon, je devine qu'il s'agit des copines qu'elle a invitées pour son anniversaire. Un après-midi entre filles avec Mac Do et cinéma est au programme.

Accoudé au plan de travail, j'observe en silence ma mère fermer le robinet et attraper un torchon pour s'essuyer les mains. J'ai beau me concentrer sur les voix qui emplissent le silence, je ne parviens pas à les identifier. Est-elle parmi les copines de Clarisse ? Vais-je la voir ? Aurais-je l'occasion de lui parler ? Me répondra-t-elle ?

- Je vais déposer les filles au centre commercial et je reviens, je ne devrais pas en avoir pour longtemps, me dit ma mère en se tournant vers moi. Si ton père me cherche dis-lui que je ne serais pas longue.

Poussé par un élan soudain, je m'entends dire :

- Tu veux que je les emmène ? Je n'ai rien de prévu.

Surprise, ma mère m'observe un instant comme si elle cherchait à déceler mes motivations profondes. Puis, certainement ravie d'être débarrassée d'une corvée, elle accepte en souriant.

- Merci Maxime, je veux bien, dit-elle en me tapotant le bras.

Les copines de ma sœur sont au nombre de trois, mais une seule accapare toute mon attention. Alors que nous prenons place dans la berline familiale, Clarisse à l'avant et ses amies à l'arrière, je ne parviens pas à quitter du regard celle qui est une énigme pour moi. Elle est assise contre la porte arrière droite, si bien qu'avant de démarrer, je dois orienter mon rétroviseur pour pouvoir l'observer à la dérobée. Clarisse est toute excitée de cette sortie. Elle ne cesse de remuer et de se retourner pour parler avec les autres passagères. Une conversation animée emplit l'habitacle dans une cacophonie bruyante au sujet du film qu'elles vont voir un peu plus tard. Connaissant ma frangine, il doit s'agir d'une romance à l'eau de rose avec un beau gosse dans le rôle principal.

Du coin de l'œil, je remarque que mon inconnue n'intervient que rarement dans la conversation, se contentant de sourire à leurs remarques ou de rire lorsque les éclats retentissent. Elle semble être contente d'être là, sans pour autant s'investir pleinement dans leur échange, comme si elle observait la scène en se tenant un peu à l'écart. Au bout de quelques minutes, elle détourne le visage vers la fenêtre se coupant complètement des autres.

Son regard semble perdu dans la contemplation du paysage et je me demande à quoi elle pense à cet instant. Quelles sont les pensées qui la tiennent éloignée de l'agitation ambiante. Je scrute ses traits tout en mettant mon clignotant. Elle ne semble pas triste, ni contrariée. Elle est juste perdue dans son monde intérieur. Un monde que j'aimerais explorer de bout en bout afin de découvrir tous les secrets qu'il recèle. D'en connaître chaque merveille et chaque part d'ombre.

Alors que je m'engage sur le parking du centre commercial, ma sœur semble s'apercevoir qu'une de ses copines n'est plus dans le même trip qu'elles.

- T'es toujours avec nous Angélique ?

Fermant un instant les paupières, je savoure les sonorités voluptueuses de ce prénom qui raisonne comme une évidence.

Angélique

Mimant leur effet sur ma langue, j'en articule chaque syllabe silencieusement, les laissant couler, filer comme du miel entre mes lèvres. Ce prénom est parfait pour elle. Il lui correspond si parfaitement qu'on le croirait inventé pour elle.

Je m'arrête près de l'entrée du fast-food, et ces demoiselles descendent pour se diriger vers l'entrée. Captivé par la démarche souple d'Angélique je les suis du regard quand un coup de klaxon m'indique que je gêne. Au même moment, une voiture s'extrait d'un stationnement devant moi et machinalement, je m'insère dans la place vacante et coupe le moteur.

Les yeux rivés sur le groupe de filles, je les observe passer commande au comptoir puis se diriger plateau en main vers une table située près d'une des baies vitrées. Je reste là de longues minutes captivé par la scène qui se déroule à quelques mètres de moi. Angélique mange son menu en silence contemplant d'un œil bienveillant l'exubérance de ses camarades. Régulièrement, elle ramène une mèche de ses cheveux sur son épaule pour dégager son visage et je suis le moindre de ses gestes avec avidité. Elle a beau rire à leurs blagues, je décèle dans son regard, dans sa posture, une forme de solitude qui n'a rien à voir avec le fait qu'elle soit entourée de ses amies.

À les observer ainsi, je n'ai aucun doute sur ce point. Elle considère ces filles comme ses amies, car elle est à l'aise avec elles, détendue, décontractée. Un effet que seules les personnes les plus proches peuvent avoir. Pour autant, je la sens sur la réserve comme si elle ne parvenait pas à se lâcher pleinement comme les filles de son âge ont coutume de le faire.

Les cris d'un enfant passant devant ma voiture tracté par sa mère me tirent de mes pensées. Je réalise que cela fait plus d'une demi-heure que je suis là, à épier les faits et gestes de Clarisse et ses copines comme un détraqué. Jetant un regard circulaire aux alentours, je prends la mesure du côté malsain de la situation. De mon attitude. Suis-je obsédé par cette fille au point de me planquer pour la surveiller à son insu ? En suis-je réduit à ça ?

Sans plus réfléchir, je démarre et sors de ma place saisi par l'urgence de mettre le plus de distance possible entre moi et la folie qui me gagne. Peine perdue. Un sentiment qui m'était jusque-là inconnu me serre la poitrine et se répand en moi sans que je parvienne à en maîtriser la progression à l'image des kilomètres que j'avale dans une fuite vaine.

L'impuissance.

Quel pouvoir a cette fille sur moi pour qu'elle me pousse à de telles extrémités ? Comment en suis-je arrivé là ? Réalise-t-elle dans quel état *elle* me met par sa simple présence ? Dans quelle situation *je* me mets pour elle ?

Sans doute pas. Elle ne doit même pas se douter de l'emprise qu'elle a sur moi. Tout juste doit-elle savoir que j'existe. Pourtant, à chacune de nos rencontres, je découvre une nouvelle facette d'elle. Mon obsession, celle qui est devenue sans même le savoir le centre de mon monde.

Angélique. Mon ange.

C'est chaque fois une entaille plus profonde qui se creuse dans mon cœur. Une blessure qui vient ébranler mon monde et le réorienter, faisant d'elle à la fois mon pôle sud et mon pôle nord alors que j'ai tout à fait conscience d'être invisible pour elle.

Mais alors, quelles options me reste-t-il ? Comment entrer dans son monde ? Comment l'atteindre, la toucher ?

Mon ange inaccessible.

Chapitre 21

Dans les jours qui suivent, une nouvelle routine s'installe entre Max et moi. Croissant de lune, soleil, escargot, serpent. C'est à présent un jeu entre nous et chaque matin je guette le nouveau motif qui ornera ma boisson avec curiosité.

Mais mon cappuccino aussi bon soit-il, n'est plus la justification de nos rencontres, c'est un bon moment parmi tant d'autres, car il est rare que l'on ne se retrouve pas également une fois la journée finie pour partager un repas.

Ce n'est jamais prémédité ou préparé, mais ça se fait comme ça, naturellement. Un coup de tête au détour d'un couloir. Un nouveau plat à goûter... Toutes les occasions sont bonnes pour prolonger ce moment de grâce que nous partageons, cette bulle qui n'appartient qu'à nous.

- Tu crois que c'est vraiment son nez ou il est refait lui aussi ? Je demande à Max tout en observant une speakerine à la plastique trop parfaite.

Assise en tailleur dans le canapé, je savoure une salade à l'avocat et aux agrumes parsemée de crevettes que j'ai préparée pour Max. Ce dernier occupe sa place habituelle assis sur le tapis, le dos contre le canapé. Son épaule touche négligemment mon genou et me fait frissonner à chaque mouvement.

- Qu'est-ce que tu lui trouves à son nez ?

- Ce n'est pas trop son nez le problème...

- C'est quoi alors ? Demande-t-il tout en léchant ses doigts après avoir mangé une crevette sans couverts.

Je reste un instant bloquée sur son geste et ce bout de langue qui vient cueillir la pulpe de son index alors qu'une vague de chaleur me parcourt de la tête aux pieds. De là où je suis, je ne perds rien de ses mouvements et je peux le reluquer à loisir.

- Hum ? Me relance Max en tournant le visage vers moi ce qui m'oblige à détourner le regard.

- Rien. Je trouve jusque que les filles qui passent à la télé sont trop parfaites, trop artificielles. Les filles ne ressemblent pas à ça dans la vraie vie.

Max rigole tout bas de ma remarque mais reste un instant silencieux le regard fixé sur l'écran, la tête légèrement penchée comme s'il réfléchissait à mes propos.

- Non, tu as raison. Les filles dans la vraie vie, elles sont bien mieux que ça. Elles ont du relief, des stigmates, elles sont façonnées par la vie, ce qui les rend uniques. Cette fille-là, ce n'est qu'une image plate et sans saveur.

À mesure que ses paroles raisonnent entre nous, ma poitrine se gonfle de reconnaissance pour cet homme. Il sait toujours trouver les mots justes, comme s'il lisait le double sens de mes paroles avant même que j'ai pris conscience de la portée subliminale de ce qui franchit mes lèvres.

- Donc tu es d'accord, son nez est refait ! Je plaisante pour cacher le trouble causé par sa réponse.

Nous éclatons de rire comme deux gamins insouciants avant de zapper pour ne plus voir la fameuse présentatrice.

Alors que je débarrasse nos assiettes vides, un message de Caroline arrive sur mon portable.

>*J'espère que t'es libre samedi soir. J'ai une nouvelle baby-sitter à tester.*

Je souris en lisant son message. Caroline est très stricte sur le choix des gardes d'enfants et la dernière en date n'a pas tenu plus d'une soirée. Il faut dire qu'elle avait retrouvé sa cuisine sens dessus-dessous et les enfants couchés encore tout habillés. Des semaines après, elle ne décolérait pas.

>*T'es sûre qu'elle tiendra une soirée ?*

>*Moins ce serait du suicide...*

Je ris aux éclats en reprenant ma place dans le canapé.

>*Dispo*

Je repose mon portable sur la table basse et cale discrètement mais consciencieusement mon genou contre l'épaule de Max. L'air de rien. Son contact est agréable, rassurant. Il est ce point d'ancrage qui préserve quand on le touche, la maison dans laquelle le chat ne pourra jamais m'atteindre. Je me sens en sûreté. Tranquille.

Quelques minutes plus tard un nouveau bip se fait entendre :

>*Marlène vient avec Abel !*

Je ne réponds pas, pour dire quoi d'ailleurs. Moi, je viendrais seule. On le sait toutes les trois.

Un rapide coup d'œil à Max qui regarde une série à la télé, suffit à faire germer une nouvelle flopée de questions : Est-ce que je devrais leur parler de Max ? Et pour dire quoi ? En parler c'est étiqueter, or, je ne sais pas ce que nous sommes. Des voisins ? Des amis ?

Tout ce que je sais c'est que je me suis faite à sa présence, elle remplit mes journées d'un sentiment de plénitude que je ne connaissais pas auparavant. Mais concrètement, que représente Max pour moi ? Un confident ? Un ami ?

Max bouge légèrement et vient frôler mon mollet qui pend le long de son bras. À peine un effleurement et pourtant tout mon corps réagit à ce simple contact, il me semble qu'un poids vient peser sur ma cage thoracique rendant plus laborieuse ma respiration.

À cet instant Max devient un désir caché. Un fantasme.

- Ça te dirait d'aller faire un tour sur la côte ce week-end ?

À l'écran les personnages se promènent sur la grève, cheveux au vent, et je comprends que cela puisse lui donner des envies de grand air. Cela a toujours été le cas pour moi.

- Quand ?

Max se tourne vers moi, un coude sur l'assise du canapé. Son avant-bras longe ma cuisse, son poignet est à hauteur de mon genou et je peine à me concentrer sur autre chose que cette proximité. Il hausse légèrement les épaules dans un mouvement nonchalant alors que mes mains deviennent moites et que le battement sourd de l'afflux sanguin bourdonne à mes tympans.

- Quand tu veux. Samedi ou dimanche. On partirait le matin, on mangerait là-bas et on rentrerait en fin d'après-midi.

Il ne me quitte pas du regard et je dois me faire violence pour paraître naturelle.

- Ça me parait bien. Mais plutôt samedi alors. Je sors samedi soir et je pense qu'une grasse matinée sera la bienvenue dimanche.

- OK. Départ à huit heures trente alors.

****

Les jours suivants passent à toute vitesse et je suis impatiente de cette virée sur la côte avec Max. Je n'ai pas encore eu l'occasion de lui dire à quel point j'aime la mer et ses paysages à toutes les saisons. La dernière fois que j'y ai fait une escapade, c'était à peine la fin de l'hiver et j'avais trouvé le rivage déserté de ses touristes apaisant.

À présent, nous sommes au printemps et je sais déjà que je vais m'émerveiller des changements de la nature et des paysages verdoyants.

La proximité de la côté, accessible en moins d'une heure trente a été un des critères qui m'a décidé à m'installer ici. La mer m'a toujours attirée, et après ma sortie d'hôpital, je n'avais qu'une hâte, m'en rapprocher.

Quand je me couche vendredi soir, après une soirée avec Max, c'est impatiente que je mets mon radio-réveil pour le lendemain matin. Événement assez marquant pour une marmotte comme moi pour qu'il soit signalé !

Mais ce n'est pas une douce musique qui me tire de ma torpeur le lendemain. Ce sont des coups portés à ma porte. Des coups qui me tirent d'un rêve sombre et terrifiant peuplé de mains ensanglantées qui marquent à tout jamais ma peau, le rouge vif contrastant avec le blanc immaculé de mon épiderme.

Une nouvelle série de coups me fait sursauter, et je tente de m'extirper des draps qui m'emprisonnent, entortillées autour de moi comme pour me retenir, me saisir comme ces longs doigts dégoulinants d'un vermillon intense.

Quand je pose un pied à terre c'est pour piétiner ce qui la veille encore était mon réveil. À présent il n'est plus qu'un objet éventré, stigmate d'une nuit agitée. Je traverse la pièce à tâtons, remonte le couloir sous une nouvelle salve de coups et arrive enfin dans l'entrée à peine tirée de mon sombre cauchemar.

Face à moi, Max arbore un regard presque aussi sombre que mes pensées. Sans attendre, je tourne les talons pour rejoindre la cuisine.

- Tu n'es pas prête, constate-il en me suivant dans l'appartement. Panne de réveil ?

Je n'ai pas la force de lui répondre. J'avance en évitant de regarder ce qui m'entoure, car je sais d'avance ce que je vais voir, du sang, partout, dégoulinant en gouttes épaisses et visqueuses du plafond, créant de longues traînées impatientes de recouvrir mes murs.

Je m'arrête devant l'évier et remplit un verre d'eau trouvé sur le rebord avant de m'adosser au plan de travail. Je le contemple un moment me demandant si je vais réussir à l'avaler. Ma gorge à vif me supplie pourtant de le faire.

- De quoi il parle ton verre, me demande Max derrière moi.

Il doit me prendre pour une folle, l'air hagard regardant un verre d'eau comme s'il allait me sauter au visage.

- De sang, je finis par chuchoter.

Au fond de mon verre, un liquide rouge épais, presque noir semble encore en vie ondulant sous mes tremblements. Mais je sais que ce n'est pas la réalité, ce n'est qu'un reste de mon cauchemar, alors fermant les yeux, je me force à en avaler le contenu d'une traite sans faire cas du goût métallique qui agresse mes papilles et me donne de puissants hauts de cœur. D'un geste sec, je repose le verre comme s'il me brûlait les doigts.

Debout de l'autre côté de la cuisine, Max n'a rien raté du spasme de dégoût qui a secoué mon corps tout entier. Son visage est marqué par l'inquiétude ou la colère, je ne sais pas. À cet instant, je ne suis pas en état de cerner ses expressions. Je suis encore sous l'emprise de cette sensation de panique qui a rongé ma nuit, comme une gangrène dont on ne parvient pas à se soigner.

- Pourquoi parle-t-il de sang ? Demande-t-il très calmement comme s'il s'adressait à une bête sauvage.

Je réalise alors que c'est à ça que je dois ressembler les cheveux en bataille, le visage ravagé par la peur, le regard fuyant. Cette prise de conscience me plonge dans une colère noire. Je n'en peux plus de tout ça, de tous ces cauchemars, de ne pas me souvenir, de vivre dans la peur de ce que je pourrais découvrir si jamais je me rappelais.

C'est injuste.

La vie est injuste. Alors je déverse ma rage sur la seule personne à ma portée :

- Je n'en sais rien moi ! Pourquoi mon corps et mon esprit refusent de me donner accès aux souvenirs de cette foutue soirée si c'est pour me torturer avec des scènes dignes d'un film d'horreur après ! Tout... Tout ce sang, partout... Toutes ces nuits.... je n'en peux plus !

À mesure que le flot de mots franchit mes lèvres, ma colère retombe, libérée enfin de tous ces non-dits. Comme un ballon qui se dégonfle tout doucement. Je n'ai peut-être pas de réponses, mais le fait de laisser libre cours à ma frustration libère mes épaules d'un poids que je n'avais pas conscience de porter pendant toutes ces années.

- Je n'en peux plus... J'achève dans un murmure avant de laisser couler des larmes silencieuses sur mon visage chiffonné.

Max franchit la distance qui nous sépare et vient se planter devant moi, posant ses mains apaisantes sur mes épaules.

- Tu en fais souvent des cauchemars ?

- Ça dépend des périodes... C'est cyclique, je réponds dans un haussement d'épaules.

Soudain gênée, j'essuie mes larmes de la main.

- Ils sont plus fréquents depuis que je suis là.

Ce n'est pas une question, mais une affirmation. Et je réalise alors qu'il ne m'a pas demandé à quelle nuit je faisais référence. Il a compris.

- Oui, j'avoue en baissant le regard.

- C'est pour ça que tu m'as repoussé quand tu as compris qui j'étais, comprend-il.

- Oui.

Je n'ai pas la force d'en dire plus. Je me sens dépouillée de toute substance, comme une coquille vide qui aurait accompli sa fonction première et qui n'aurait plus aucune utilité. J'essuie encore une fois ces larmes qui s'obstinent à couler. Max fait glisser ses mains le long de mon cou prenant mon visage en coupe pour m'obliger à le regarder.

Son visage est chargé de questions en suspens, un léger pli formant un point d'interrogation sur son front. Au travers l'eau qui embue mes yeux, il n'a jamais été aussi beau, aussi accessible, comme s'il me suffisait de tendre la main pour que je puisse enfin le toucher, non pas son enveloppe physique, mais son essence, son âme. Ce qui fait de lui cet homme parfait à mes yeux.

- Alors pourquoi tu m'as laissé t'approcher ?

Sa voix est rauque, comme enrouée par une émotion mal contenue qui tenterait de profiter de l'instant pour s'échapper entre ses lèvres, retrouver sa liberté.

- Je me sens bien avec toi.

Parce que c'est Max qui se tient là, devant moi, cet aveu n'est pas si difficile à confesser. Ses iris aigues-marines me détaillent en silence. Ses mains chaudes sur mes joues ont chassé les derniers restes de mon cauchemar comme seul Max en a le pouvoir. Un pouvoir que je lui ai donné à lui et lui seul, en lui confiant mes peurs les plus sombres.

Mon regard dévie vers sa bouche sensuelle, me demandant si un de ses baisers saurait libérer mon esprit des démons qui le hantent. Cette pensée fugace fait naître un brasier de désir dans mon ventre qui me réchauffe toute entière.

Sans un mot, Max abandonne mes joues, m'enveloppant la tête de sa grande main et me presse contre lui dans une étreinte réconfortante à laquelle je m'abandonne avec soulagement, m'imprégnant de son odeur familière que j'aime tant.

Oui, la présence de Max me rend plus vulnérable, m'exposant à un passé que je redoute d'affronter de peur de ne pas être assez forte. Mais il m'offre aussi une oreille attentive et une épaule rassurante.

Quelqu'un sur qui compter.

L'ami qui manquait tant à ma vie.

Chapitre 22

Max

Avant...

Je vois arriver la fin des cours avec une angoisse grandissante. À contrario des autres étudiants, je ne vois pas cette échéance comme une délivrance, mais plutôt comme une condamnation, le début d'un long supplice, qui, je le crains, risque d'avoir raison de moi et de mon équilibre mental.

Trois longs mois m'attendent au cours desquels je vais être confronté à la présence entêtante d'Angélique. Trois mois d'inactivité où je n'aurais d'autre choix que de la regarder évoluer, aller et venir comme si je n'étais qu'une donnée négligeable, un parasite à peine capable de perturber les ondes positives qu'elle émet, m'hypnotisant toujours un peu plus.

C'est donc sans entrain que j'emballe mes affaires et me prépare à libérer ma chambre universitaire. Les couloirs grouillent d'étudiants qui comme moi s'apprêtent à réintégrer leurs quartiers d'été dans leurs familles. Deux coups secs portés à la porte me tirent de mes pensées. J'ouvre sur le sourire ravi de mon père.

- Bonjour mon fils.

- Bonjour p'pa.

- Tu es prêt ou tu as encore des choses à emballer ? Je peux peut-être t'aider.

Dans la chambre seuls quelques objets épars traînent encore ici et là. Un livre que j'ai oublié de rendre à la bibliothèque, une casquette défraîchie, un emballage de chips vide et la trousse de toilette que je viens de boucler.

- Ça devrait aller, j'ai presque fini, je dis sans grand entrain.

Mon père pose sa main sur mon épaule dans un geste protecteur et me scrute un moment.

- Tu es sûr que ça va ? Tes partiels se sont bien passés, non ?

- Oui, oui. T'inquiète, juste un coup de fatigue. Les dernières semaines ont été fatigantes avec les exams.

Mon père hoche la tête, pour me signifier qu'il comprend. Et un goût amer envahit ma bouche car je culpabilise de lui mentir ainsi. Mon état d'esprit n'a rien à voir avec mes études, ni le stress des examens, mais bien avec mon retour imminent à la maison.

Mais ça, je ne peux pas lui dire, je ne veux pas qu'il pense qu'il est pour quelque chose dans cet état de fait. Cela lui ferait de la peine pour rien.

- Allez, je vais charger tes sacs. On rentre à la maison, tu pourras te reposer.

Sans rien ajouter je lui adresse un signe de tête et ramasse les derniers trucs qui couvrent le petit bureau. Attrapant le livre de la bibliothèque, je le glisse dans la poche extérieure de mon sac à dos pour penser à le rendre en partant. J'attrape l'emballage vide et le fourre dans le sac poubelle près de la porte.

Quand mon père revient, je suis fin prêt et c'est le dos voûté que je remonte le couloir vers la sortie.

Chapitre 23

Alors que la voiture de Max file à vive allure sur la départementale, je contemple les arbres qui se parent de vert le long de la route. Avec le printemps, la nature reprend ses droits et saupoudre le paysage de couleurs douces et chatoyantes. Déjà les premiers arbres à fleurs ont éclos et bientôt les beaux jours seront vraiment installés.

Au loin, quelques nuages se regroupent créant un jeu d'ombre et de lumière sur l'horizon.

- Tu crois qu'il va pleuvoir ? Je demande innocemment.

Max riote un instant sans quitter la route des yeux, puis me jetant une œillade entendue finit par me répondre :

- La vraie question serait plutôt : As-tu envie qu'il pleuve, Angélique ?

J'adore entendre mon prénom vibrer sur sa langue au son un peu rauque de sa voix. Je me délecte de cette caresse auditive avant de chercher à comprendre le sens de ses mots.

- Tu commences à me connaître un peu trop bien, c'est effrayant.

Il se bidonne mais ne me contredit pas, au contraire, il semble assez satisfait d'avoir pu comprendre mon sous-entendu. Ce n'est pas de ma faute si j'aime la pluie !

Le temps que je prenne une douche et que je m'habille, nous sommes partis plus tard que prévu, mais pour rien au monde je n'aurais renoncé à cette journée avec lui. Je l'attends impatiemment même, me faisant une joie de ce grand bol d'air. Derrière les vitres, déjà le paysage change, et on distingue çà et là les marais salants aux belles couleurs pastel qui miroitent au soleil.

Je suis tirée de ma contemplation par les vibrations de mon téléphone.

>Vingt heures ce soir. C'est bon pour toi ? Abel ne peut pas se libérer plus tôt

>C'est parfait ! On se retrouve où ? Resto ou Délirium ?

Moi qui m'attendais à devoir me préparer en quatrième vitesse en rentrant de ma virée à la mer, je ne vais pas me plaindre. Cela me laissera un peu plus de temps.

La réponse de Marlène ne se fait pas attendre :

>Delirium ! Que la bière coule à flots !

OK, donc soirée décadente en perspective. Je me demande ce qu'Abel pensera quand notre trio infernal sera à sa pleine puissance après quelques verres. Pourvu qu'on ne le fasse pas fuir... Sinon, j'ai peur que Marlène nous en veuille.

Il est passé onze heures quand nous arrivons sur le petit parking qui longe la plage. La marée est basse découvrant une grande étendue de sable immaculé. Une légère brise fait virevolter mes cheveux joyeusement, mais le soleil nous réchauffe de ses rayons encore un peu timides. Sans attendre Max, je fais quelques pas pour atteindre le sable, heureuse comme une gosse d'y laisser mes empreintes. Je marche lentement, plaçant un pied devant l'autre pour former une grande courbe qui se referme dans une boucle infinie. Satisfaite de mon œuvre, je cherche Max du regard et le trouve là, m'observant depuis le bord du parking un sourire aux lèvres.

Il porte un jean, un t-shirt et un gilet à capuche. Je l'ai rarement vu habillé aussi décontracté ou alors cela remonte à longtemps, dans un passé auquel je ne veux pas penser pour l'instant. Pourtant cette tenue le rend presque plus réel, plus abordable, comme s'il était à ma portée alors que d'habitude je trouve sa beauté trop parfaite, hors d'atteinte.

- T'as peur des crabes ?

- Non des sirènes. On les dit diaboliques et manipulatrices... Me répond-il amusé avant de me rejoindre.

Le vent ramène une mèche devant mon visage et je m'empresse de la chasser pour le voir approcher de son pas assuré. Mais dès que je la lâche, elle revient s'interposer entre nous. Alors qu'il arrive à ma hauteur Max repousse délicatement la boucle farouche pour dégager mon visage à son tour. Son geste tendre me remue les tripes, mais je ne suis pas sûre qu'il ait la même portée pour lui que pour moi. Tout cela est peut-être très anodin pour lui, et si c'est le cas, je préfère ne pas le savoir.

Détournant les yeux de son visage, je regarde un instant la colonie de mouettes qui paresse non loin et sans hésiter, je m'élance en criant :

- À l'attaque !

Il ne faut pas longtemps pour que les pas de Max raisonnent dans mon dos poussant à son tour un cri de guerre tonitruant.

- Sus aux envahisseurs !

Battant des bras à grands gestes tels des enfants espiègles, nous fondons tous deux vers une nuée de mouettes qui tournant la tête vers nous nous observent curieuses, puis finissent par prendre leur envol afin de se mettre à l'abri des pirates intrépides que nous sommes.

- Ah ! Vous fuyez ! Je crie encore en coursant les dernières retardataires.

Quand notre victoire est éclatante, penchée en avant les mains sur les genoux, je reprends mon souffle après cette course folle. Max se tient à quelques mètres de moi, un peu moins essoufflé mais tout aussi décoiffé.

- Pff ! Toutes des lâches ! Je me désole en me redressant pour me tourner vers lui.

Nos regards se croisent et nous nous bidonnons en cœur, hilares d'un fou rire contagieux, fiers de notre bêtise. À cet instant, je me sens légère, libre et je réalise que ce sentiment m'avait manqué au cours des dernières années, comme un ami perdu de vue avec lequel on souhaiterait renouer sans savoir comment s'y prendre.

- Allons explorer ces terres durement conquises, m'enjoint Max en glissant son bras sous le mien alors que je peine encore à reprendre une respiration normale.

La plage s'étend sur plusieurs kilomètres. Belle étendue qui semble hors du temps, bordée par la dune et ses herbes folles d'un côté et le ressac de la mer qui bientôt regagnera du terrain de l'autre. Nous sommes quasiment seuls, à peine avons-nous croisé un coureur et un couple de retraités flânant à contre sens. Nous n'avons pas besoin de parler, le silence et les bruits de la nature le faisant pour nous. Bras dessus, bras dessous, Max et moi savourons le moment, profitant de ce lieu paisible.

Au bout de la plage, la côte forme une avancée, une pointe isolée du reste de la civilisation. Pourtant, contre toute attente, nous y découvrons une ancienne cabane de pêcheurs convertie en crêperie. Le lieu n'est pas grand et peut accueillir à peine une quinzaine de convives, mais il semble chaleureux et une bonne odeur de nourriture s'en échappe.

- Ravitaillement moussaillon ? Me propose Max alors que je détaille la devanture avec envie.

Le lieu est tenu par une femme du cru qui semble avoir connu bien des tempêtes tant ses doigts sont noueux et son dos courbé comme les rares arbres qui bordent la côte. Ses traits marqués par les années et son sourire un peu édenté nous accueillent chaleureusement.

La salle dont la déco rappelle sa fonction première avec filets de pêche et comptoir en forme de barge, est vide. Nous sommes les seuls clients, je me demande comment fait cette femme pour faire tourner son commerce. Elle nous installe à une petite table près de la fenêtre d'où nous pouvons profiter de la mer toute proche.

La carte est simple mais tout me fait envie. Autant dire que faire un choix va être difficile.

Cette fois, Max repose sa carte avant moi et m'observe sans rien dire, me laissant le temps de me décider. Mais me sentir observée me met la pression et je m'agace de ma propre indécision. Finalement, je repose le sésame sans avoir fait mon choix :

- Tu prends quoi ?

- Galette campagnarde et crêpe miel citron. Et toi ?

Je soupire encore plus agacée qu'il me pose la question et détourne le regard vers le rivage.

- Je n'arrive pas à me décider.

- Qu'est-ce que tu aimes ?

- À peu près tout...

- Alors ce n'est pas compliqué, prends la première, on reviendra goûter la suite de la carte une autre fois, me répond-il dans un haussement d'épaules.

On reviendra... J'aime assez cette idée en fait. Et aussi que tout semble aussi simple avec lui.

- Tu as un don pour rendre les choses simples alors que de prime abord, cela semblait compliqué, je lui avoue en redressant la carte pour ne pas avoir à affronter son regard.

Mon compliment sortait du cœur, mais alors que les mots prenaient forme sur mes lèvres, je me suis sentie gênée de les prononcer tout haut. Un petit rire discret me parvient depuis l'autre côté du menu, je souris à mon tour.

Nous empruntons la plage en sens inverse, repus après ce délicieux repas. Finalement, j'ai opté pour une galette normande aux pommes et boudin, suivie d’une crêpe miel amandes pour le dessert. Le soleil est presque au zénith et nous avons ôté nos gilets, savourant la caresse de ses rayons sur nos bras nus.

Entre la digestion et ma nuit agitée, je ne peux réprimer un bâillement sonore qui me vaut une œillade ironique de Max.

- Ta sortie ce soir, j'espère que c'est une soirée pyjama, au moins si tu bailles comme ça, tu seras dans le ton.

- Très drôle, je grimace en lui donnant une tape sur l'épaule. J'avoue qu'une sieste n'aurait pas été de refus.

S'écartant légèrement du bord de l'eau, Max me pousse en direction de la dune. Arrivé à la lisière il dénoue son gilet de sa taille, se couche sur le sable, calant son vêtement sous sa tête pour se faire un oreiller.

- Allez viens, dit-il en tapotant la place à ses côtés.

Sans hésiter, je roule mon gilet et m'installe sur le dos à ses côtés. L'étendue de ciel bleu qui nous surplombe est dénuée de nuages et sa teinte douce m'apaise. Je me sens bien, bercée par le bruit des vagues non loin, et le cri d'une mouette qui nous survole. L'odeur des embruns nous enveloppe de toute part. Après quelques minutes, je sens que mes yeux sont lourds de sommeil et par réflexe j'adopte ma posture du sommeil roulant sur le côté, jambes repliées. Ce mouvement m'a rapprochée de Max dont je peux à présent contempler le profil dressé vers l'azur.

Un bras derrière la tête, l'autre posé sur son torse, il semble perdu dans ses pensées. Son menton carré pointe fièrement, légèrement ombré par un court chaume de trois jours. Son nez arrondi et son front haut lui donnent une allure fière et droite.

Ses pommettes légèrement saillantes arborent un grain de peau fin, que j'ai envie d'explorer. À la base de son cou palpite une veine qui attire mon œil. J'imagine la chaleur de sa peau à cet endroit, la vibration du sang circulant sous le derme. Mon regard remonte vers sa bouche que j'avais consciencieusement évitée jusque-là de peur que l'envie d'y goûter ne me reprenne.

Ses lèvres sont fines, à peine rosées, elles forment pourtant un repli sensuel dont la texture veloutée aimante irrémédiablement mon regard et fait vibrer quelque chose de doux et chaud dans mon bas ventre.

Comme je le redoutais, elle est bel et bien là, cette envie d'en tracer le pourtour du bout de ma langue, ce désir d'en caresser la surface de la pulpe de mes lèvres, cette tentation qui se joue de moi et éveille mon appétit. Elle ne m'a pas quittée depuis ce matin. Comme une arrière-pensée latente qui s'obstine à grandir une fois qu'elle a germé au sein du sol fertile de mon imagination.

Mais comme pour mes rêves, je sais que mon esprit me joue des tours. Les filles comme moi n'attirent pas Max. C'était déjà le cas quand nous étions jeunes, cela doit être encore plus vrai maintenant qu'il est devenu un homme accompli à qui tout réussit. Certes, il m'accorde son amitié mais je sais déjà qu'il n'y aura jamais rien de plus entre nous.

Les motivations qui le poussent à être mon ami me semblent déjà hautement nébuleuses. Sans doute attisées par une forme de nostalgie liée à notre passé commun. Après tout, il me l'a dit, il ne connaissait pas grand monde dans cette ville, alors c'était facile de se raccrocher à un visage connu.

Meurtrie par cette pensée, je ferme les yeux pour contenir ma douleur. Max est mon ami, mon confident. Tout le reste n'est qu'une chimère dont je dois étouffer dans l'œuf les prémices. Uniquement me concentrer sur cette journée en plein air qui me fait un bien fou, loin de la cohue et loin du monde.

Chapitre 24

C'est fière de moi que j'arrive avec deux minutes d'avance au Delirium café. Nous sommes rentrés peu après dix-huit heures trente, j'ai donc eu tout mon temps pour prendre une douche et me préparer pour cette soirée. Petite robe noire, et bottillons à talons, j'ai eu envie de soigner mon look, une fois n'est pas coutume.

Caroline et Kevin sont déjà arrivés, installés à notre tonneau habituel. Cela faisait un bon moment que je n'avais pas vu Kevin et je suis contente de le retrouver après tout ce temps.

Caroline et lui sont ensemble depuis le lycée, et j'ai toujours trouvé qu'ils formaient un beau couple. Elle, avec sa silhouette fine, ses longs cheveux blonds et son teint clair et lui, avec sa tignasse rouquine qui lui donne un petit air irlandais et son physique de sportif.

Kevin est de nature calme, je l'ai toujours vu comme un homme facile à vivre, toujours souriant avec qui on peut parler de tout. Dès notre première rencontre, il a su me mettre à l'aise.

- Bonjour Kevin, ça me fait plaisir de te voir, dis-je en me penchant pour l'embrasser.

- Angélique, tu nous gâtes ce soir ! Observe-t-il en détaillant ma tenue.

- Tu es magnifique ! S'exclame Caroline en m'embrassant à son tour. Toi, tu as passé la journée dehors, tu as pris des couleurs ! Ça te donne bonne mine.

Je baisse la tête à la fois gênée par leurs compliments et par le fait que mon amie ait remarqué mes joues colorées. Aborder le sujet Max ce soir serait bien trop compliqué. Une très mauvaise idée. Et puis, je ne souhaite pas déballer ma vie devant un parfait inconnu, bien que je n'aie rien contre Abel.

- Oui, je... Je me suis promenée, je marmonne tout en posant mon verre pour m'installer et retirer ma veste.

La salle est bondée, ce qui n'est pas surprenant pour un samedi soir, mais le niveau sonore est encore acceptable et permet d'échanger sans avoir à crier.

- Alors, c'est qui votre nouvelle victime ? Je demande pour changer de sujet.

- La fille de mon patron, répond Kevin sans hésiter.

- Oups ! C'est risqué ! Et sinon, tu espères garder ton boulot ?

Je ponctue ma question d'un signe de tête désignant Caroline et comme je m'y attendais, elle réagit au quart de tour.

- Hé ! C'est pas de ma faute si on n'est tombé que sur des petites jeunes sans cervelle pour garder les enfants. C'est une responsabilité tout de même !

Un sourire aux lèvres, Kevin enroule son bras autour de ses épaules et dépose un tendre baiser sur sa tempe.

- On sait chérie, ne t'inquiète pas, on te taquine, la rassure-t-il.

- Je plaisantais, tout va bien se passer, dis-je pour calmer le jeu.

Caroline me jette un regard peu convaincu, néanmoins elle se détend et rigole avec nous.

C'est à ce moment-là que notre plantureuse Marlène fait son entrée tirant à sa suite l'invité du jour : Abel.

Les présentations sont un peu fouillis et je vois bien qu'Abel est un peu perdu dans les prénoms même si nous ne sommes pas nombreux. Plus grand que Marlène, il est assez mignon. Brun, lunettes à montures noires mettant en valeur ses yeux bleu clair, il correspond à l'image que je me fais de l'enseignant de collège faisant baver toutes ses élèves, et pourquoi pas les mamans avec.

Pour quelqu'un qui a l'habitude de gérer une classe, je remarque qu'il semble un peu réservé, à la limite de la timidité. Dès qu'on se rassoit après les embrassades et les présentations, il se place en retrait de la conversation, préférant écouter que participer. Je ne lui jetterai pas la première pierre, c'est aussi mon credo.

- Tu enseignes, c'est ça ? Dans quelle matière ? Lui demande Kevin sur qui on peut compter pour dérider les nouveaux.

- Histoire Géo.

- Sympa ! Je t'avoue que tu m'aurais dit latin, j'aurais été quelque peu à court de conversation, s'amuse Kevin en portant son verre à ses lèvres.

De ce que j'en sais, étant plus jeune, Kevin n'était pas très porté sur les études, il a fait le choix de suivre des études courtes pour intégrer rapidement la vie professionnelle. Néanmoins, il est loin d'être bête, très loin même. Quel que soit le sujet abordé, il semble toujours pouvoir tenir la conversation.

- T'inquiète, je n'avais pas l'intention de faire une interro surprise, lui répond Abel sur le même ton.

Je vois que ces deux-là vont bien s'entendre, en deux phrases la glace est brisée et nous nous gondolons en suivant leur échange. Je me dis que finalement, Abel n'est pas si timide que cela.

- Mince ! Moi qui avais préparé des antisèches... Poursuit Kevin en faisant semblant de chercher quelque chose dans ses poches ce qui fait sourire Abel.

Caroline, lui donne un coup d'épaule tout en intervenant :

- Où est passé l'élève modèle que j'ai connu au lycée ?

- Ça, ma chérie, c'était pour t'épater. Je ne voulais pas que tu voies à quel point je ramais pour suivre ! S'esclaffe-t-il.

- Je te reconnais bien là, le charrie Marlène. Déjà prêt à tout pour charmer ta chère et tendre !

- Que veux-tu, Caroline a placé la barre sacrément haute, c'était l'intello de la classe ! Se défend Kevin.

- Quoi ! Réagit Caroline. N'importe quoi ! C'était Clara machin chose, l'intello de service !

Kevin, se penche pour la serrer contre lui et lui glisse à l'oreille assez fort pour que tout le monde l'entende :

- Comment veux-tu que je le sache ? Je ne voyais que toi !

Caroline rigole contre lui avant de lui donner une tape sur la cuisse et de le tancer gentiment :

- Ce n'est plus la peine de mentir, je te rappelle qu'on est mariés maintenant !

Ce qui nous fait nous tordre d'hilarité.

Avec la deuxième tournée, Marlène commande des assiettes de tapas que nous picorons joyeusement en parlant de tout et de rien, en nous chahutant les uns les autres dans la bonne humeur.

Je savoure cet instant, je me sens bien, entourée de mes amies, et de leurs compagnons. Tous les sujets y passent : anecdotes professionnelles, les petits mots des enfants, l'actualité...

Ensemble, on s'amuse, on oublie le temps et on exorcise les petits tracas du quotidien.

****

Je tente de monter les marches qui mènent à chez moi, mais l'entreprise est laborieuse même en prenant appui sur la rambarde de l'escalier.

Je suis encore parcourue d'un fou rire qui ne me quitte pas, pliée en deux un bras en travers de mes côtes. J'oscille entre douleur et rires. La douleur dans mon ventre, mais également dans la cheville que je me suis tordue en repartant du Delirium. Un peu pompette, je dois avouer.

La voix de Kevin retentit derrière moi alors que je n'ai pas encore réussi à gravir la première marche.

- Attends, je vais t'aider, me dit-il en glissant un bras sous mes aisselles pour me plaquer contre lui.

Mon rire raisonne dans la cage d'escalier, et même si je sais que je devrais faire moins de bruit, je n'y parviens pas.

- Tu sais que j'ai appris à marcher il y a longtemps déjà, j'ironise en reprenant un semblant de sérieux.

- Oui, mais je pense que tu as dû égarer le mode d'emploi.

Caroline et Kevin ont proposé de me déposer en voiture après que je sois tombée dans l'escalier menant à l'étage du café, afin que je n'aie pas à marcher avec ma cheville douloureuse. Il est vrai qu'un retour en bus aurait été difficile. Périlleux, même.

Nous sommes presque arrivés au premier étage quand je réalise que j'ai oublié mon sac dans la voiture.

- Merde ! Demi-tour Tornado, j'ai laissé mon sac dans ton attelage, dis-je dans un nouvel éclat de rire qui m'oblige à m'appuyer un peu plus sur Kevin pour ne pas tomber.

- Pas de panique, Caroline s'en occupe, m'assure-t-il.

Un bruit sur le palier attire mon attention et je découvre Max sur le seuil de sa porte, arborant jean, t-shirt et regard sombre.

- Tiens ! Voilà Zorro...

La mine renfrognée et le sérieux de Max m'arrêtent dans ma tirade et calment quelque peu mon rire. Il nous observe avec un léger froncement entre les sourcils qui ressemble à de la désapprobation. Mais comme tout le monde le sait, je ne suis pas experte...

Les pas de Caroline raisonnent derrière nous.

- Tu avais aussi oublié ta veste, me dit-elle en arrivant à ma hauteur pour me tendre manteau et sac.

Réalisant que nous ne sommes pas seuls, elle se tourne vers Max qu'elle détaille de la tête aux pieds. C'est à ce moment-là que je découvre qu'il est pieds nus et que je trouve ça follement sexy. Une fois son examen terminé, elle tourne un regard interrogateur vers moi :

- Restaurant Italien ?

Un oui gêné franchit mes lèvres, alors que je récupère mes affaires qui pendent toujours au bout de sa main.

- Intéressant...

Elle adresse un dernier regard à Max, accompagné d'un signe de tête poli et fait signe à Kevin qu'ils doivent partir.

- On te laisse ma belle, je ne voudrais pas qu'on soit en retard pour libérer la baby-sitter. Ça va aller ? me demande-t-elle malgré tout pleine de sollicitude. Si tu as besoin de quoi que ce soit demain, tu m'appelles.

Puis se penchant vers moi, elle ajoute tout bas pour que je sois la seule à entendre.

- Lundi midi, "Une Faim de loup", je veux tous les détails, puis tirant son mari du bras, elle descend les escaliers sans plus attendre.

- Merci encore de m'avoir ramenée, je dis avec un petit signe de main à Kevin.

J'entends la porte de l'immeuble claquer en bas, et prends conscience du silence des lieux. Me tournant doucement vers Max, je lui fais face, prête à m'excuser, mais il s'avance vers moi un peu tendu, le visage fermé.

- Je vais t'aider à monter, dit-il en pointant ma cheville que je tiens en l'air pour ne pas qu'elle touche le sol.

Me soutenant du mieux possible il m'aide à monter, ouvre ma porte avec les clés que je lui tends et m'aide à m'installer sur le canapé. Puis sans un mot, il quitte mon appartement en laissant l'entrée grande ouverte.

Deux minutes plus tard, il est de retour avec une trousse de premiers soins. Mutique, il prend place sur la table basse du salon et me retire ma chaussure. Ma cheville est gonflée et déjà une zone violacée est visible sur le côté. Max extrait un tube de pommade de son nécessaire et commence à en étaler délicatement sur ma peau meurtrie. Son toucher est chaud, doux et propage des frissons qui remontent le long de mes jambes, mais je vois bien au pli qui ourle le front qu'il est contrarié.

- Je suis désolée qu'on t'ait dérangé, je m'excuse.

- Ce n'est rien, je regardais la télé.

Il sort une bande qu'il enroule autour de mon pied pour maintenir ma cheville en place. Ses gestes prévenants sont en totale contradiction avec son visage sombre, et je réalise que je ne l'avais jamais vu aussi distant et refermé. Je n'aime pas ça. Surtout que je n'en comprends pas la raison, Max ne m'avait jamais montré cette facette de lui.

Un peu désinhibée par l'alcool, je tends le bras, avance doucement la main et viens lisser du bout du doigt cette ride qui froisse son beau visage. Sa peau est chaude, presque brûlante.

À mon contact, Max se fige.

Je redoute un instant qu'il esquisse un mouvement de recul, mais il n'en est rien. Il me contemple statique et j'ai peur que mon audace ne le mette un peu plus en colère. Mais après un long moment, je vois ses traits se détendre enfin et il m'adresse un de ses beaux sourires pleins de charme qui canalise mon attention sur sa bouche et me remue de l'intérieur.

- Allez la cascadeuse, dit-il d'une voix un peu rauque. Au lit ! Tu en as bien besoin.

Chapitre 25

Max

Avant...

La maison parentale est en effervescence, Clarisse a eu son permis la semaine dernière et elle est toute fière de se rendre de façon autonome à sa première fête. Depuis une heure maintenant, elle fait essayer toute sa garde-robe à Angélique pour lui trouver une tenue *digne* de la soirée qui les attend.

Comme si Angélique avait besoin de ça pour attirer le regard des autres. Elle irradie une telle douceur, une telle beauté qu'à elle seule, elle emplit une pièce de sa présence. Je ne comprends pas de quoi elle pourrait avoir besoin de plus pour aller à cette fête de lycéens.

Néanmoins, c'est plus fort que moi, depuis une heure, je fais les cent pas dans le séjour pour être aux premières loges lorsqu'elles descendront les marches. Connaissant Clarisse, je redoute le pire et j'espère de tout cœur qu'Angélique ne se laissera pas convaincre de porter une tenue trop provocante. Cela ne lui correspondrait pas du tout.

Quand des pas se font entendre dans l'escalier, je me tourne d'un bloc pour guetter leur descente, mais visiblement je n'étais pas préparé au spectacle que m'offre Angélique habillée d'une robe bleu clair qui lui arrive au-dessus du genou, dévoilant des jambes qui me semblent interminables. Pour la première fois depuis que je la connais, ses cheveux sont relevés dans un chignon souple calé sur le haut de sa tête, dévoilant son cou gracile et ses épaules fines. Je suis du regard la courbe discrète d'un décolleté sage qui pourtant me met l'eau à la bouche. Si bien que je crains qu'une proéminence gênante ne vienne tendre mon pantalon à la vue de tous. Je dois mobiliser toute la volonté dont je dispose pour ne pas décréter sur le champ que leur sortie est annulée. Je ne veux pas envisager qu'un autre gars puisse poser les yeux sur elle. Au risque que ce garçon-là, contrairement à moi, parvienne à attirer son attention.

Alors que mon ange arrive au bas des marches, je me force à reprendre contenance en m'arrachant à sa vision de rêve pour reporter mon attention sur Clarisse qui la suit de près.

- Si tu es trop fatiguée pour conduire en fin de soirée, n'hésite pas à m'appeler, je serai dans le coin avec Yann et Ben.

Je suis parfaitement conscient de la titiller comme si je cherchais une excuse capable de la retenir à la maison ce soir. Malheureusement, je sais qu'elle ne me laissera pas faire.

- Ça fait dix fois que tu me le répètes, Maxime, s'énerve ma sœur. Je vais finir par le savoir !

- Je suis sérieux Clarisse, fais gaffe à ce que tu bois et passe aux softs avant qu'il ne soit trop tard. C'est sérieux. Tu es responsable de ta passagère.

La passagère en question reste à l'écart tentant de se faire la plus discrète possible, tandis que Clarisse me fusille du regard comme elle seule sait le faire, avec effronterie et aplomb.

- Tu me lâches, oui ? Je ne suis plus une gamine !

Ma mère arrive à ce moment-là dans la pièce mettant fin à notre échange.

- Ah, vous êtes prêtes les filles ? Je vois qu'on a sorti le grand jeu, les garçons n'ont qu'à bien se tenir ! Dit-elle en rigolant.

Je serre les poings en entendant cette remarque qui ne fait que souligner mes pires craintes. À ce moment-là, un texto de Yann m'indique qu'il est déjà là et m'attend dehors. Saisissant mon téléphone, je pianote rapidement une réponse.

>*Un dernier truc à régler et j'arrive.*

Pas question de partir avant elles et de rater ma dose d'Angélique. Au cours des dernières semaines nos conversations n'ont pas été plus fructueuses que les précédentes, mais au moins j'ai pu me régaler de sa présence quasiment tous les jours. Je crois bien que je suis devenu le grand frère le plus envahissant du monde, toujours à tourner autour de ma frangine. Autour de mon ange.

Enfilant leurs vestes, les filles jettent un dernier regard dans le miroir avant d'attraper leurs sacs pour sortir de la maison.

- Tu as bien ton portable Clarisse ? Demande ma mère alors qu'elles sont déjà sur le perron.

- C'est bon, maman, Maxime m'a déjà fait la leçon... Je serai prudente, pas d'alcool fort et mon portable est chargé. Je n'ai pas souvenir que vous ayez été aussi lourds avec lui, quand il allait à une fête !

Passant la main dans les cheveux de ma sœur, ma mère se penche pour déposer un baiser sur son front.

- C'est normal, tu es la petite dernière.

- Super ! Allez Angélique, c'est parti ! Dit-elle en attirant sa copine à sa suite.

- À plus tard maman ! Dis-je en sortant à mon tour pour leur emboîter le pas.

La voiture de Yann est garée juste derrière celle de mes parents, je les suis sur le trottoir et observe Angélique tout en rejoignant mes potes. Au moment de s'installer derrière le volant, Clarisse se retourne et me tire la langue. Belle preuve de maturité !

Sans surprise Yann rigole des grimaces de ma sœur alors que je claque ma porte.

- Arrête de rire, tu l'encourages, là.

À mon grand désarroi, ma réprimande ne fait qu'augmenter son hilarité, mais aussi celle de Ben.

- Ta sœur est un sacré numéro, mec, se justifie ce dernier.

- Elles vont où là ? Me questionne Yann en démarrant à leur suite.

- À ton avis ? C'est pas chez toi qu'il y a une super fête ce soir ?

Yann a un frère de un an son cadet et il se trouve que c'est également l'heureux organisateur de la soirée qui va mobiliser une bonne partie des lycéens du coin ce soir. Rien qu'à imaginer Angélique au milieu de ce genre de fête, j'en ai des sueurs froides. Mieux vaut que je me la sorte de la tête si je ne veux pas devenir barjot à imaginer tout ce qui pourrait se passer.

- Bon, on va où ? Je les questionne en me penchant en avant.

- Au Zinc ? Propose Yann.

- Sa mère lui a demandé de garder un œil sur la soirée de son frère Loris, alors on ne s'éloigne pas trop pour aller y faire un tour plus tard... Quand les choses risquent de dégénérer, s'amuse Ben sans se rendre compte que ses paroles ne font qu'aviver mes inquiétudes.

- Va pour le Zinc, je valide en m'enfonçant dans mon siège. De toute façon, tant qu'on peut boire...

C'est ça, c'est ce qu'il me faut à l'instant présent. Boire. Boire et me vider la tête pour oublier que la fille qui hante mes rêves est actuellement en train de faire la fête sans moi à l'autre bout de la ville...

Chapitre 26

Je passe mon dimanche à traîner dans mon canapé. Entre le manque de sommeil des deux dernières nuits et ma cheville qui me fait encore un peu mal quand je la pose par terre, j'ai là deux excellentes excuses pour flemmarder tout mon saoul.

Marlène et Caroline me harcèlent de messages toute la matinée afin de savoir : Primo comment va ma cheville. Deuxio, comment s'est finie ma soirée pour Caroline et pourquoi il y a réunion au sommet lundi midi pour Marlène. Apparemment, elle pense que j'ai fait quelque chose qui aurait mis mes chauffeurs en rogne sur le chemin du retour.

Je préfère ne pas la détromper et je me contente de confirmer que je vais bien et qu'on se voit demain. À vrai dire, je ne sais pas ce que je vais leur raconter. Je parie qu'elles vont m'en vouloir de leur avoir caché Max depuis plusieurs semaines. Il faut dire qu'au début je ne pensais pas le revoir, alors cela ne me semblait pas important. Par la suite, quand j'ai compris qui il était, l'éventualité que cela aboutisse à des questions sur mon passé m'a effrayée. Maintenant, je n'ai plus le choix, je vais devoir tout leur déballer. La question est comment leur présenter la chose, et jusqu'où je peux aller dans les confidences.

J'en suis là de mes réflexions, quand aux alentours de midi, Max vient, à son tour, s'enquérir de ma cheville. En infirmier dévoué, il étale une nouvelle couche de crème sur la zone traumatisée et refait le bandage bien serré.

Après ça, il reste un peu avec moi à regarder des séries débiles à la télé, mais le sommeil doit remporter la bataille, car à un moment donné, je me réveille seule dans mon séjour, confortablement emmitouflée sous un plaid qui ne m'appartient pas.

Nous n'avons pas reparlé de la veille, que ce soit de sa réaction ou de ma cuite, mais le fait qu'il s'inquiète autant de moi et de mes petits bobos me rassure.

Quoi qu'il se soit passé hier, cela ne remet pas en cause notre amitié.

****

Quand mon réveil sonne lundi matin, les attentions de Max ont fait leur effet et je ne sens plus qu'un faible tiraillement dans la cheville. Je prends tout de même soin de ne pas forcer dessus et me déplace avec précaution. Douche, habillage, rapide coiffure à la va-vite et voilà que Max gratte à ma porte.

- Comment tu te sens ?

- Je n'ai presque plus mal, je te remercie. Tu as fait des miracles, je le rassure alors que je m'empare de la tasse qu'il me tend et rejoins le canapé en boitant à peine.

- Tu veux que je te dépose au boulot ? Ce sera plus simple si je prends ma voiture.

- Ça va aller, je vais me débrouiller.

Max m'observe avec un léger froncement de sourcils comme s'il était contrarié de mon refus. Et j'en déduis qu'il ne va pas céder.

- Je prends la voiture aujourd'hui pour me rendre à un rendez-vous en dehors de la ville, alors ça ne me gêne pas du tout de te déposer. Et puis de toute façon, tu devras rentrer en bus ce soir, alors autant ne pas forcer dès le matin sur ta cheville.

Je repense à mon rendez-vous avec les filles ce midi, et je me dis qu'il n'a pas tort. Le restaurant où travaille Caroline a beau ne pas être loin de mon lieu de travail, je vais néanmoins passer ma journée à faire des allées et venues. Mieux vaut me ménager quand je le peux.

- Tu es sûr que ça ne te dérange pas ?

- Parole de scout ! dit-il avec un pseudo salut militaire qui me fait rire.

- Tu n'as jamais été scout !

- Ah bon, tu es sûre ? Me demande-t-il en penchant la tête comme s'il y réfléchissait sérieusement.

Pour toute réponse, je lui tire une langue polissonne qui le fait rire à son tour.

Comme promis, Max me dépose devant l'immeuble où je travaille avant de me souhaiter bon courage pour cette journée. Je n'ose lui dire qu'en effet, il va m'en falloir mais pas pour le boulot, non, plutôt pour ma pause déjeuner et la confrontation qui m'attend.

Quand arrive l'heure de ma pause, ma matinée été tellement bien remplie, que je n'ai pas eu le temps de réfléchir à ce que j'allais dire à mes amies.

Je suis la première à m'installer à la table que nous a réservé Caroline, alors que celle-ci est occupée à servir une famille au fond de la salle. Je suis nerveuse à l'idée de la conversation qui s'annonce, et je frotte nerveusement mes mains moites sur mon pantalon afin de tromper mon stress. Il ne faut pas longtemps à Marlène pour se pointer le sourire aux lèvres, à mille lieux des angoisses qui me rongent.

- Salut ! Bien remise de tes galipettes de samedi ?

- Tu appelles ça des galipettes toi ? Moi j'aurais plutôt dit une lamentable dégringolade. Heureusement, que je n'étais pas en état d'apprécier le ridicule de la situation, sinon, je crois que je me serais laissée mourir sur place !

- Ce n'est pas si ridicule que cela sur les clichés ! Dit-elle l'air de rien.

- Tu m'as prise en photo ? Je crie incrédule.

Loin d'être perturbée par ma réaction, Marlène affiche une mine assez fière de ses exploits.

- En fait, j'avais le téléphone à la main au moment où tu as commencé à descendre, alors ça a été un réflexe. Prends ça pour de la déformation professionnelle, conclue-t-elle en haussant les épaules.

Je suis encore abasourdie lorsque notre serveuse attitrée nous rejoint quelques secondes plus tard.

- Tu te rends compte ? Elle m'a prise en photo alors que je tombais dans l'escalier ! Je la prends à partie.

Caroline nous regarde à tour de rôle très calmement comme si elle jaugeait la gravité de la situation. Maman poule réfléchit pour savoir lequel de ses enfants elle va sermonner. Finalement, c'est vers moi que son attention se porte.

- Si c'est une façon de détourner l'attention pour ne pas que l'on parle de toi, c'est raté !

J'ouvre la bouche pour répliquer, mais ne sachant pas quoi dire pour me défendre, je la referme sans qu'un son n'en soit sorti.

Visiblement, Marlène ne sait toujours pas de quoi il en retourne car elle dit :

- C'est à propos de samedi ? Un problème avec la baby-sitter ?

- Non, rien à voir. Tout s'est bien passé avec la baby-sitter. Je suis assez contente même, je vais la garder, la rassure Caroline.

- Bon, soit vous crachez le morceau, soit tu nous ramènes à manger, parce que moi, je meurs de faim, se plaint Marlène en nous regardant l'une après l'autre.

- Figure-toi que la petite cachottière qui se tient là, nous a omis de nous dire qu'elle avait un nouveau voisin tout à fait sexy et charmant qui s'intéresse grandement à elle.

- Oh, j'adore ! Continue, s'émoustille Marlène en s'accoudant à la table pour se rapprocher de nous.

À présent, elles me regardent toutes les deux avec des yeux friands comme si j'allais leur révéler le secret du siècle. Je n'ai plus le choix, c'est le moment de passer à table au sens propre comme au sens figuré.

- Moi aussi j'ai faim, je tente néanmoins pour gagner du temps.

- OK, je vais chercher vos salades, mais ne crois pas que tu vas te défiler, accepte Caroline en tournant les talons.

Dès qu'elle est à quelques mètres, Marlène se penche un peu plus vers moi et chuchote :

- Comment elle t'a grillé ?

- Mon voisin est sorti alerté par le bruit de mes gloussements quand ils m'ont ramenée, je soupire résignée.

- Pas de bol ! On ne cache rien à maman ours... se moque-t-elle en reprenant sa place initiale.

Déjà Caroline nous rejoint avec nos assiettes sans qu'on ait eu à commander, signe évident qu'elle ne veut pas qu'on puisse perdre du temps en considérations inutiles. La salle du restaurant est calme, comme souvent le lundi midi alors elle prend place à côté de Marlène et croisant les bras sur la table, elle me fixe, attendant ma confession. Son expression est déterminée, mais bienveillante comme toujours, ce qui me donne un peu de courage. Elle ne me laissera pas me défiler, mais elle n'est pas là pour me juger.

- Je... Je ne vous en ai pas parlé parce qu'au début je ne savais pas qui c'était, ni si je le reverrais, je commence hésitante.

- Au début... Répète paisiblement Caroline. Ça remonte à quand ?

- Après ma dernière escapade... J'avoue en détournant les yeux. On s'est percutés par hasard au café le lundi matin. Ce n'était pas important, un inconnu croisé comme ça.

- Comment en êtes-vous venus à aller au resto alors ?

- Oh ! Vas-y continue, c'est follement romantique ! S'enflamme Marlène.

Sa remarque me fait rire, mais je dois à tout prix crever ses espérances dans l'œuf.

- C'est juste un voisin avec qui je passe un peu de temps, alors t'excite pas. La romance, c'est toi qui la vis en ce moment.

- Juste un voisin ? Me demande Caroline avec empathie. Je ne sais pas à qui tu veux faire croire ça, mais certainement pas à moi. Je l'ai vu lancer des regards assassins à Kevin quand il croyait que vous rentriez ensemble de soirée. J'ai bien cru que j'allais être veuve avant l'âge !

- Tu exagères. Il était contrarié parce qu'on a fait trop de bruit, c'est tout.

- Intéressant ! Et sinon, il est comment ? Beau gosse ? S'enquiert Marlène.

Je hausse les épaules comme si je n'étais pas apte à juger. Je sais très bien que si je donne mon avis, elles vont tout de suite comprendre qu'en fait il me plaît et pas qu'un peu.

- Beau gosse ? Enchaîne Caroline sans prêter attention à mon esquive, tu es loin du compte ! C'est un dieu vivant ce mec ! Tu aurais vu la bête, juste en jean et t-shirt, et pourtant il en jetait ! Punaise, j'ai failli laisser Kevin et embarquer son voisin à la place !

Voici que maintenant elles sont en transe toutes les deux, fantasmant sur Max comme si je n'étais pas là. Soulagée de ce revirement de situation, je mange ma salade en étudiant mes meilleurs amies qui visiblement viennent de retomber en pleine adolescence entre fantasmes et gloussements.

Finalement, je crois que je ne m'en suis pas si mal tirée...

- Comment as-tu osé nous cacher ça ! S'exclame Marlène outrée en attirant mon attention.

Ou pas...

- Euh...

- Pourquoi ne l'as-tu pas ramené samedi ? Tu aurais pu nous le présenter ! Poursuit-elle sans me laisser le temps de dire quoi que ce soit.

- Ce n'est qu'un voisin..., j'insiste avec un mouvement d'épaule nonchalant.

- Et alors ? Pour le plaisir des yeux ! Il est sympa au moins ?

- Je... Oui.

- Alors c'est décidé, la prochaine fois tu nous le présentes ! Tu n'es pas d'accord Caroline ?

Je gratte la vinaigrette au fond de mon assiette du bout de ma fourchette cherchant une issue à la situation. Mais Caroline ne répond pas. Elle m'observe.

- C'est à Angélique de savoir si elle veut nous le présenter, tu ne crois pas ? D'ailleurs, je te rappelle que quand tu as rencontré Abel, tu avais tellement peur que ça capote que tu ne voulais même pas en parler.

Marlène fronce les sourcils, bien obligée de prendre en considération les propos de notre amie. Puis, elle me regarde avec insistance avant de rétorquer avec un sourire plein de sous-entendus :

- Je ne vois pas où est le problème, puisque ce n'est qu'un voisin... Ce n'est pas comme s'il lui plaisait.

À cet instant, je sens les mâchoires du piège à loups se fermer impitoyablement autour de moi. J'ai beau tenter de garder un visage impassible, je sais que ces deux femmes face à moi me connaissent mieux que personne et sauront lire mon trouble si je laisse transparaître la moindre émotion.

- OK, si vous y tenez, je cède en haussant de nouveau les épaules.

Décidément, je vais devenir la reine du haussement d'épaule, si ça continue.

- De toute façon il ne va pas se faire de fausses idées, vous avez l'habitude de faire des trucs ensemble, intervient Caroline qui n'avait rien dit depuis plusieurs minutes.

Je reste un instant interdite face à sa remarque, cherchant ce que j'ai pu dire ou faire qui l'aurait amenée à croire ça. Elle doit lire un éclair de panique dans mes yeux, car elle me sourit avant de développer :

- Lui aussi semblait avoir pris un coup de soleil samedi, j'en déduis que vous étiez ensemble.

Marlène nous regarde à tour de rôle, arborant de nouveau ce sourire juvénile qui prouve qu'elle a flairé une histoire croustillante.

- Attends, attends. C'est quoi cette histoire ?

- Tu n'as pas vu qu'Angélique avait pris des couleurs ? Lui répond-elle sans me quitter du regard, ravie de sa trouvaille.

- Un simple voisin, hein ? Accouche ! M'ordonne Marlène de sa voix rauque.

Je m'affale sur la banquette dans un geste de reddition. Je crois qu'à ce stade plus rien ne sert de nier l'évidence.

- Bon, OK. On est allé passer la journée à la mer, j'avoue dans un soupir résigné. En amis, d'accord.

J'emploie un ton ferme sur la dernière phrase, pour être sûre d'avoir une chance de les convaincre.

- Vous vous voyez souvent comme ça ? Je veux dire, pas juste entre deux portes...

- À peu près tous les jours, je chuchote du bout des lèvres.

- Tu peux répéter ? Je ne suis pas sûre d'avoir bien entendu, me demande Marlène en plaçant sa main près de son oreille.

- À peu près tous les jours, je répète bonne élève.

Caroline se penche vers moi, et vient placer sa main sur la mienne dans un geste que je suppose réconfortant.

- Angélique, on est contentes pour toi. Vraiment. Mais crois-moi, cet homme ne te regarde pas comme on regarde une amie. J'ai vu autre chose dans son regard.

Chapitre 27

Les rues défilent derrière la vitre sans que j'y prête vraiment attention.

Près de moi, un homme le téléphone vissé à l'oreille semble passer un savon à un contact professionnel. Au fond du bus, un enfant pleure inconsolable dans les bras de sa mère. Pourtant, rien de ce qui m'entoure n'arrive à me tirer de ma rêverie, même pas cet enfant, en dépit du petit pincement au cœur si familier qui me rappelle que je ne connaîtrais peut-être jamais le désarroi d'un parent aux prises avec ce genre de crise.

Les paroles de Caroline n'ont cessé de me tarauder toute l'après-midi, tournant en boucle comme si cela allait m'aider à leur donner un sens. Pourtant, il m'est difficile d'envisager que Max puisse être jaloux de Kevin, car cela supposerait qu'il entretient pour moi des sentiments plus forts que les liens de l'amitié. Je revois son regard noir, lorsqu'il est sorti sur le palier, son attitude fermée même lorsque nous étions seuls dans mon appartement. Mais je ne parviens pas à en comprendre la raison.

Était-ce de la contrariété liée au bruit, comme je le pensais, ou un sentiment plus insidieux qui pourrait s'apparenter à de la jalousie ? Max n'a jamais eu de comportement qui pourrait induire qu'il cherche une relation plus charnelle avec moi. Notre relation a toujours été platonique. Simple. Sans arrière-pensée.

Enfin... Quelques pensées tout de même de ma part, mais difficile de rester impassible face à un apollon tel que Max. Il dégage une forte sensualité qui me trouble, c'est indéniable, surtout que je suis célibataire de longue date.

Ces mains qui agrippent mes poignets, les remontant au-dessus de ma tête. Ce souffle saccadé dans mon cou. Ce corps chaud plaqué contre le mien.

Les battements de mon cœur qui raisonnent à mes oreilles. Ce désir que je peine à contenir. Cette main qui vient s'enrouler autour de ma gorge attisant mes sensations, mon plaisir.

Ces mêmes images assaillent mon esprit encore et encore sans que je sache s'il s'agit réellement de souvenirs ou simplement de fantasmes. Pourtant, elles trouvent écho dans mon corps, me faisant vibrer de la tête aux pieds, comme une réminiscence ancrée dans mon code ADN et dont mon corps se souviendrait d'instinct.

Or, la seule fois dans ma vie où j'ai perdu le contrôle au point de ne plus me souvenir de ce qu'il s'était passé, c'est ce fameux soir de la fête de fin d'année sept ans plus tôt. Malgré tout, les rares bribes qui émergent ne me permettent pas de savoir si Max était là ce soir-là. Probablement pas d'ailleurs, qu'aurait-il fait dans une soirée de lycéens, lui, qui était à la fac. Il devait avoir des choses bien plus intéressantes à faire avec ses copains que de traîner dans une soirée comme celle-là.

Mais alors comment expliquer cette obsession pour ces mains autour de mes poignets. D'où vient cette nostalgie étrange qui s'empare de moi quand je laisse dériver mon esprit et imagine la sensation que cela procure d'être contrainte par ces doigts forts, enveloppée par ce corps. Se peut-il que quelque chose m'échappe ? Que s'est-il passé ce fameux soir ?

Je déteste être impuissante.

Je chasse ces questions auxquelles je ne trouve pas de réponse d'un mouvement de tête comme s'il s'agissait d'un moucheron insignifiant alors que je m'apprête à descendre du bus.

Pourtant cela n'a rien de faits sans importance. Tout ce qui est lié à cette soirée a toujours été pour moi source d'un stress paralysant. Synonyme de danger. Alors que ces mains éveillent plutôt du désir, du plaisir, une sensation de volupté que je ne suis pas sûre d'avoir déjà connue, à mille lieux de la peur et cela me laisse perplexe. Qu'il y ait un lien entre les deux me semble inconcevable.

Je referme la porte de mon appartement derrière moi et retire mes chaussures avec un soupir de contentement. Ma cheville commençait à crier au secours, enfermée dans des chaussures toute la journée. Je rejoins la cuisine avec la ferme intention de me servir un verre d'eau lorsque j'entends le grattement caractéristique de Max contre la porte.

- Tu es déjà rentré de ton rendez-vous ? Je l'interroge en ouvrant la porte.

- Oui, je viens voir comment tu vas. Ta cheville ne t'a pas fait trop souffrir ?

- Ça a été à peu près. Mais, je dois avouer que retirer mes chaussures a été une vraie délivrance.

Je remonte le couloir vers la cuisine toujours focalisée sur mon besoin d'étancher ma soif.

- Tu veux boire quelque chose ? Eau, jus d'orange ? Bière peut-être ? Je crois que c'est à peu près tout ce que j'ai.

- De l'eau c'est bien. J'ai eu un déjeuner avec des clients ce midi, je crois que j'ai fait assez d'excès comme ça.

Je nous remplis deux grands verres d'eau et en pose un sur le plan de travail près de Max. L'eau est fraîche et me fait un bien fou. À peine fini, je m'en remplis un deuxième sous le regard amusé de Max.

Nous rejoignons le salon. Je prends place dans le canapé, tandis que Max s'assoit une fois de plus sur la table basse et examine ma cheville. Cette scène se répète comme la veille et l'avant-veille. Max concentré esquissant des gestes presque médicaux s'ils n'étaient pas aussi prévenants et doux. Et moi, me délectant du contact de ses mains sur ma peau, mon ventre se contractant sous son action et mon cœur s'emballant soudain un peu fou. Après avoir détaillé mon hématome, Max se fait un devoir de oindre ma cheville avec sa crème miracle, faisant bien pénétrer par un lent massage.

Je l'observe, sans qu'il semble s'en rendre compte tant il est absorbé par sa tâche. Ses avants bras sont découverts et ses muscles roulent sous sa peau dorée. Je ne me lasse pas de ce spectacle.

- Pourquoi tu prends soin de moi comme ça ?

Les mots sont sortis de ma bouche dans un murmure sans que ce soit prémédité. Mais alors qu'ils flottent entre nous, je réalise que depuis que Caroline a sous-entendu que Max pouvait être attiré par moi, cette question était en suspens dans mon subconscient. Plus que jamais, j'ai besoin de connaître ses motivations. Les raisons de sa présence.

Je réprime une vague d'appréhension à l'idée qu'il puisse répondre que c'est ce que font les amis, parce qu'alors cela voudrait dire que nous ne sommes que ça.

Des amis.

Or, je dois me rendre à l'évidence, plus ça va, et plus j'ai envie que nous soyons plus que de simples amis. Je suis attirée par cet homme comme un papillon de nuit.

- C'est important ? Me demande-t-il en reportant son regard bleu nuit sur moi.

- Oui, pour moi ça l'est.

Ses doigts cessent de bouger et se posent sur ma cheville, s'y enroulant délicatement. Ce toucher n'a plus rien de médical. Il est intime, brûlant. Cette fois, mon cœur bat la chamade sous mes côtes, affolé par ses iris qui ne me quittent pas.

Ses doigts autour de mes poignets...

- Si je te dis que c'est parce que j'en ai envie, me répond-t-il en plissant très légèrement les yeux.

Sa prise se resserre imperceptiblement autour de mon articulation et mon souffle devient court, comme s'il exerçait une pression directement sur ma trachée.

Sa main posée à la base de mon cou...

Je tente de mettre ces images de côté, de rester concentrée sur notre échange, sur Max. Sur ses réponses. Sur les miennes.

- Pourquoi tu étais contrarié samedi soir ?

Sa mâchoire se contracte discrètement comme si le simple fait d'en parler réveillait sa colère. Mais contrairement à samedi, son visage reste ouvert. Sa main remonte légèrement sur ma jambe alors qu'il se tourne un peu plus vers moi, me faisant trembler sous sa caresse.

- Ce sont des amis à toi ? Le couple de l'autre soir ?

Je fronce les sourcils déconcertée par son esquive avant de réaliser que dans l'état où j'étais ce soir-là, il ne m'est même pas venu à l'esprit de les présenter.

- Oui. Caroline est une amie très proche. Kevin et elle sont mariés et ont deux adorables enfants.

Du coup c'est rare qu'on parvienne à se retrouver pour passer une soirée ensemble. Ce qui explique peut-être qu'on se soit un peu lâché, je conclue dans un haussement d'épaules.

- Ils avaient l'air surpris de me voir, aussi surpris que moi de les trouver sur mon palier.

Je suis un peu gênée de sa remarque et détourne un instant le visage pour qu'il ne puisse pas y lire mon embarras.

- C'est possible.

- Au moins Caroline semblait avoir un avantage sur moi. Elle connaissait mon existence.

J'esquisse un sourire au souvenir de son interprétation pragmatique de la situation. Dès qu'elle a compris qui était Max, elle a pris la fuite nous laissant en tête à tête.

- Je lui avais parlé du resto italien, j'avoue le regard rivé sur sa main toujours posée sur moi.

C'est à la fois apaisant et terriblement sensuel. Max a cet effet sur moi, il atténue mes angoisses, tout en provocant dans mon corps des réactions inédites.

La deuxième main de Max entre dans mon champ de vision et vient crocheter mon menton, relevant mon visage à la rencontre de mon regard.

Nous ne sommes plus qu'à quelques dizaines de centimètres l'un de l'autre. Sa douce odeur d'épices et d'agrumes m'enveloppe déjà. Impressionnée par sa proximité, je suis incapable de soutenir l'intensité de ses iris, alors je fixe sa bouche en attente de la suite.

- Je n'étais pas contrarié, commence-t-il doucement. J'étais jaloux. Jaloux de voir à quel point ces gens, dont je ne savais rien, sont capables de te rendre heureuse. Tu étais si épanouie, que tu m'as ébloui.

Je suis le mouvement de ses lèvres m'imprégnant de ses douces paroles, les savourant un instant comme un nectar, une ambroisie venue de l'Olympe. Dans ma cage thoracique, mon cœur bat à cent à l'heure, incrédule face à ses révélations. À cet instant, j'ai peur d'être en plein cœur d'une vision et qu'un retour à la réalité ne me fasse prendre conscience que tout cela n'est qu'un rêve. Un rêve cruel. Alors comme pour empêcher cette vision de disparaître, j'enroule mes doigts autour du poignet de Max, reproduisant ce geste qui ne cesse de me hanter.

Dans un mouvement instinctif nos corps se rapprochent encore, et la main de Max remonte sur mon genou, me faisant presque haleter. Je détaille son visage à la recherche d'un indice qui me confirmerait sans doute possible que tout cela est vrai.

- Toi aussi tu me fais rire.

- J'ai surtout l'impression de te faire revivre un passé trop douloureux pour toi.

- C'est à moi de déterminer si c'est trop.

- Parce que tu crois que je ne vois pas les cernes sous tes yeux. Ces moments où ton regard dérive comme si tu n'étais plus là.

Ses paroles me font mal. Il énonce à haute voix une réalité que j'ai repoussée de toutes mes forces au cours des dernières années. Mais depuis qu'il est à mes côtés, présent chaque jour, j'ai l'impression que je suis plus forte que je ne le croyais jusque-là. Les visions sont plus présentes, les cauchemars toujours traumatisants, mais grâce à Max, ce ne sont que des détails parmi tant d'autres dans mon quotidien. Un peu comme une dispute ou un mauvais moment à passer. Parce que ma vie ne se résume plus à ça. Il y a beaucoup plus. Il y a Max.

Max, qui se tient si proche, si beau, si attirant. Il représente tout ce que j'ai toujours rêvé d'avoir. Un homme qui s'intéresse à moi, qui est prêt à m'accepter avec mes failles et mes défauts. Un homme sur qui je peux compter. Un homme qui éveille du désir chez moi alors que je me croyais perdue pour la gente masculine.

Je tire un peu sur son poignet afin de réduire un peu plus la distance entre nous.

- Il ne tient qu'à toi de tout effacer.

Ses lèvres sont à peine à un souffle des miennes, il suffirait que j'incline le visage pour sentir leur contact. Pourtant, nous ne bougeons plus ni l'un ni l'autre. Comme suspendus dans le temps alors que nos respirations se caressent.

- Si je commence à t'embrasser, j'ai peur de ne jamais savoir m'arrêter, raisonne la voix de Max un peu plus rauque que d'habitude créant une vibration qui chatouille la peau fine de mes lèvres.

Il ne m'a pas encore embrassée, pourtant j'ai la sensation de déjà connaître son contact, sa façon de m'effleurer, son goût. C'est d'ailleurs très troublant car je n'ai pas le souvenir d'avoir partagé de moments aussi intimes avec lui. Dans mon ventre gronde le feu du désir, comme un vieil ami que l'on retrouve après de longues années et j'ai la sensation que mon corps reprend vie après une longue léthargie.

Enfin, la douceur de ses lèvres me frôle dans une caresse qui me fait défaillir. Mes paupières se ferment alors que ma bouche s’entrouvre dans une invitation silencieuse à laquelle Max s'empresse de répondre. Son toucher est d'abord léger, esquissant plusieurs allers et retours précautionneux. Mais rapidement, sa langue s'enhardit et vient s'enrouler autour de la mienne dans une danse langoureuse et enfiévrée qui m'étourdit.

J'ai l'impression de vivre mon premier baiser. Comme si tout ce qui a précédé était sans importance.

C'est intense et vrai.

C'est ce que j'ai attendu toute ma vie.

Une communion parfaite de deux êtres faits pour vivre cet instant précis. Plus rien n'existe en dehors de nous.

Chapitre 28

J'effectue les quelques mètres qui me séparent de mon immeuble d'un pas tremblant, mal assurée sur des jambes en coton. À mes oreilles bourdonne encore ce vieux titre dont pourtant je voudrais oublier jusqu'à l'existence. Ce rythme entêtant et poisseux qui me colle à la peau.

Je tente de me concentrer sur ma destination, de me raccrocher à quelque chose de réel afin de m'extraire de ces doigts adipeux et répugnants qui me palpent, me touchent comme s'ils en avaient le droit.

Plus que deux mètres à franchir et pourtant cette distance me semble insurmontable alors que je pose péniblement un pied devant l'autre, fournissant un effort incommensurable, luttant pour me soustraire à cette attraction malsaine qui m'écœure et me glace le sang. Je serre mon sac contre moi comme s'il pouvait me préserver de toute cette laideur, de ces rires gras et méchants que j'entends au loin à peine étouffés par la musique. Ces rires qui me disent que quoi qu'il se passe, personne ne me viendra en aide.

J'ouvre mon sac à la recherche de mes clés, mes doigts engourdis par la peur panique qui s'est emparée de moi et dont je ne parviens pas à me défaire. Ma peau est moite, empoissée par l'effroi, l'angoisse.

Ses mots raisonnent à mon oreille. Un chuchotement assez bas pour que je sois la seule à l'entendre.

Les saintes nitouches...

J'ai l'impression de sentir son odeur âcre, désagréable qui fait remonter la bile dans ma gorge comme autrefois.

Comme toi...

Je tressaille si fort que mon sac tombe avec fracas à mes pieds, répandant sous mes yeux affolés une pluie de confettis argentés. Les rires redoublent et je plaque mes mains violemment sur les oreilles alors que je tombe à genoux.

Ma vision s'éclaircit un instant sous la douleur de l'impact et j'en profite pour rassembler mes affaires jonchant le trottoir. Mes mains tremblent tellement qu'elles en sont maladroites, imprécises.

Je crois entendre mon prénom crié au loin, sans que je sache si cela fait partie de mes souvenirs. Mais je n'ai pas le temps de m'en soucier, je prends appui sur la poignée pour me redresser et franchis haletante la porte du hall qui claque dans mon dos. La pénombre de ce début de soirée donne un aspect fantomatique au lieu que je m'empresse de traverser pour rejoindre les escaliers en prenant appui sur les murs. Les recoins semblent renfermer des mains concupiscentes qui tentent d'attraper mes chevilles pour me ramener à elles.

Mon cœur affolé fait à présent tellement de bruit qu'il parvient presque à camoufler la musique obscène et les rires moqueurs. J'atteins les premières marches de l'escalier en chancelant, quand un rai de lumière éclaire mes pieds accompagné du claquement d'une porte qui se referme. Je suis figée sur place, au bord de la panique. Je voudrais disparaître sous terre, me fondre dans le tapis pour ne pas avoir à affronter mes voisins dans l'état où je suis. Dans un élan désespéré, je grimpe la première marche, prenant appui sur la rampe de toutes mes forces, prête à fuir.

- Angélique.

Je n'ai pas le temps de faire un pas supplémentaire que des bras forts me soulèvent de terre et me plaquent contre un torse dur et moelleux à la fois.

- Tout va bien.

Son ton calme et posé m'aide à amadouer quelque peu mon rythme cardiaque alors qu'une odeur d'agrumes et de cannelle enveloppe comme un baume anesthésiant mes peurs les plus profondes. Je tremble encore de façon incontrôlée, mais cette odeur familière me confère la douce sensation de rentrer chez moi après une longue absence. J'enroule mes doigts autour du col de sa veste, et cale mon visage dans son cou me gorgeant de cette senteur douce et forte, dans laquelle je décèle à présent une pointe de girofle. C'est lénifiant et réconfortant à la fois. Le nez contre sa peau chaude, j'inhale cette fragrance qui a le don de réchauffer mon cœur et mon corps, chassant les fantômes du passé.

Je me sens en sécurité.

Ses doigts autour de mes poignets.

Cette pression sur ma gorge à la fois exigeante et balsamique. Mon cœur battant à tout va, mon souffle court.

Ce désir sinuant dans mes veines et se propageant dans chaque cellule de mon corps.

Le bruit sec de la porte de mon appartement se refermant derrière nous me tire de ma vision. Max fait deux pas supplémentaires et me repose au sol délicatement. Encore agrippée à ses vêtements, je sens déjà le froid s'emparer de nouveau de mes membres, me faisant trembler comme une feuille. Il détache doucement mes doigts, cherchant mon regard de ses iris saphir.

- Va prendre une douche chaude, ça te fera du bien dit-il en déposant un baiser sur mon front.

C'est dans un état second que je rejoins la salle de bains et me déshabille laissant mes habits étalés sur le sol. Le froid pénètre mon épiderme. Je me glisse sous le jet brûlant en claquant des dents, à la recherche d'un peu de réconfort.

Alors que je fixe mes mains agrippées au savon la vision de ces doigts boudinés, crochus, comme de serres, tentant de m'empoigner s'impose à moi un instant. Je tente d'invoquer les mains fortes et douces qui ont elles seules le pouvoir de chasser mes démons, de m'apaiser, de susciter du désir. Ces mains qui ne me veulent pas de mal et qui n'ont rien à voir avec des souvenirs douloureux et effrayants. Ces mains que mon subconscient a dû imaginer comme un substitut capable de contrer le mal qui me hante. Ces mains qui me réconfortent.

J'enfile des vêtements chauds et confortables afin de contrer les frissons que ma douche brûlante bien trop longue n'a pas complètement réussi à chasser et rejoins Max dans le séjour. À mon approche, il se lève et s'avance vers moi avec un plaid qu'il enroule autour de mes épaules avant de m'entraîner vers le canapé. Sur la table basse, un cappuccino noisette orné d'un trèfle m'attend.

Max prend place dans le canapé et ouvre ses bras dans une incitation à m'y blottir. Je suis tellement avide de réconfort que je m'y installe sans rechigner, cherchant discrètement cet arôme qui m'a rassuré un peu plus tôt. Il est là. Agrumes, cannelle, girofle. Intense et sécurisant. Je me sens bien, enfin.

Depuis que nous avons échangé ce premier baiser quelques jours plus tôt, il y en a eu bien d'autres, tendres, chauds, parfois osés mais nos caresses sont toujours restées chastes, même si je suis avide de son contact qui est une vraie bénédiction pour moi.

Max se penche pour me donner ma tasse chaude.

- Tu sais qu'un jour tu tomberas en panne d'inspiration ?

Je contemple les quatre feuilles posées là, et je prie pour que ce trèfle me porte bonheur et m'aide à venir à bout des mystères qui infestent mon passé. Pour la première fois depuis des années, j'ai envie de m'en débarrasser, de m'en libérer pour de bon. De purger mon esprit de toutes ces images qui m'effrayent. De tourner la page, une bonne fois pour toutes.

Je savoure mon breuvage en silence, me délectant de ce sentiment de plénitude si rare pour moi. Mon corps se soulève au rythme lent de la respiration de Max, sa chaleur inondant mon dos. J'ai presque fini ma tasse quand sa voix raisonne doucement dans la pièce.

- Je sais qu'on a convenu de ne pas revenir sur le passé. Mais ce qui t'a bouleversée aujourd'hui fait partie du présent Angélique, cela a eu lieu il y a moins d'une heure. Et nous savons tous les deux que ce n'est pas un fait isolé. C'est ton quotidien.

Il n'énonce aucune demande, juste un constat. Max est comme ça. Jamais pressant, mais à l'écoute, disponible et patient. Il me laisse le choix, c'est ce qui m'a permis de franchir chaque nouvelle étape avec lui.

Je garde le silence, soupèse un instant les possibilités qui s'offrent à moi. Puis-je nier l'évidence ? Camper dans mon déni ? Ou dois-je me confier à cet homme incroyable qui me prouve sans cesse son dévouement ?

- Je... C'est difficile à expliquer... Je tente de biaiser, même si je sais déjà que si un jour je dois me confier à quelqu'un ce sera à lui.

- J'ai tout mon temps, souffle-t-il à mon oreille comme une promesse avant de déposer un baiser sur ma tempe.

Je sais que c'est vrai. Max a toujours su me montrer que rien ne viendrait interférer entre nous. Alors, je prends plusieurs inspirations destinées à me rassasier de son odeur et je ferme les yeux me laissant aller à mes souvenirs.

- Il y avait ce jeune dans le bus... Je rentrais du travail, j'étais un peu sonnée par ma journée, ce qui n'a pas dû aider. Les souvenirs remontent plus facilement à la surface quand je suis distraite ou fatiguée. Il avait une enceinte Bluetooth qui diffusait des vieux hits qui se propageaient d'un passager à l'autre. Cela formait un brouhaha diffus qui berçait les conversations. Et puis... Il y a eu ce titre... Une chanson qui était au top des classements quand on était au lycée. Je ne l'avais pas entendue depuis des années... C'est là que les souvenirs sont remontés à la surface.

Je marque un temps d'arrêt, laissant les images me pénétrer, m'engloutir. Je suis au chaud dans les bras de Max, à l'abri. Rien ne peut m'atteindre, du moins c'est ce dont je tente de me persuader pour ne pas céder à la panique. Max doit le sentir, parce que la prise de ses bras se raffermit autour de mes épaules, me garantissant son soutien une fois de plus.

- Je savais qu'il s'agissait d'un souvenir de cette soirée de juin, quand on était au lycée... Les confettis, la musique, la voix de Clarisse m'encourageant à lâcher prise et à reprendre un verre... Tout ça, je connais par cœur... Mais cette fois... C'était un élément nouveau. Il... Il y avait ce jeu avec la bouteille... Quelqu'un lançait un défi et faisait tourner la bouteille qui désignait la personne qui devrait le relever. Je ne voulais pas jouer, mais tout le monde était déjà passé au moins une fois, sauf moi. Alors je ne pouvais plus me dérober. Quand la bouteille m'a désignée, j'ai...

Malgré le cocon protecteur dans lequel je baigne, je sens la peur tapie non loin, guettant la moindre faiblesse pour s'emparer de nouveau de mes sens. Max se contracte dans mon dos. Je ne vois pas son visage mais je sens la tension s'emparer de son corps au fil du récit, sa respiration se faisant plus profonde.

- Il y avait ce gars de première qui se croyait irrésistible, qui s'est avancé et m'a obligé à le suivre sous les acclamations de tout le monde. Je ne voulais pas le faire, mon instinct me disait de trouver une excuse pour ne pas y aller, mais... ils avaient tous les yeux braqués sur moi, se moquant de ma réaction, alors... J'y suis allée. Le pari n'était pas bien méchant, il suffisait de danser avec ce type dont je n'étais même pas sûre de connaître le nom, mais sans que je sache pourquoi, quelque chose dans son regard me disait que ce n'étais pas innocent. Ou alors c'était à cause de ce sourire en coin qui ne le quittait pas, ou des encouragements de ses copains...

Je laisse un long silence se dérouler dans la pièce, envahissant chaque recoin de l'espace, cherchant à comprendre ce qui dans l'attitude de ce type a pu m'indiquer qu'il avait un truc louche derrière la tête. Pourtant, cela reste une impression, comme un sixième sens inexplicable.

Max presse doucement sa joue sur le côté de ma tête et je retrouve le fil de mon récit.

- La musique était forte, assez forte pour être désagréable, mais pas assez pour que j'oublie les rires gras qui raisonnaient derrière nous, je murmure comme une excuse. Je ne pouvais pas me dérober alors que la nausée m'envahissait. Ce n'était pas une danse. Ce type se frottait à moi sans vergogne, laissant ses mains se balader à sa guise, son odeur désagréable imprégnant tout mon être. J'avais beau essayer de m'en dépêtrer, d'esquiver ses gestes... Il était plus fort que moi. Je me disais que ce n'était qu'un mauvais moment à passer... Que la chanson allait bientôt prendre fin...

Max est raide dans mon dos, sa chaleur irradiant de tous ses pores comme s'il bouillait intérieurement d'un feu mal maîtrisé. Je ne vois pas son expression, mais ses muscles bandés et raides me font hésiter à poursuivre. C'est alors qu'il passe une de ses mains dans mes cheveux, lissant mes mèches dans un geste de réconfort.

- Ce que les autres ne pouvaient pas voir... Ni entendre... C'est les mots que ce type murmurait tout bas, rien que pour moi. *Fais pas ta mijaurée*, je mime dans un tressaillement, *je suis sûr que tu rêves de me sentir entre tes cuisses. Les saintes nitouches comme toi, je les connais, elles veulent toutes la même chose.*

Max caresse toujours mes cheveux et ce geste tout simple me raccroche à la réalité m'évitant de sombrer dans le passé.

- Chut, tout va bien. Il ne peut plus rien contre toi, maintenant. Ce n'était que de l'intimidation, de la méchanceté gratuite.

- Justement, là est tout le problème. Comment peux-tu le savoir ? Comment *puis-je* le savoir ? Je m'emporte malgré moi révoltée par ma propre impuissance. Tout ce que je sais de cette soirée c'est que quelque chose de terrible est arrivé, quelque chose dont mon propre cerveau refuse de se souvenir ! La moindre petite incursion est source d'angoisse et me retourne l'estomac. Chaque fois qu'une image remonte je suis paralysée par la peur de ce qui va suivre. Même cette scène qui devrait à peine susciter de la colère ou du dégoût m'a terrorisée au point de m'en faire perdre mes moyens. Alors, comment je peux savoir s'il ne s'est rien passé de plus ? Comment je peux savoir que ce type ne s'en est pas vraiment pris à moi ?

Chaque fois qu'un voile est levé sur cette soirée, c'est une nouvelle expérience traumatisante pour l'adolescente que j'étais alors. Mais Max a raison sur un point. Ce type ne peut plus rien contre moi, aujourd'hui. C'est de cette certitude que j'essaye de m'imprégner.

Au bout de quelques minutes, je lâche un rire sans joie. Presque dépitée.

- Tu étais où il y a sept ans ? J'aurais bien eu besoin d'un chevalier servant qui prenne soin de moi.

Chapitre 29

Max

Avant...

Les gouttes de sueur perlent à mon front et je sais que la chaleur ambiante n'y est pour rien. Tout mon corps est tendu, crispé tant je suis obligé de museler la rage qui gronde en moi pour me contraindre à ne pas réagir.

Calé dans un coin de la pièce, j'observe depuis plusieurs minutes les mains d'un type que j'ai envie d'étriper, de dépecer en menus morceaux, se balader sur les hanches et les fesses d'Angélique. L'extrait de jalousie pure qui coule dans mes veines y a remplacé jusqu'à la dernière goutte de mon sang.

Si je n'ai pas encore bondi sur lui, c'est grâce à mon ange : Chaque fois que la main du gars descend dangereusement vers ses rondeurs, elle lui adresse un regard noir tout en attrapant son bras pour le remonter à hauteur raisonnable. Et ce simple geste me permet de me tenir là, en suspension au-dessus du vide qui menace de m'engloutir.

Je me sens en équilibre, à deux doigts de basculer d'un instant à l'autre dans une folie meurtrière sans retour possible en arrière. Je n'ai jamais ressenti ça auparavant. Je n'ai jamais été possessif ou jaloux. Pourtant, là, je suis comme une bête sauvage qui éprouve le besoin viscéral de marquer son territoire et de prouver à toutes les personnes présentes qu'Angélique m'appartient. Et à moi seul.

J'ai passé ma soirée à boire plus que de coutume, peut-être même plus que de raison. À boire jusqu'à atteindre un niveau de détachement suffisant pour lâcher prise et me détendre enfin. Pourtant à l'instant même où j'ai aperçu ce mec tenant la fille que je convoite dans ses bras, les effets bénéfiques de l'alcool se sont effacés en un clin d'œil, liquidés, laissant la place à une rage sans nom qui me submerge, m'étouffe.

Jamais un morceau de musique ne m'a paru aussi long, aussi temporellement distendu, aussi interminable.

Je ne suis pas sûr de survivre à ce spectacle encore longtemps. J'en viens à prier pour qu'une coupure de courant impromptue mette fin à leur slow, voire à la fête dans sa globalité.

La main du type tentant une nouvelle approche me fait grincer des dents alors qu'un grognement s'échappe de ma gorge, me valant un regard perplexe du couple qui se bécote dans le canapé non loin de moi. Je vois Angélique se crisper un peu plus alors que le type semble lui susurrer quelque chose à l'oreille.

Heureusement, la fin du morceau met un terme à leur danse, et me permet de relâcher quelque peu la tension dans mes membres. Si tôt la dernière note libérée, Angélique s'écarte du gars dans un geste vif. Je la vois hésiter un instant avant de jeter un regard circulaire autour d'elle et de s'élancer vers le fond de la pièce.

Pour ma part, je reporte mon attention sur le type qui dansait avec elle il y a encore quelques secondes et le vois s'en taper cinq avec Loris, le frère de Yann, tandis qu'un autre l'applaudit admiratif.

Putain, s'il se met à se vanter, je lui casse la gueule.

Je sens encore bouillonner sous ma peau cette rage dévorante que j'ai dû museler trop longtemps à mon goût. Alors que je m'écarte du mur pour m'avancer furibond dans leur direction, un éclair bleuté attire mon attention, à temps pour que je voie Angélique emprunter les escaliers qui mènent à l'étage.

À ce moment précis, je ne suis pas sûr de me maîtriser complètement, mais mon instinct me dit de la suivre, alors je réponds à son appel.

Chapitre 30

Adossée au torse de Max, je joue avec sa grande main la tournant d'un sens et de l'autre entre mes doigts. Perdue dans mes pensées, je suis accaparée, fascinée par cette main comme s'il s'agissait d'une énigme à résoudre.

Sa main enroulée autour de mon poignet.

La télé est allumée tentant d'attirer notre attention, mais ni l'un ni l'autre ne lui prêtons vraiment attention. Nous avons longuement discuté, exorcisant mes souvenirs pour qu'ils aient moins d'emprise sur moi, décortiquant les images de mon flash-back pour m'aider à y faire face. À me les réapproprier.

Puis, quand le jour à décliné, nous avons fini par commander des pizzas que nous avons mangées toujours l'un contre l'autre dans mon canapé.

Max semble amusé par mon jeu et se laisse manipuler docilement. Sa main est chaude, virile et pourtant douce au toucher. Une petite cicatrice couture son index ajoutant à sa perfection.

- Comment tu t'es fait cette cicatrice ?

Un petit rire vient agiter sa poitrine, me secouant de soubresauts.

- La première fois que ma mère m'a demandé de tailler ses rosiers. Après ça, je me suis dit qu'elle n'oserait plus me demander de l'aider. Mais ça n'a pas marché.

Il a parlé dans un murmure et le grondement de sa voix faisant vibrer sa poitrine dans mon dos, son souffle sur ma joue, me donnent des frissons.

- Et celle-ci ? Je demande en désignant la ligne blanche qui parcourt la partie charnue de sa paume.

- Je suis tombé d'un arbre en voulant épater une fille quand j'étais au lycée.

Chaque petite marque fait partie de son histoire, de sa vie. Elles racontent toutes ces choses qui font de lui l'homme qu'il est devenu. Brillant, intelligent, généreux. À mes yeux, elles le rendent d'autant plus attirant et désirable. Des mains fortes que j'aimerais sentir sur ma peau.

Ses doigts glissant sous mon sein, l'empaumant fermement.

À présent, je me souviens d'une bonne partie de cette soirée. Je revois Clarisse qui insistait pour que je boive deux trois verres *pour me mettre dans l'ambiance*, comme elle disait. Je me souviens des jeux organisés par les joueurs de l'équipe du lycée en vue de s'amuser à nos dépens. De cette ambiance un peu trop tape à l'œil, de cette façon qui voulait dire : *Je suis populaire, rien ne me résiste.*

Je me souviens de cette sensation de malaise qui ne m'a pas quittée de la soirée et qui me poussait à prendre mes jambes à mon cou à chaque instant comme si un mauvais pressentiment me disait qu'il allait s'y passer quelque chose d'effrayant. Les bruits, la musique agressive, les cris, les rires forcés. Il me semblait que tout était faux et calculé.

Les regards insistants des garçons, cette façon de se croire importants. De faire comme si tout leur était dû. Les mains baladeuses et les encouragements, comme si la pauvre victime sur qui ils jetaient leur dévolu n'avait pas son mot à dire.

Je me rappelle avoir pensé que si c'était ça faire partie de l'élite, des personnes en vue dans ce lycée, alors je préférais autant ne pas en être.

Aucun des garçons présents à cette soirée ne correspondait à mon idéal de garçon. Ils étaient arrogants et imbus de leur personne, alors que je rêvais d'un petit ami protecteur, qui serait à la fois doux et dévoué. Mais aussi fougueux.

Les battements affolés de mon cœur, ce désir si fort, qu'il me coupe le souffle.

Sans lutter, je laisse les sensations remonter à la surface, les images que m'évoquent ces paumes viriles envahir mon esprit. Alors que je retourne le poignet de Max à nouveau, une douce chaleur s'installe au creux de mon ventre et ma respiration s'accélère...

Ses doigts appuyant sur la veine qui palpite au creux de mon cou.

À chaque nouvelle réminiscence, je me réapproprie les sensations, ce désir, cette envie qui me semblent familiers. Je ramène la main de Max vers moi et la pose à la base de mon cou, à même ma peau dégagée par le large col de mon gilet dans un geste machinal.

Max se crispe dans mon dos, bandant d'un seul mouvement tous les muscles de son corps. A-t-il compris le cheminement que suivaient mes pensées ?

Je reste un long moment immobile, savourant le poids de sa main sur ma gorge, la vibration de mon cœur sous la pulpe de ses doigts, alors qu'une certitude sans faille s'installe au plus profond de moi.

Max était là, ce soir-là. Il était là dans ce couloir sombre, tapi dans le noir.

- Pourquoi ?

Ma voix semble éraillée, comme si mes cordes vocales refusaient d'énoncer à haute voix cette question pleine de sous-entendus non formulés. Pourtant, il ne me demande pas de *quoi* je parle, ce n'est pas utile. À cet instant, nous le savons tous les deux. Après un faible moment d'hésitation, sa réponse fuse dans un souffle.

- Je voulais effacer son toucher.

Je n'ai pas besoin de lui demander de *qui* il parle.

Je sens son souffle dans mes cheveux, la poussée de son corps me pressant un peu plus fort contre le mur, nos respirations mêlées par le désir. Son odeur épicée qui me fait tourner la tête.

Je ne sais pas si je dois me sentir trahie qu'il ne m'ait pas avoué avant qu'il était présent ce soir-là. Ou bien reconnaissante de sa franchise. Je me sens tiraillée, perdue. Pourquoi était-il là ? Était-il caché ? Comment se fait-il que je ne l'ai pas remarqué ? Quel intérêt aurait-il eu à dissimuler sa présence ?

Tout à coup, j'ai peur de découvrir ses motivations profondes. Au-delà du désir qu'il a su éveiller en moi, que cherchait-il ? M'attendait-il dans le noir ? Quel rôle a-t-il vraiment joué ce soir-là ?

Suis-je tombée dans un piège ?

Chapitre 31

Max

Avant...

La musique qui emplit le rez-de-chaussée, semble peiner à grimper les marches, et c'est un rythme étouffé qui me parvient une fois à l'étage. Je connais la maison pour y être venu souvent au cours des dernières années, plusieurs chambres donnent sur ce couloir qui forme un angle droit. Je suis son parfum de coco vanillé qui emplit l'étroit corridor, me fait tourner la tête, m'enivre bien plus efficacement que l'alcool que j'ai pu ingurgiter plus tôt dans la soirée. Fermant les yeux, je me délecte de sa senteur, de son odeur sensuelle qui attise mes sens, m'attirant telle de la magnétite. C'est un délice que je voudrais pouvoir être le seul à savourer. Le seul à m'en régaler. Lorsque j'arrive à l'angle, j'aperçois mon ange tentateur qui, d'un pas incertain avance de porte en porte à la recherche de quelque chose. Le couloir est plongé dans la pénombre, mais moulée dans sa robe bleue, sa beauté m'assaille.

J'avance à pas feutrés. À cet instant précis, je n'ai qu'une certitude, cette fille doit être à moi. À moi seul. L'idée qu'un autre type ait posé les mains sur mon ange m'emplit de fureur et fait monter en moi l'irrépressible envie d'effacer toute trace d'un autre contact sur sa peau.

Inconsciente de ma présence, Angélique avance un peu plus dans ce couloir, entrebâillant la porte suivante, pour la refermer quelques secondes après. Toute à sa recherche elle m'ignore. Encore. Et ce constat est insoutenable, douloureux, déchirant, ajoutant à la folie qui s'est emparée de moi. Je dois faire quelque chose pour que cela change, elle n'a pas le droit de danser avec le premier crétin venu et de m'ignorer, moi.

Je veux qu'elle prenne conscience de l'attirance que j'éprouve pour elle, qu'elle ressente ce besoin incontrôlable que j'ai d'elle. Je veux la toucher, la goûter, la sentir, je veux me fondre en elle, la marquer de façon indélébile. À cette simple idée, le bout de mes doigts fourmille d'impatience, avançant dans le noir comme mu par sa volonté propre.

Déterminé, je franchis sans bruit les quelques pas qui nous séparent encore et la plaque contre le mur laissant jaillir la rage qui bouillonne encore en moi. Un ouragan que je peine à contenir, à endiguer, alors que mon désir pour elle se fait impétueux m'empêchant de me montrer doux, raisonnable. J'ai perdu toute lucidité.

Ma main se plaque sur sa bouche pour étouffer d'éventuels cris, ses mains sont posées de part et d'autre de sa tête à plat sur la paroi froide. Ainsi contrainte, elle n'émet aucun son, mais sa respiration se bloque quelques secondes sous mon attaque, puis repart de façon saccadée, erratique. J'ai vaguement conscience qu'elle doit avoir peur, mais à cet instant précis, je la veux de tout mon être, de toutes les fibres de mon corps, je suis aveuglé par ma colère, par mon ressentiment. Je lui en veux d'avoir octroyé à un autre ce que moi, je n'ai pas pu avoir. Alors, j'écrase son corps du mien, calant mon bassin contre ses fesses rebondies dans un mouvement brusque, presque violent. J'inspire son odeur comme le camé que je suis quand il s'agit d'elle. Je suis en manque et je compte bien en profiter pour prendre ma dose.

Son corps tremble sous mon assaut et c'est tant mieux parce que je veux lui faire payer toutes les nuits blanches que j'ai passées à rêver d'elle, de son corps, de ses courbes, de mes mains posées sur elle. Je la tiens. Enfin. Chaude, souple, douce, même à travers les couches de vêtements qui nous séparent, je bande comme un fou. Alors je me presse un peu plus fort, faisant jaillir un gémissement affolé de ses lèvres. J'empoigne un de ses seins que je pétris durement lui arrachant une plainte étouffée. Puis une autre tant mon geste est rude. Je tire sur le tissu de son décolleté, libérant sa poitrine arrondie que je m'empresse de malaxer fermement pinçant son téton entre mes doigts jusqu'à la faire gémir sous le bâillon de mes doigts. Je jubile de sa réaction, excité de sentir son corps se tortiller sous mes assauts même si c'est pour essayer de m'échapper.

Je hais l'indifférence dont elle fait preuve à mon égard, je hais sa froideur à présent envolée quand ses tétons durcissent sous ma poigne. Je la déteste de s'être montrée insensible à mes tentatives de rapprochement. Là, elle est à ma merci, incapable de bouger, de m'échapper, son être moulé contre le mien, mon érection logée contre ses reins. Je veux qu'elle sente qu'il ne lui sert plus à rien de lutter contre moi, que je la soumets à mes désirs, à mes envies, les hanches incrustées dans le mur face à elle. Je veux effacer tous les autres touchers qu'elle a pu connaître avant moi, éradiquer tous les autres garçons qu'elle a pu côtoyer, embrasser. Ma main descend sur sa hanche, triturant ses courbes au passage, remontant sa robe pour atteindre les confins de son être. Je savoure sa senteur féminine dont je suis devenu dépendant.

Je suis fou de désir, fou de rage, et fou d'une frustration indomptée.

Mon érection tendue à l'extrême pousse douloureusement contre la braguette de mon pantalon, prête à exiger son dû, une délivrance bien méritée après des mois de disette au cours desquels aucune autre fille n'a su attirer mon attention, éveiller mon désir.

Libérant sa bouche, je fais glisser ma main jusqu'à la base de son cou, empoignant sa gorge dans un geste ferme, la maintenant contre moi.

- Je te tiens.

Ma voix est à peine un murmure à son oreille, mais je sais qu'elle m'a entendu car elle se fige, tremblant contre moi. Je maintiens la pression autour de son cou. Sous mes phalanges, son sang pulse dans ses veines avec une force incroyable. Elle ne bouge plus, comme tétanisée.

Mes doigts exigeants, impitoyables, parcourent fiévreusement sa cuisse, remontent vers sa hanche et rencontrent la faible barrière de sa culotte. C'est à ce moment-là que je bascule dans la frénésie, incapable de tolérer qu'une fois de plus elle tente de me résister, que quelque chose se dresse entre nous, même si c'est une chose aussi infime que ce bout de dentelle. Je perds les pédales. D'un geste sec, furieux, je lui arrache son dessous, la faisant haleter en réponse.

Plus rien ne doit nous séparer. Jamais.

D'une main fébrile, j'écarte légèrement ses replis, extirpant un bruit de gorge à mon ange. Sous mes phalanges son intimité est douce, chaude, humide, mon érection en devient insoutenable, impatiente de partir à la conquête de ce paradis qui se dévoile à moi. La respiration de ma captive est courte, affolée, à la base de son cou je sens son rythme cardiaque s'accélérer sous ma caresse intrusive, envahissante. Ses chairs se font brûlantes, onctueuses à mesure que les sons qu'elle émet deviennent de plus en plus profonds. Sous l'emprise de la folie qui habite mon corps désireux de posséder le sien, je frotte comme un forcené mon érection contre elle, incapable de me retenir, à la recherche d'un exutoire à ma rage, d'une délivrance qui apaisera le désir qui me tenaille depuis trop longtemps.

La sueur perle à mon front, mon cœur cogne fort dans ma poitrine son odeur de vanille et de coco m'enveloppe dans un monde parallèle où seuls nos deux corps pressés l'un contre l'autre comptent. Un monde dans lequel elle ne peut plus se dérober, où plus rien ne pourra nous séparer, quoi qu'il arrive.

Alors que je glisse un deuxième doigt en elle, Angélique agrippe mon poignet toujours à la base de son cou, plante ses ongles dans ma peau avec agressivité. Ce geste désespéré, empreint d'urgence achève de me faire perdre la raison, me faisant basculer totalement dans une aliénation incontrôlable, une folie endiablée dans laquelle une seule pensée cohérente balaye tout sur son passage.

Je vais la faire mienne, sans retour en arrière possible. Une petite voix me dit que je devrais arrêter, m'écarter d'elle avant qu'il ne soit trop tard, avant d'avoir commis l'irréparable mais ce n'est qu'un murmure lointain à peine un souffle dans le chaos qui m'habite, la confusion et le désir qui ont usurpé ma raison.

Chapitre 32

Je suis au bord de la panique.

Malgré cette main apaisante qui enserre mon cou, je sens que la réalité m'échappe, et c'est le sentiment de trahison qui prend le dessus quand je réalise les implications qui découlent de la présence de Max ce soir-là.

Les battements de mon cœur s'accélèrent sous les effets de la peur qui monte en moi. J'ai beau rassembler tous les souvenirs que j'ai pu réunir ces derniers temps, rien ne vient expliquer sa présence dans ce couloir sombre.

Rien n'explique son geste.

Je n'étais qu'une lycéenne insignifiante à ses yeux. Tout juste savait-il que j'étais la meilleure amie de sa sœur. Alors que cherchait-il ?

Les garçons comme lui ne s'intéressent pas aux filles comme moi.

Cette phrase, je me l'étais répétée des centaines de fois à l'époque, quand je le croisais en ville ou chez ses parents. Comme presque toutes les filles de mon âge, j'étais captivée par cet étudiant un peu arrogant et sûr de lui qui faisait tourner les têtes. Il alimentait mes fantasmes d'adolescente, comme un Bradley Cooper[2] ou un Joe Manganiello[3]. Mais je savais qu'il ne serait jamais à moi. Jamais.

Alors, comment expliquer ce qui s'était passé ce soir-là ? Savait-il seulement qu'il s'agissait de moi, ou bien pensait-il avoir affaire à quelqu'un d'autre ?

Sous l'effet de l'adrénaline, j'étouffe littéralement. J'ai trop chaud. Je repousse d'un geste brusque le plaid qui me réchauffait depuis mon retour en état de choc.

Attendait-il une fille dans ce couloir ou bien m'a-t-il suivi ? Dans ce cas, il devait bien savoir que c'était moi...

La poigne de Max se resserre légèrement autour de mon cou, me donnant une conscience accrue de sa présence et attisant mes craintes. Sous la pulpe de ses doigts, je sens raisonner les battements de mon cœur. Et je réalise qu'il ne peut ignorer le tumulte qui m'accable à cet instant. Il doit sentir mon cœur affolé, ma respiration un peu courte.

Je fais un geste pour me dégager de sa prise, mais d'une poigne ferme, il me maintient contre lui, empêchant toute fuite de ma part.

- Angélique.

Sa voix est posée, calme, mais loin de m'apaiser à cet instant précis, son calme me semble plutôt suspect, apocryphe. En totale contradiction avec la situation. Ce n'est pas normal. Et cela ne fait qu'accentuer la panique qui me gagne.

Je sens sa poitrine se gonfler comme s'il prenait une longue inspiration, avant de sentir une secousse se propager dans mon dos.

- Je suis désolé, chuchote-t-il doucement en pressant sa joue sur ma tempe.

Ses mots mettent plusieurs secondes à pénétrer le brouillard qui m'entoure, les questions qui tournent en boucle et mes angoisses. À tel point que je me demande s'ils ne sont pas le fruit de mon imagination. Est-ce qu'inconsciemment je veux que Max s'excuse pour ce qu'il s'est passé ?

- Je suis tellement désolé, mon Ange...

Je reste abasourdie par ses paroles murmurées d'une voix brisée. En un battement de paupières, le choc chasse mes craintes les plus sombres, et cette fois, Max n'oppose aucune résistance quand je me dégage de ses bras pour me retourner à genoux face à lui.

Son visage exprime tellement de souffrance et de tourments que je ne peux que reconnaître la douleur sur ses traits. Je ne sais pas ce qui le fait souffrir ainsi, mais un élan instinctif me pousse à essayer de l'apaiser comme il l'a fait pour moi un peu plus tôt.

Levant les doigts vers son visage, je viens caresser sa joue dans un geste de réconfort, mais il attrape doucement mon poignet pour m'arrêter.

- Ce que je t'ai fait... Commence-t-il en fuyant mon regard. C'est impardonnable.

Malgré la panique qui me tenaillait il y a quelques instants encore, causée par les raisons qui auraient pu motiver ses actes, il n'en reste pas moins qu'à mes yeux, cette intimité que nous avons partagée dans ce couloir sombre, est le moment le plus sensuel et le plus beau que j'ai jamais vécu dans ma vie de femme.

- Je ne peux pas te laisser dire ça.

- C'est pourtant vrai.

Je viens poser mon front contre le sien, l'air qu'il respire venant caresser doucement mes lèvres et ce contact me rappelle à quel point je désire cet homme. À quel point, je voudrais sentir de nouveau ses mains sur mon corps, son souffle sur ma peau. Mon bas ventre se contracte d'anticipation à cette idée, impatient de retrouver son contact.

Néanmoins, je ne parviens pas à apaiser totalement mes doutes sur les circonstances qui nous ont conduits à partager ce moment enflammé à l'écart de tous, sept ans plus tôt. Je dois savoir. J'ai *besoin* de savoir pour écarter une bonne fois pour toutes les sombres suspicions qui chuchotent à mes oreilles.

- Pourquoi étais-tu là ?

Max ferme un instant les paupières. Il a le front plissé, replié sur lui-même comme s'il revoyait les images de cette soirée.

- Je t'ai vu danser avec ce type... Je... J'étais en colère, prêt à lui mettre mon poing en travers de la figure... Mais je t'ai vue monter... C'était plus fort que moi, je t'ai suivie. Je m'en veux tellement, lâche-t-il dans un soupir.

Oh, mon Dieu ! Il savait que c'était moi !

C'est à ce moment seulement que le sens profond des paroles qu'il m'a murmurées un peu plus tôt me percute de plein fouet.

Je voulais effacer son toucher.

Non seulement, il savait que c'était moi, mais c'est la colère causée par ce qu'il venait de se passer au rez-de-chaussée qui l'a guidé jusqu'à moi.

Mue par mes émotions, je m'agrippe à sa nuque pressant un peu plus mon front contre le sien, cherchant à faire pénétrer mes propos au plus profond de son esprit.

- Il ne faut pas. Ne sois pas désolé. C'est le plus beau cadeau que tu pouvais me faire. Mes premiers émois dans les bras d'un homme. J'ai passé des années à essayer de retrouver ce désir ardent, cette alchimie de nos corps, sans même me rappeler ce que j'avais vécu.

- Mais je ne t'ai pas laissé le choix... Je ne vaux pas mieux que lui.

- Je t'interdis de dire ça, je l'intime en posant mon index sur ses lèvres. D'ailleurs, je ne me rappelle pas m'être débattue.

Reculant légèrement la tête, il rive ses yeux aux miens avant de me rétorquer avec désespoir :

- Je ne sais même pas si je m'en serais rendu compte si ça avait été le cas !

- Tu as effacé son toucher, j'insiste en venant caresser l'ourlet de sa bouche de ma lippe.

Une émotion vacille un bref instant au fond de ses yeux, mais je ne parviens pas à la décrypter tellement elle est fugace, à peine un éclair avant que son visage n'exprime de nouveau des regrets. Or, cela est inacceptable pour moi. Je ne veux pas que les remords viennent entacher ce beau souvenir. J'en ai trop peu qui soient positifs de cette soirée qui pourtant aurait dû être spéciale. Inoubliable. Ma première fête.

Je me redresse, ouvre la fermeture de mon gilet le fais glisser sur mes bras avant de venir m'asseoir à califourchon sur ses cuisses. Je presse mon buste tout contre le sien, laissant son odeur épicée m'envahir et viens glisser mes doigts dans ses cheveux.

- Max, fais-moi oublier tous ces vilains souvenirs. Fais-moi revivre.

- Mon Ange... Dit-il en se raidissant contre moi.

Mais je ne suis pas décidée à le laisser se dérober. Du bout de la langue, je dessine le tour de ses lèvres, volant son souffle au passage. Sa respiration est profonde et malgré ses mains posées sur mes cuisses, je comprends qu'il se contient pour ne pas reproduire ce qui s'est passé il y a sept ans.

- Tu ne sais pas ce que tu me demandes, chuchote-t-il au comble de l'agonie.

- Oh, si, crois-moi. Je te demande de réaliser un exploit. Une prouesse que toi seul a su accomplir à ce jour. Donne-moi du plaisir.

Franchissant la barrière de ses lèvres, je viens caresser sa langue avec douceur, tout en frottant mes seins dressés par le désir contre son torse. Je sens bien qu'il tente de me résister, n'osant même pas bouger les mains. Je griffe légèrement son cuir chevelu pour affirmer mon envie, approfondir notre baiser qui devient torride.

- Max, je murmure en reprenant mon souffle.

C'est alors que ses mains remontent brusquement pour empoigner mes fesses, qu'il me soulève d'un mouvement souple, m'arrachant un léger cri de surprise.

- Plus de couloirs, ni de canapé pour mon Ange, dit-il avant de m'embrasser à pleine bouche en prenant le chemin de la chambre.

Je savoure son goût et sa fougue, les jambes enroulées autour de sa taille, bien décidée à ne plus le lâcher. Lorsqu'il se laisse tomber à genoux sur le lit et se penche en avant pour me déposer en douceur, je m'agrippe à ses épaules pour le retenir. Me gave de lui jusqu'à plus soif, me délectant de sa douceur et de sa fermeté sous mon toucher.

Max se tient en appui sur les coudes pour ne pas peser sur moi, nos deux corps uniquement séparés par un débardeur et une chemise. Je veux sentir la chaleur de son corps contre moi. Peau contre peau. Mais je ne veux pas rompre le contact.

- Laisse-moi te regarder, mon Ange, dit-il contre ma bouche avec un sourire espiègle.

Je relâche ma prise pour qu'il puisse se redresser sans pour autant ôter mes jambes de sa taille, ce qui accentue son sourire.

J'ai l'impression que si je m'écarte, il va disparaître, comme la dernière fois, mais je ne suis pas prête à lui avouer mes peurs à haute voix.

Dans les yeux de Max, je devine un désir ardent qui répond au mien et m'émoustille comme jamais. Je mordille avec gourmandise ma lèvre inférieure, anticipant l'instant qui va suivre. Son regard descend sur ma poitrine et inconsciemment, je cambre le dos avide de son contact.

- Tu es belle, mon Ange.

Sa remarque me fait sourire, cela fait terriblement cliché surtout que je ne me suis jamais considérée comme un canon de beauté. Mais à cet instant, sous son regard chargé de ce que je pense être du désir, je me sens belle et cela me touche bien plus que ses mots. Je détourne un instant les yeux gênée, mais Max vient effleurer mes lèvres de sa bouche ramenant mon attention sur lui. Ses doigts effleurent la bretelle de mon débardeur le faisant glisser sur mon épaule alors que sa bouche suit le même chemin. Je frissonne sous sa caresse et me tortille sous ses doigts à la fois impatiente et intimidée par cet homme si beau face auquel je ne me sens pas vraiment à la hauteur.

Mais quand ses lèvres caressent mes seins, que ses dents mordillent mes tétons, j'oublie tous mes préjugés et je m'abandonne aux sensations qu'il éveille dans mon corps.

Sa bouche, ses mains, son souffle sont partout sur moi me rendant folle de désir, frémissante d'envie. Sous ses doigts mes vêtements disparaissent un à un comme par magie, alors que lui est encore habillé. Déterminée à l'effeuiller moi aussi, je l'attire à moi pour un baiser langoureux alors que mes doigts s'attaquent aux boutons de sa chemise. Puis, je repousse le tissu sur ses épaules dévoilant sa peau douce et halée sous laquelle ses muscles roulent à chacun de ses gestes.

Débarrassé de sa liquette, Max s'écarte pour dégrafer son pantalon et j'ai tout loisir de détailler son buste, ses épaules carrées, ses pectoraux bien dessinés, ses abdominaux sculptés. La pièce est un peu sombre, les pleins et les déliés qui constituent ce corps magnifique uniquement soulignés par la lumière rasante du crépuscule qui filtre par la fenêtre. Il est à croquer dans sa nudité virile. Max a un corps auquel je rêve de me soumettre, totalement. À cet instant, je voudrais qu'il lise dans mes pensées sans que j'aie besoin de formuler mes envies, trop timide ou gênée pour les formuler à haute voix. Je veux qu'il prenne possession de mon corps et de mon âme, qu'il m'impose son désir comme autrefois.

Son pantalon touche le sol, rapidement suivi par son caleçon dévoilant une érection palpitante. Mon intimité se contracte à cette vision, piaffant d'impatience, avide d'être revendiquée par cet homme.

Max remonte le long de mes cuisses picorant ma peau de ses lèvres, taquinant mon épiderme de la pulpe de ses doigts. Il s'attarde un instant au-dessus de mon mont de venus, son souffle me faisant trembler d'anticipation, quand sa langue vient soudain laper mon bourgeon me faisant sursauter.

Ravi de ma réaction, il revient à l'attaque m'arrachant des soupirs de plaisir qui emplissent la pièce d'une musique sensuelle et enivrante. Ses assauts sont si intenses et savamment précis que le plaisir qui explose sous sa langue, me prend par surprise en un temps record, me laissant haletante, à bout de souffle.

Max remonte le long de mon flanc, plaque son grand corps contre moi, m'enveloppant de ses bras pour nicher son visage dans mon cou.

- Dis-moi que tu n'en as pas assez mon Ange.

Je prends le temps de me blottir tout contre sa chaleur, pressant mes mains dans son dos avant de le détromper.

- Pas de risque. Table de nuit.

Son rire doux vient chatouiller mes oreilles. Il dépose un tendre baiser sur mes lèvres avant de s'écarter pour fouiller dans le tiroir.

- Je serais doux cette fois, murmure-t-il en s'installant entre mes cuisses offertes.

- Surtout pas...

Ma réponse vibre comme une supplique alors que je pose ma main sur sa joue un peu rappeuse. Max esquisse un sourire en coin et vient embrasser délicatement ma paume.

Sa poussée est lente et mesurée me mettant au supplice de la plus douce des façons alors que je voudrais qu'il soit déjà totalement en moi. Cette torture n'en est que plus délicieuse car elle m'oblige à me plier à son bon vouloir. Les yeux fermés, je savoure la sensation comme si je pouvais graver chaque millimètre de sa progression pour en savourer les effets plus tard. Je laisse échapper un râle de plaisir quand il parvient aux confins de mon être, m'emplissant avec délice.

Il entame un va et vient doux et appliqué, alors que je plante mes phalanges dans ses épaules, étourdie par les frottements de nos deux corps imbriqués. C'est une danse sensuelle, pleine de tendresse, mais ses incursions sont fermes, profondes et déterminées, me marquant à chaque passage un peu plus de son empreinte. Max s'applique à me faire sienne avec résolution et opiniâtreté, me faisant perdre la raison dans un déluge de plaisir qui me submerge de toutes parts.

C'est beau, c'est parfait. Une communion qui laissera une marque indélébile comme seul Max est capable de le faire. Notre étreinte est un petit miracle en soi, un instant de pureté inégalable qui tourneboule tout mon être et me transforme à jamais. Une tempête qui balaye tout sur son passage, ne laissant que l'écume du plaisir et des respirations béates.

Chapitre 33

Angélique

Avant...

J'avance dans le couloir à la recherche de la salle de bains afin de m'isoler un instant, de me rafraîchir et chasser l'impression désagréable que m'a laissé cette danse au corps à corps avec ce garçon, Jay, si j'ai bonne mémoire. Il a beau être dans l'équipe de basket du lycée, je n'avais jamais eu l'occasion de lui adresser la parole avant ce soir. Je ne m'intéresse pas vraiment à la clique de sportifs qui se croient irrésistibles et se pavanent dans les couloirs du lycée comme des demi-dieux. Ça émoustille peut-être les filles sans cervelle qui ne pensent qu'à s'amuser, mais cela n'a jamais éveillé grand intérêt chez moi. Et après ce que je viens de vivre, ce n'est pas prêt de changer...

En tout cas ça m'apprendra à me laisser convaincre par Clarisse.

- Tu verras on va bien s'amuser ! Qu'elle m'avait promis.

Tu parles !

Un verre à boire, quelques questions anodines, une imitation mal faite et un poirier, je dois avouer que jusque-là, le jeu ne m'avait pas semblé bien méchant. Mais quand la bouteille s'est immobilisée dans ma direction comme un doigt moqueur tendu vers moi, j'ai vite déchanté. Néanmoins, à ce stade, difficile de se dérober. Je passais déjà pour une fille bizarre aux yeux des autres sous prétexte que je ne gloussais pas à tout va, alors autant ne pas aggraver la situation.

Ma gorge s'est asséchée à l'opposé de mes mains qui sont devenues moites. Dans mes oreilles, un léger bourdonnement a momentanément étouffé les bruits de la fête autour de moi alors qu'une vague d'appréhension me comprimait la poitrine. Loris, notre hôte, affichait un sourire digne du chat dans Alice aux pays des merveilles, me fixant du regard, et la pression sur mes côtes s'est accentuée. Depuis le début du jeu, c'était lui qui lançait les défis, laissant le sort désigner les protagonistes de son petit jeu de marionnettes.

- Action ou vérité Angélique ?

Les questions posées n'étaient pas spécialement intrusives mais avaient toutes un rapport avec des sujets intimes sur lesquels je n'étais pas disposée à leur donner des détails gênants. Alors j'ai fait le choix qui me semblait le plus logique. Tout, pourvu que je n'ai pas à parler de moi.

- Action.

Il s'est penché pour relancer la bouteille tout en adressant un regard appuyé à l'un de ses coéquipiers. Cela ne me disait rien de bon. Clarisse s'est penchée vers moi, me donnant un léger coup de coude pour attirer mon attention.

- J'en connais une qui va s'amuser...

- Quoi ? Je n'étais pas sûre d'avoir correctement interprété ses paroles entre le grondement dans mes oreilles et la musique trop forte, la discussion n'était pas aisée.

Mais quand la bouteille s'est arrêtée face à un Jay déjà tout sourire, j'ai compris que ce n'était pas vraiment un hasard.

- Une petite danse pour notre couple de la soirée.

Loris n'avait pas fini d'énoncer cette sanction que Jay était déjà devant moi et attendait que je le rejoigne. Il esquissait un sourire trop large pour être innocent et j'ai dû batailler contre mon appréhension pour me redresser sur mes jambes flageolantes. Il ne s'agissait que d'une danse sans conséquence, mais je n'avais jamais été à l'aise avec les garçons, et celui-ci à cet instant précis, me couvait d'un regard étrange qui faisait dévaler des frissons de dégoût le long de ma colonne vertébrale. Depuis le début de la soirée, il n'avait cessé de me couver de regards insistants qui, sans que je sois en mesure de les interpréter correctement, me laissaient un arrière-goût acide dans la bouche.

Saisissant ma main, Jay m'a entraînée au milieu du salon sous les cris des autres joueurs qui tapaient dans les mains et sifflaient à tout va. Un rapide regard vers Clarisse, m'a permis de constater qu'elle n'était pas en reste, m'incitant à carrer les épaules pour me montrer courageuse. Sur un geste de sa part, la techno a fait place à un tube du moment plus langoureux, alors qu'il se tournait déjà vers moi pour poser ses mains sur mes hanches. Je me sentais maladroite, les joues rougies de me retrouver projetée au milieu de la scène.

Mon corps a commencé à danser malgré moi, lentement entraîné par le rythme lent du début de morceau. La voix susurrée du chanteur mêlée au rythme électro créant une ambiance hors du temps, un peu décalée par laquelle je me laissais porter pour oublier les mains qui se promenaient sur mon corps de façon obscène. Le corps de Jay me collait, se moulait contre le mien, suscitant des rires graveleux dans mon dos. Mes mains sur ses épaules se crispaient tentant de le contenir alors que son souffle coulait dans mon cou et que sa voix sirupeuse déversait des horreurs que je tentais de ne pas entendre.

Fais pas ta mijaurée on sait tous que tu rêves de me sentir entre tes cuisses.

Le solo de guitare faisait écho à mon cri intérieur, à mon désespoir. Je n'avais qu'une envie, m'arracher à cette étreinte écœurante, échapper à ses doigts aventureux que je ne cessais de repousser désespérément. Priant pour que cela prenne fin le plus vite possible, l'accélération de mon cœur suivait la musique lourde et étouffante, conférant à ce morceau un esprit malsain que je ne lui avais jamais trouvé avant.

Je secoue la tête pour chasser ces impressions qui me collent encore à la peau et avance vers la porte suivante dans ce couloir qui me semble sans fin. Mais à mon grand désespoir, cette maison est un vrai labyrinthe, j'en suis à la quatrième porte que j'explore et c'est encore une chambre qui se cache derrière le lourd battant.

Soudain, je suis violemment projetée face au mur par un corps massif. Je suis tellement surprise par l'impact que mon souffle se coupe quelques instants et je peine à remplir de nouveau mes poumons. D'autant que la panique me gagne à l'idée que cela puisse être le type avec qui je viens de danser, *Jay*. M'aurait-il suivie ? Ses gestes étaient entreprenants, et j'ai eu le plus grand mal à le repousser malgré les regards braqués sur nous, alors quelles sont mes chances dans un sombre couloir isolé...

Mais quand je reprends une première inspiration, l'odeur qui me chatouille les narines est douce et agréable, familière même. Bien loin des odeurs corporelles acides que dégageait mon cavalier. J'ai l'impression fugace de connaître cette odeur, toutefois, la peur qui coule dans mes veines provoquée par une main qui se plaque rudement sur mes lèvres, anesthésie mes neurones, si bien qu'il m'est impossible d'y associer un visage.

Quand une deuxième main empoigne avec fermeté mon sein droit, je réprime un cri de douleur mêlée à un début de panique à l'idée de ce qui m'attend. Pourtant, l'onde de plaisir qui me cueille quand cette main se fait enveloppante et tendre sur le galbe de ma poitrine me surprend et me déstabilise.

Ce n'est pas la première fois qu'un garçon touche ma poitrine sensible, mais contrairement aux autres fois, ces gestes ne sont ni maladroits, ni inexpérimentés. Au contraire, ces mains savent comment donner du plaisir. *Me* donner du plaisir. Ces doigts pincent mes tétons et m'arrachent des frissons non plus de peur mais de plaisir. Mon corps se tend malgré moi pour aller à la rencontre de ces mains expertes, de ce corps tendu contre le mien malgré le peu de place que j'ai pour bouger. Je ne suis plus que désir, j'abandonne mon corps avide qui palpite, à cet inconnu qui explore mon intimité. Je m'agrippe à son bras pour qu'il ne s'arrête surtout pas.

Un bruit dans la première partie du couloir me sort de ma torpeur. Un battement de paupières plus tard, le corps qui me donnait du plaisir pour la première fois de ma vie, s'écarte de moi dans un courant d'air. Je mets quelques secondes à réagir, malgré le vent frais qui caresse mes fesses nues et me donne la chair de poule, maintenant que ce grand corps chaud n'est plus plaqué contre le mien.

Lorsque je me retourne, c'est pour me rendre compte que je suis seule dans le couloir à présent désert. Un peu plus loin la clenche d'une porte qui se referme se fait entendre, mais déjà la panique m'assaille quand les gloussements qui se rapprochent m'indiquent que je vais rapidement avoir de la compagnie. La panique s'empare de moi à l'idée que l'on me découvre là débraillée, échevelée et trempée du plaisir qu'un inconnu vient de me donner.

J'avance à pas tremblotants jusqu'à la dernière porte du couloir pour y découvrir la salle de bains tant cherchée. Je me glisse à l'intérieur et verrouille la porte sans allumer soulagée. Je retiens ma respiration en attendant que les voix s'éloignent puis, me tourne vers le miroir. Dans la pénombre à peine éclairée par les candélabres qui bordent la rue en contrebas de la fenêtre, je me découvre le regard hagard, les joues empourprées et la robe à moitié débraillée. Mon entrecuisse palpite encore de ce contact inattendu. Mes seins pointent outrageusement sous le tissu de ma robe et mon souffle est saccadé.

Je ne suis pas sûre de ce qu'il vient de se passer dans ce couloir, mais une chose est sûre, la fille qui se tient devant moi vient de vivre ses premiers émois sexuels dans les bras d'un inconnu.

Et elle a adoré ça.

Chapitre 34

Un frôlement dans mes cheveux, une caresse sur ma nuque. Une main qui cajole ma chevelure me faisant frissonner de plaisir. Je suis au paradis. Blottie contre un grand corps chaud dont les lents battements raisonnent à mon oreille. C'est agréable, relaxant.

Dehors le jour se lève à peine, et je sais que d'ici un peu moins d'une heure mon réveil va sonner, m'obligeant à sortir de cette bulle bienfaisante.

Je repense à l'étreinte que nous avons partagée la veille. Tendre et enivrante, elle n'avait rien à voir avec la frénésie et l'urgence qui était la nôtre sept ans plus tôt, pourtant c'était tout aussi intense, enfiévré.

- Cette fois, je ne t'ai pas fait fuir, je taquine Max en décrivant des cercles sur son ventre du bout des doigts.

La caresse dans mes cheveux s'interrompt brusquement, et le silence plane quelques minutes entre nous avant que la voix de Max ne le trouble.

- C'est ce que tu as cru ?

Sa voix semble chargée d'hésitation, d'incompréhension me faisant regretter mes paroles.

- Je... D'une certaine façon, oui.

Ses doigts reprennent leur mouvement dans mes boucles comme s'il tentait d'apaiser mes craintes par son geste.

- Quand j'ai entendu des voix dans l'escalier, j'ai paniqué, commence-t-il. C'est... C'est à ce moment-là que j'ai réalisé ce que j'étais en train de faire.

Je revois nos deux corps pressés contre ce mur froid. Je réentends les bruits qui s'échappent de ma gorge alors que je cambre les reins à sa rencontre. Je me souviens d'avoir été surprise par son départ soudain et d'avoir entendu des voix, des gloussements indiquant la présence d'un autre couple. Je me souviens de ma peur et je ne peux réprimer un tressaillement à ce souvenir.

- Je me suis sentie abandonnée, vide... Je n'ai pas compris... Je bredouille incapable d'expliquer autrement ce que j'ai ressenti alors. C'était un peu comme si je venais de vivre un moment parfait et qu'on me l'avait volé.

Max resserre son étreinte autour de mes épaules.

- Quand j'ai réalisé ce que j'étais en train de faire, j'ai été submergé par la honte. La honte de m'être comporté comme un animal avec toi, la honte d'avoir été si brutal... Je me suis engouffré dans la chambre la plus proche au bord de la nausée et je m'y suis terré. Je suis désolé de ma réaction. Et aussi de t'avoir quittée comme ça. Ce n'était pas toi la fautive, c'était moi. Tout était ma faute.

Je peux sentir le poids de ses remords planer dans la chambre et s'incruster dans chaque recoin, insidieusement, sournoisement.

- Je suis assez d'accord. C'est de ta faute si j'ai vécu mon premier orgasme, je plaisante pour essayer de détendre l'atmosphère.

Sous ma joue, la poitrine de Max vibre d'un rire qui m'indique que j'ai atteint mon but quand tout à coup, il me fait rouler sur le dos pour se placer au-dessus de moi, en appui sur les coudes.

- Ton premier orgasme, hein ?

Pas besoin de miroir pour savoir que mes joues doivent être aussi rouges à cet instant que mes cauchemars les plus sanglants, mais je hoche néanmoins la tête pour confirmer.

- J'aime l'idée d'avoir été le premier à te donner du plaisir, dit-il en venant picorer mes lèvres.

- Tu aurais pu être mon premier tout court, si tu ne t'étais pas sauvé, j'insiste en enroulant mes bras autour de son cou.

Une ombre passe dans le bleu de ses yeux avant qu'il ne fonde sur moi pour un baiser ardent qui me fait tout oublier ou presque. Puis, descendant le long de mon corps, il entreprend de l'explorer de sa bouche parsemant ma peau de bécots humides. Mon cou, mes bras, mes mains, ma poitrine... Consciencieusement, méthodiquement il lape chaque parcelle, chaque recoin, chaque étendue, chaque courbe, me rendant un peu plus folle de lui. Lorsqu'il arrive à hauteur de mon bassin, il s'attarde longuement sur mes flancs dessinant des arabesques appliquées sur ma hanche droite comme s'il suivait un tracé établi. Un chemin précis.

Un tressaillement me traverse de la tête aux pieds quand le jour se fait dans mon esprit, me rappelant que mon corps n'est plus celui de mes dix-sept ans. Que le passé y a semé des marques que le clair-obscur du matin ne parvient pas à dissimuler. Terriblement gênée, je tourne la tête comme si cela pouvait me soustraire à la réalité, mais Max me maintient, ses grandes mains sur mes hanches, poursuivant son parcours inlassablement, passant et repassant sur les lignes blanches qui zèbrent mon épiderme. Je trouve cette partie de mon corps laide, dégradée. Elle porte les stigmates d'un traumatisme et d'une douleur passée qui sont si ancrés en moi que le moindre contact me fait habituellement tressaillir et me procure un sentiment de malaise semblable au dégoût. Pourtant, Max la parcourt avec douceur et tendresse, son toucher n'est pas désagréable, il est tendre, réconfortant. La délicatesse dont il fait preuve est émouvante. Sans que je puisse la retenir, une larme solitaire coule sur ma joue.

Max doit sentir mon trouble, la tension qui m'habite à cet instant, car il relève les yeux vers moi.

- Laisse-moi prendre soin de toi mon Ange. Fais-moi confiance.

J'enfouis le visage dans l'oreiller pour dissimuler mes larmes mais Max n'est pas dupe. Il revient se placer contre moi et son visage tourmenté envahit mon champ de vision.

- Parle-moi mon Ange.

- Je... Je ne sais pas.

Se méprenant sur mes paroles, Max caresse ma joue de ses doigts chauds.

- Tu peux me faire confiance.

Une nouvelle larme dévale ma joue allant à la rencontre de ses phalanges.

- Je sais Max, ce n'est pas ce que je voulais dire... Je ne sais pas ce qu'il s'est passé. J'ai beau avoir retrouvé une bonne partie de mes souvenirs liés à cette soirée, je ne me souviens de rien après mon passage dans la salle de bains. C'est le trou noir... Jusqu'à mon réveil à l'hôpital plusieurs jours plus tard.

Max ferme un instant les paupières comme s'il réalisait l'ampleur du gouffre qui m'entoure.

- Les médecins ont dit que je souffrais d'une amnésie réflexe. Une sorte de réaction post-traumatique. Mon cerveau se protège de ce qu'il a vécu.

- Ils t'ont dit comment tu t'es retrouvée à l'hôpital ?

- Un accident de la route. Mais je ne m'en souviens pas. Je sais juste que mon état était critique quand j'ai été admise et qu'ils ont dû pratiquer plusieurs interventions pour essayer de me sauver pendant que j'étais inconsciente.

Max parcourt mon corps des yeux et vient effleurer mes cicatrices de la pulpe de ses doigts. Son contact est doux comme une plume pourtant je ne parviens pas à contenir un tressautement.

- Quelles interventions ?

- Fracture du col du fémur. Néphrectomie... Apparemment, mon rein a explosé sous l'impact de l'accident, et...

Ma bouche s'assèche à l'idée de lui livrer ce que je n'ai encore avoué à personne. Mais à cet instant précis, je sais que si je ne lui dis pas tout maintenant, je n'en aurais certainement plus jamais la force. Et puis, avant de m'investir pleinement dans notre relation, j'ai besoin de savoir s'il est prêt à m'accepter telle que je suis, incomplète. Je prends une longue inspiration avant de souffler :

- Ovariectomie.

Ses doigts s'arrêtent au-dessus de ma peau une fraction de seconde, puis sa paume vient envelopper ma hanche avec douceur.

- Pourquoi j'ai la désagréable impression que tu t'attends à ce que je parte en courant ?

La gorge nouée, je suis incapable de prononcer les mots qui pourtant tournent en boucle dans ma tête.

Parce que je suis tronquée, amochée. Partielle. Que contrairement aux autres femmes je ne sais pas si je pourrais être mère un jour.

J'ai passé des mois après ma sortie d'hôpital à faire des recherches sur le sujet. De nombreuses femmes vivent très bien avec un ovaire défectueux ou en moins et d'après les médecins, cela ne les empêche pas d'avoir des enfants car l'autre peut prendre le relais. Mais moi, quelles sont mes chances ? Ma mère a mis des années à tomber enceinte de moi. Quel rôle le patrimoine génétique peut-il jouer dans mon cas ? Je n'ai plus qu'un ovaire, c'est une réalité. Alors si jamais celui qui me reste me fait défaut, je ne parviendrais jamais à enfanter.

Je sais que les médecins m'ont dit que tout irait bien, mais j'ai cette peur irrépressible ancrée au fond de moi dont je ne parviens pas à me débarrasser. Dans la société actuelle les femmes ont de plus en plus de mal à mener une grossesse à terme, stress, pollution, traitements médicaux, radiations diverses... Alors quelles sont mes chances à moi ?

- Je suis désolé de ce qui t'es arrivé, mon Ange. Mais cela ne change rien au regard que je porte sur toi, dit-il en cueillant de sa bouche les gouttes salées qui s'écoulent de mes yeux.

****

Quand je pénètre dans la cuisine tout juste habillée, c'est pour constater qu'un cappuccino orné d'un éclair de chocolat m'y attend sur le plan de travail, accompagné d'un petit mot de Max.

Nous avons traîné au lit bien après que mon réveil eut sonné, si bien qu'après avoir pris une douche rapide ensemble, Max a dû partir rapidement pour se rendre à une réunion professionnelle.

La prochaine fois appelle-moi, où que tu sois.

Au-dessous de ces quelques mots, il a noté son numéro de téléphone. Portant ma tasse à mes lèvres, je contemple son écriture fine et un peu inclinée. Il n'a pas signé mais le tracé des lettres lui ressemble tellement que c'est inutile. Posé, à la fois régulier et portant néanmoins une touche de fantaisie dans sa façon d'arrondir les p et les f comme s'ils avaient le droit de déroger à la rigueur des autres lettres par un brin de folie.

Max écrit comme il fait l'amour. Avec précision et application.

Je n'ai pas fait de cauchemars cette nuit lovée dans le confort de ses bras. Je me sens bien, reposée comme cela ne m'était pas arrivé depuis longtemps.

Je ne peux contenir le sourire crétin qui vient déformer mes lèvres, alors que j'enregistre ses coordonnées dans mon portable. Sans attendre, je lui adresse un message :

>À tes risques et périls... Tu l'auras voulu !

Si sa réunion a déjà commencé, il ne me répondra pas de suite, mais au moins il aura mon numéro.

Je finis de me préparer sans plus tarder afin de ne pas arriver en retard au travail et quitte mon appartement en trottinant pour attraper mon bus.

Dehors, le temps est aussi radieux que mon humeur. Un rictus de bonheur n'a pas quitté mes lèvres depuis que je suis levée et tout me semble plus clair, plus lumineux. Plus beau.

Sur les trottoirs et dans les parcs, la végétation s'épanouit envahissant l'espace. Cerisiers, magnolias et autres arbres à fleurs nous gâtent de leurs couleurs. J'ai l'impression que le printemps a éclos dans la nuit, comme si nous étions passés d'une saison à l'autre en quelques heures.

J'arrive au travail pile à l'heure et m'attelle tout de suite à vérifier les mails, et à boucler les dossiers en cours.

Je suis plongée dans mon tiroir à la recherche d'agrafes quand mon patron sort de son bureau pour me déposer des documents à taper et du courrier à envoyer.

- Bonjour Angélique, dit-il sans vraiment me regarder avant de se diriger vers un pigiste un peu plus loin.

- Bonjour patron, je réponds alors qu'il me tourne déjà le dos.

Cet homme est un bourreau de travail et il est rare que le monde qui l'entoure parvienne à attirer son attention, pourtant quand il repasse devant moi quelques minutes plus tard pour rejoindre son antre, il lâche sans prendre la peine de s'arrêter :

- Vous avez changé de coupe ?

Sa question est si incongrue et inattendue de sa part, que je ne réfléchis même pas à ma réponse.

- Non, j'ai mis mon voisin dans mon lit.

- Ça vous va très bien, me complimente-t-il machinalement comme s'il n'avait pas entendu ma réponse.

Ce n'est qu'en arrivant devant sa porte de bureau, qu'il pivote vers moi les sourcils froncés alors que je lui adresse mon sourire le plus innocent. Une courte seconde s'écoule avant qu'il ne franchisse le seuil de son bureau en secouant la tête.

C'est à ce moment-là que mon portable décide de me faire parvenir la réponse de Max.

>Rien ne me fait peur avec toi...

Mon cœur se gonfle de reconnaissance pour cet homme qui sait me rendre heureuse avec seulement quelques mots.

Chapitre 35

>*Tu as quelque chose de prévu ce soir ?*

Un bref coup d'œil à la pendule située près de l'ascenseur m'indique qu'il est presque l'heure de ma fin de journée.

>*Une proposition à me faire ?*

Je quitte mon fichier, range mes affaires dans le tiroir, remets en ordre les documents qui jonchent mon bureau et quitte ma session informatique. Déjà plusieurs de mes collègues sont partis. Nous sommes mercredi et bon nombre d'entre eux ont quitté plus tôt, comme souvent le jour des enfants ou même le vendredi.

>*Ça se pourrait...*

>Indécente, cette proposition ?

J'aime bien provoquer Max. Il comprend mon humour et fait toujours preuve d'une belle répartie. C'est d'autant plus facile pour moi quand nous échangeons par textos. Je n'ai pas à affronter ses réactions ou son regard bleu profond.

>Toujours...

Je souris à sa réponse quand un nouveau message fait vibrer mon téléphone dans mes doigts.

>Mais je pourrais t'emmener manger quelque part avant...

Je mets mon sac sur mon épaule en rigolant et me dirige vers la sortie. Je me sens bien dans ma peau, ce qui est une sensation nouvelle pour moi. Comme si la présence de Max à mes côtés me rendait plus forte, plus sûre de moi.

À peine arrivée dans l'immeuble, je grimpe au premier étage et toque doucement à la porte de Max.

Élégamment vêtu d'un pantalon crème et d'une chemise sombre dont il a remonté les manches sur ses bras, Max m'adresse un sourire sexy. Il passe un bras robuste autour de ma taille pour me plaquer contre lui et me voler un baiser torride en guise de bienvenue. Les mains enfouies dans ses cheveux, je savoure cette douce invasion qui me laisse toute chose.

- Tu as passé une bonne journée ? Pas trop fatiguée ?

- Ça a été dans l'ensemble. Je suis en pleine forme !

En fait la journée m'a paru sans fin parce que j'avais hâte de le retrouver et de me blottir contre lui, mais je ne suis pas tout à fait disposée à lui avouer le sentiment de manque qui me hante dès qu'il n'est pas près de moi. J'ai passé les dernières nuits réfugiée dans ses bras et cela a suffi à tenir mes cauchemars éloignés. Rien de tel qu'un sommeil réparateur pour recharger les batteries.

Max détaille les traits de mon visage à la recherche du moindre signe qui viendrait contredire mes dires. J'ai remarqué qu'il fait souvent ça. Comme s'il vérifiait par lui-même, si mon passé a fait ressurgir de nouveaux souvenirs ou s'il m'a laissée tranquille en son absence.

- C'est vrai que tu es resplendissante, dit-il en posant rapidement ses lèvres sur le bout de mon nez.

Je presse mon visage contre son torse pour cacher mes joues rougies par son compliment.

- Alors, ça te dit ou tu avais autre chose de prévu ?

- Non, rien de prévu.

Max arbore un petit sourire satisfait sans me quitter des yeux, alors que je me demande ce qu'il a derrière la tête.

- Et si je t'emmenais manger quelque part ?

- Quelque part comme... Je ne sais pas où mais je vais bien trouver ? Ou c'est une surprise ?

- Quelque part comme... Je te laisse le choix. On peut aller où tu veux.

Il me sourit en repoussant mes boucles derrière mon épaule d'un geste qui me fait frissonner. Lovée dans ses bras, nos corps blottis l'un contre l'autre, je me sens en surcharge sensorielle alors que nous n'avons échangé qu'un baiser.

- Qu'est-ce qui te ferait plaisir ? Renchérit-il.

Je savoure son étreinte en tentant de trouver une réponse à sa question. Mais à vrai dire, j'ai envie de profiter de lui en toute liberté et je ne pense pas qu'un lieu public s'y prête.

- Et si on commandait plutôt à emporter ?

Son sourire s'accentue quelque peu avec malice, mais il ne fait pas de commentaire.

- Indien ? Chinois ? Mexicain ?

- Comme tu veux. Mais j'ai envie d'un truc épicé.

- Épicé, hein ? À tes ordres, mon Ange. Va te mettre à l'aise pendant que je commande, dit-il en déposant un baiser sur le sommet de mon crane.

Alors que je pars toute frétillante vers mon étage, j'entends Max qui scande dans mon dos :

- Et un repas *caliente* pour la demoiselle, un !

Je ne suis pas difficile et c'est simple de s'en remettre à Max. J'ai parfois l'impression qu'il me comprend mieux que personne alors je lui fais entièrement confiance pour commander quelque chose qui me plaira.

Et puis le plus important, c'est que je l'aie pour moi toute seule toute la soirée, ainsi je vais pouvoir me repaître de ses baisers et de ses caresses avant de finir dans son lit ou dans le mien. J'en suis toute excitée d'avance !

****

Les jours se suivent sans que je parvienne à redescendre de mon petit nuage.

Max et moi nous entendons à la perfection et il ne se passe pas une journée sans que nous fassions un truc ensemble. Cette envie constante de le voir est d'ailleurs assez nouvelle pour moi. Avant de le connaître, je n'avais jamais éprouvé cela pour aucune de mes fréquentations. Il faut dire que j'ai rarement accepté de revoir plus de deux ou trois fois mes rencards. Les premiers contacts étant souvent assez décevants.

Ainsi quand la semaine suivante, je reçois plusieurs messages de Marlène et Caroline qui se plaignent de ne pas avoir de mes nouvelles, je me sens un peu coupable.

>*Allô la lune, ici la terre,* me taquine Marlène la première.

>*Alors trop occupée avec ton bel Apollon pour penser aux copines ?* Me tacle Caroline.

>*Désolée les filles. Pas eu le temps de donner des nouvelles...*

>*Oh, la belle excuse !* S'exclame Caroline.

>*On va te mettre à l'amende ! Jeudi, tu payes la première tournée ! RDV à 19h,* me met au défi Marlène.

Il faudrait que je fasse un trait sur une soirée avec Max mais je leur dois bien ça.

- J'ai trouvé ce qu'on va regarder, clame Max en entrant dans mon salon un DVD à la main.

- J'espère que c'est pas un film de baston !

Max me regarde avec un air d'incrédulité outrée.

- C'est mon genre peut-être ?

Sa réaction me fait sourire, car même si nous n'avons pas encore vu un seul film de bagarre, je sais pour l'avoir parcourue, que sa discographie en contient un nombre important. Très important.

- Tu dois bien les aimer, vu la quantité qui encombrent ton étagère.

- En fait, c'est Ben qui me les a achetés au fil des années. Anniversaire, noël, pari perdu... Tout était bon pour m'offrir un de ces films de série B. Chez ses parents, il ne pouvait jamais les regarder alors que moi, j'avais un lecteur dans ma chambre, se justifie-t-il en haussant les épaules. C'était facile de se faire une soirée film. Et puis, même si j'appréciais moyennement le genre, j'aimais bien le temps qu'on passait ensemble.

Dès le début, le passé a été un sujet tabou entre nous, alors je suis un peu surprise qu'il se livre ainsi et qu'il me parle de son ami d'enfance. Je me souviens de son copain Ben. Pas très grand mais se faisant toujours remarquer à faire le clown.

Je n'ai fait que le croiser, je n'ai donc pas vraiment de souvenirs avec lui, alors cela ne me gêne pas d'en parler. D'ailleurs, la situation est encore plus drôle que ce que je croyais. Moi qui pensais que Max était fan de ce genre de films et n'osait pas me les imposer... En fait, il n'aime pas plus ça que moi. Je trouve ça à la fois touchant et drôle.

Mon éclat de rire le prend par surprise alors qu'il s'apprête à insérer le disque dans le lecteur.

- Ça t'amuse, hein ? Me demande-t-il en tournant la tête vers moi.

- Assez oui, je dois dire ! Tu n'as pas pensé à lui rendre depuis ? Vous avez gardé contact ?

- On se voit plus trop avec Ben alors, je les garde en souvenir, répond-il en haussant les épaules.

Dans un élan spontané, je me lève pour le rejoindre et me presse contre son dos, enroulant mes bras autour de sa taille alors qu'il est encore accroupi. Max ne m'a pas senti arriver et je manque de le faire tomber à la renverse.

- Tu es un grand sentimental Max Cavalhoc, je chuchote à son oreille en déposant un baiser sur sa joue.

Alors qu'on s'installe l'un contre l'autre dans le canapé pour voir le film, je repense aux messages des filles. C'est important l'amitié, et je ne voudrais en aucun cas que ma relation avec Max nous éloigne d'une quelconque façon. Je sais que si cela arrivait, je m'en voudrais.

- Je ne rentrerai pas jeudi soir, je vais retrouver les filles.

- Soirée filles. Ok, c'est noté.

À l'écran des vagues viennent se fracasser sur des rochers alors qu'un chœur de voix scande un refrain dans une envolée lyrique. Sur une plage idyllique baignée d'un coucher de soleil John Travolta[4] et Olivia Newton-John[5] s'enlacent à contre-jour pour échanger un baiser d'anthologie. Je n'ai pas besoin d'en voir plus pour savoir que loin des bagarres et des séries B qu'affectionnait Ben, ce film va me plaire. C'est même mon préféré, et je m'apprête déjà à entonner les chansons de Grease[6] que je connais par cœur tout en me blottissant contre Max.

****

Finalement, les choses ne se passent pas vraiment comme prévu. Vers quinze heures ce jeudi un premier message vient faire chanceler nos projets.

>L'école de Malo vient d'appeler... Je dois aller le récupérer. Je vous tiens au courant.

Pas la peine d'être devin ou d'avoir de l'expérience dans le rôle de parent pour savoir que quand l'école t'appelle pour que tu récupères ton fils, c'est que ta soirée copines est fortement compromise. Ça sent le gamin patraque dans le meilleur des cas ou le rendez-vous de dernière minute chez le toubib familial si ce n'est pas ton jour de chance !

Après une courte réponse, je reprends ma saisie au kilomètre en croisant les doigts pour que Malo soit juste fiévreux et que cela se solde avec un antalgique.

Je dois dire qu'à quelques heures de retrouver les filles, j'ai hâte de les voir, et je n'envisage pas cette soirée sans Caroline.

Le nez dans le guidon, je me concentre sur ma tâche tentant de faire abstraction du brouhaha ambiant pour boucler dans les temps. Mon patron est d'une humeur de chien aujourd'hui et comme si cela pouvait le calmer, il s'est mis en tête de ranger ses dossiers. Ce qui en résumé consiste à me refiler tous les courriers en attente et les articles de fond en souffrance à taper. À croire qu'il a peur que je m'ennuie !

Vers dix-sept heures un nouveau message fait vibrer mon téléphone. Une rapide prière avant de consulter mon écran.

Pourvu que ce soit Caroline qui confirme que ça roule pour ce soir.

Mais visiblement, je ne serais pas exaucée.

>Qu'est-ce qu'il a le patron aujourd'hui ?

Je n'ai pas le temps d'évoquer un éventuel problème de prostate que déjà Marlène renchérit :

>Il m'envoie de l'autre côté de la ville pour faire des photos d'une usine désaffectée... J'ai raté un truc ? Ça n'aurait pas pu attendre demain ?

À cette heure-ci, avec les bouchons de sortie de bureau, même si elle est efficace sur sa prise de photo, elle va en avoir au moins pour deux heures. Ce n'est vraiment pas notre jour de chance !

>M'en parle pas, il a été pénible toute la journée...

Je n'ai pas le temps d'appuyer sur "envoyer" que la porte du despote s'ouvre bruyamment. Il semble encore plus sur les nerfs que tout à l'heure quand il est venu m'aboyer ses ordres sans reprendre son souffle.

Je pose précipitamment mon téléphone et me redresse pour lui faire face, prête pour une nouvelle salve. Mais contre toute attente, il passe devant moi sans un regard, se dirigeant vers les ascenseurs.

Je relâche mon souffle et reprends là où j'en étais. Avec un peu de chance, le dragon parti, il ne devrait plus rien me tomber sur le coin du nez au cours de l'heure qu'il me reste. Profitons-en.

Je suis dans le bus, en route pour retrouver les filles quand arrivent les nouvelles de Caroline.

>C'est mort les filles. Je sors de chez le médecin : Soirée gastro pour moi. Je compte sur vous pour boire à ma santé !

Je suis dépitée. Moi qui me faisais une joie de cette soirée. J'envoie malgré tout un petit mot d'encouragement à Caroline qui doit être aussi déçue que moi.

>Compte sur nous. Bon courage avec le malade.

Au moins, Marlène devrait être sur le retour de sa mission de dernière minute. Mais par la vitre, je peux constater que les rues sont anormalement encombrées, alors je décide de lui envoyer un texto pour m'en assurer.

>Toujours OK pour ce soir ?

>C'est la merde ! Toujours pas repartie ! Blocus du site pour empêcher les engins de démolition d'entrer... Les flics sont déjà sur site. Je suis pas prête d'avoir fini ! Désolée...

Renversant la tête en arrière, je soupire longuement en contemplant le plafond du bus. Je me demande ce qu'on a bien pu faire pour mériter un tel acharnement.

>*T'inquiète, c'est pas ta faute.*

J'ai quand même un gout amer de défaite dans la bouche, mais je ne veux pas que Marlène ne culpabilise alors qu'elle n'y est pour rien.

>*Par contre, je vais éviter de passer pour une poivrote en buvant seule, alors je rentre chez moi.*

>*Je suis sûre que tu y trouveras des bras réconfortants pour te consoler... Ce n'est que partie remise.*

Les mots de Marlène me font sourire, mais c'est vrai qu'elle n'a pas tort. Ce n'est pas parce que notre soirée est annulée que je suis vouée à me morfondre seule toute la soirée. J'appuie sur le bouton d'appel pour descendre au prochain arrêt et décide de rejoindre à pied mon appart qui n'est pas très loin.

À mesure que je réduis la distance entre Max et moi, je presse inconsciemment le pas, impatiente de le retrouver.

Il y a quelques semaines encore, cette annulation de dernière minute m'aurait miné le moral pour la soirée. À présent, je suis juste un peu déçue de ce contretemps, mais ravie à l'idée de pouvoir passer la soirée avec l'homme qui a changé ma vie.

Chapitre 36

Les mains chaudes de Max remontent doucement sur mes flancs entraînant le tissu de mon t-shirt dans leur sillage. Je tressaille sous sa caresse et me presse un peu plus contre son torse ferme, approfondissant notre baiser. Dans la pénombre de mon salon, seuls nos soupirs d'excitation emplissent le silence.

J'ai perdu la notion du temps depuis que nous sommes rentrés après avoir assisté à un match de basket de l'équipe universitaire. J'ai passé une journée de rêve avec Max et nos corps enlacés, nos baisers enfiévrés, nos mains qui se découvrent ne font qu'assouvir le désir qui n'a cessé de couver au fil des heures. Les regards chargés de sous-entendus de Max, sa manière de toujours poser les mains sur mon corps même de façon anodine, sa voix enveloppante, tout a contribué à attiser mon désir pour lui. À tel point, qu'à peine franchie la porte de chez moi, nous nous sommes jetés l'un sur l'autre comme deux affamés, deux crève-la-faim qui auraient été privés de nourriture pendant des jours entiers.

Je frotte mes jambes nues sur le jean de Max, appréciant son toucher un peu rêche contre ma peau sensible. Je promène mes mains sur son dos nu dont les muscles roulent sous mes doigts. Sa peau est douce et chaude sous ma caresse. Je ne porte plus que mon t-shirt, le reste de mes vêtements ayant été savamment subtilisés par Max puis disséminés dans la pièce, mais la chaleur qui émane de son grand corps fait que je n'ai pas froid. Au contraire, mon sang boue dans mes veines, aiguillonnée par le désir que cet homme éveille en moi. Il est sur moi, en moi et je ne sais plus où donner de la tête dans le tourbillon de sensations qu'il déchaîne.

Je fais glisser mes doigts sur sa peau pour atteindre la fermeture de son jean, me faufilant entre nos anatomies imbriquées. Je sens son érection tendue contre mon entrejambe qui m'appelle avec impatience, et je me languis d'y répondre.

Je fais sauter le bouton et glisse ma main contre son caleçon, lui arrachant un gémissement que je m'empresse d'avaler sous mes baisers.

J'aime la façon dont son corps réagit à mon contact. Cela me donne une impression d'ivresse. J'aime le faire frissonner, le faire gémir de plaisir. C'est enivrant.

J'en suis à franchir la barrière de son caleçon quand un bruit désagréable vient perturber notre danse enfiévrée. Max s'écarte de mes lèvres, me laissant une sensation de vide incommensurable. Instinctivement, je le retiens d'une main en agrippant son bras qui disparaît entre mes cuisses.

- Ne t'arrête pas, je supplie dans un murmure.

- C'est peut-être important, sourit-il amusé.

Je presse mes doigts autour de sa hampe dressée, lui arrachant un râle avant d'ajouter :

- Là tout de suite, rien n'est plus important que ça.

Heureusement, Max semble du même avis, car il fond sur moi enfouissant son visage dans mon cou avant de reprendre ses divines caresses. À mon tour, je remonte une jambe autour de sa hanche, m'ouvrant un peu plus, et poursuis mes va-et-vient langoureux dans son pantalon. Il ne nous faut pas longtemps pour oublier cette malencontreuse interruption et reprendre là où nous en étions.

Ma respiration se fait saccadée et je peine à contenir les soupirs de plaisir qui montent le long de ma gorge, quand des bruits de heurts viennent à nouveau nous interrompre. Déboussolée, je fronce les sourcils d'incompréhension, alors que je sens le corps de Max sautiller contre moi.

- Finalement, ça devait être important, dit-il entre deux éclats de rire.

- Je ne vois pas ce qu'il y a de drôle, je râle alors que les coups frappés contre la porte raisonnent à nouveau.

- Oh, mais c'est que mon Ange est frustré, rigole-t-il de plus belle en s'écartant.

Je me relève à mon tour en pestant bruyamment pour aller ouvrir à l'importun, et me retrouve face à une Marlène passablement remontée.

Elle détaille ma tenue qui se résume en tout et pour tout à un t-shirt de basket m'arrivant à mi-cuisse et franchit le seuil d'un pas décidé.

- Jolie robe ! Quoi qu'un peu trop sport à mon goût. Raille-t-elle en passant devant moi. Tu n'allumes jamais ton téléphone ?

- Bonjour Marlène.

Elle me lance un regard noir, avant de reprendre :

- J'ai essayé de te joindre tout l'après-midi ! Et je ne suis pas la seule ! Me rabroue-t-elle vertement.

- J'ai... oublié de le charger, je plaide prise en défaut.

Marlène tourne les talons pour s'engouffrer dans mon séjour comme la tornade qu'elle est et s'arrête net en découvrant Max en train d'enfiler son t-shirt debout près du canapé. Un rapide coup d'œil me permet de comprendre qu'il a galamment caché les vêtements que nous avions éparpillés dans la pièce.

- Ah ! Je comprends mieux la coupe post-coïtale. Excusez-moi, je bave, dit-elle en essuyant la commissure de ses lèvres alors qu'elle reluque ouvertement mon amant. Je comprends mieux la réaction de Caroline...

- Marlène !

Elle poursuit son examen sans tenir compte de ma remontrance :

- Et bien quoi ? Je n'ai pas le droit de toucher, mais je peux bien regarder, non ? S'amuse-t-elle en contournant Max pour reluquer son cul.

Ce dernier m'adresse un regard amusé et je ne peux que m'excuser silencieusement, impuissante.

- Marlène qu'est-ce que tu fais la ? Je demande en me tournant de nouveau vers elle.

- Tu ne répondais pas au téléphone, alors je suis passée te prévenir en direct, fait-elle en lâchant enfin Max des yeux. On se retrouve ce soir. Caroline a rappelé sa nounou.

Je lance un regard un peu inquiet à Max pour essayer de jauger son envie de subir cette furie pendant une soirée complète.

- Bon, et bien c'est dit ! Allez les tourtereaux, je vous laisse ! On se retrouve dans une heure ! Dit-elle avant de repartir vers la porte d'entrée. Et vous avez intérêt de vous pointer, sinon, je viens vous chercher par la peau des fesses !

Sa silhouette disparaît dans le couloir alors qu'elle esquisse un salut du bras. Le dernier bruit que nous entendons c'est la porte qui claque en se refermant derrière elle.

Les mains sur les hanches, je soupire en secouant la tête. Cette fille est un vrai phénomène.

- Je te présente donc Marlène, dite la tornade. À présent tu connais mes deux amies.

Max me fixe de son regard profond et je me demande ce qu'il déduit de ce qui vient de se passer. Est-il choqué par Marlène ou bien amusé par son tempérament hors du commun ? Quand il finit par prendre la parole sa voix raisonne étrangement dans le silence pesant qui s'est installé.

- Tu es sûre que tu veux que je vienne ?

Je suis désarçonnée par sa question, mais plus que tout, l'incertitude dans sa voix me heurte de plein fouet. J'y perçois une faille que je n'avais jamais perçue chez Max. Avec un pincement au cœur, je m'avance vers lui.

- Pourquoi, je ne voudrais pas que tu viennes ?

Je suis tout près de lui, assez pour entrelacer nos doigts et sentir la chaleur qui émane de lui.

- Je ne veux pas que tu te sentes obligée. Si tu préfères voir tes amies sans moi, je comprendrais, dit-il en portant mes doigts à ses lèvres pour y déposer un chaste baiser.

Je fais un pas supplémentaire pour me plaquer contre lui, enroulant mon bras libre autour de son cou.

- Max, j'ai envie que tu viennes, mais par contre, si toi, tu n'en as pas envie, je comprendrais. Mes amies ne sont pas toujours de tout repos, je plaisante pour ne pas l'effrayer.

À ces mots, Max m'offre un sourire charmeur ponctué d'un de ces baisers dont il a le secret. Puis me tirant par la main, il m'entraîne à sa suite vers la salle de bains.

- Une heure pour finir ce qu'on avait commencé, prendre une douche et filer je ne sais où. Il n'y a rien de trop, on n'a pas de temps à perdre !

Quand cinquante-sept minutes plus tard, Max gare sa voiture dans la rue du Delirium café, je n'en reviens pas de notre performance. Depuis le départ de Marlène, les choses se sont enchaînées sans que je prenne vraiment le temps d'y réfléchir. Mais ce trajet en voiture, aussi court soit-il a donné à mes craintes le temps de se manifester.

Ce n'est pas tant que je craigne de mettre en présence Max et mes amis. En fait, je suis à peu près certaine que de ce côté-là les choses vont bien se passer. Je pense même qu'ils vont s'entendre comme des larrons en foire. C'est plutôt que je redoute les questions que cela pourrait soulever. Sans chercher réellement à leur cacher, je n'ai jamais abordé la question de mon passé avec mes amies et leurs moitiés.

Par ailleurs, cette soirée est une première pour moi. Car en trois ans, je n'ai jamais eu l'occasion de leur présenter un homme.

Alors que Max esquisse un geste pour sortir de la voiture, je le retiens d'une main posée sur son bras.

- Max, écoute...

Je ne sais comment aborder le sujet, le but n'est pas de lui demander de mentir, mais de lui faire comprendre que certains sujets sont à éviter.

Max se tourne vers moi et m'observe en silence. Lâchant son bras, je presse mes mains sur mes genoux à la recherche de mots qui ne viennent pas.

- Angélique, je ne suis pas obligé de t'accompagner.

Je perçois de nouveau cette fragilité dans sa voix qui me touche, me révolte. Je ne veux pas qu'il se méprenne sur ce que je m'apprête à lui dire.

- Non, ce n'est pas ça... C'est que je ne leur ai jamais présenté un homme avec qui je...

Soudain, je réalise que je n'ai pas de mot pour qualifier ce que nous sommes l'un pour l'autre.

- Avec qui tu sors ? Propose-t-il avec un demi-sourire.

- Oui. Mais ce n'est pas tout. Je ne leur ai jamais parlé de mon passé. Disons, que c'est un sujet qui n'est pas facile à aborder...

Difficile de parler de choses dont on ne se souvient que partiellement. Je me serais à coup sûr retrouvée confrontée à des questions auxquelles je n'aurais pas su répondre ou qui m'auraient renvoyée à des souvenirs que je n'aurais pas eu la force d'affronter.

- Sans vouloir leur mentir, disons que je préférerais qu'on évite d'aborder certains sujets, je conclus tout bas.

- Éviter certains sujets, répète-t-il. C'est dans mes cordes. Par contre, on devrait y aller, on va finir par être en retard !

Nous franchissons la porte du Delirium main dans la main. La salle du rez-de-chaussée est bondée, ce qui n'est pas étonnant pour un samedi soir. Une chanson de Compay Segundo[7] donne un petit air accueillant à l'établissement où les rires et les éclats de voix créent un brouhaha festif.

Tirant Max à ma suite, je nous dirige vers le comptoir.

- Tu es déjà venu ?

- Non, c'est la première fois.

- Ils ne font pas de service à table, tu sais ce que tu veux ? Je lui demande en montrant la rangée de tireuses à bières qui serpente le long du zinc.

Max suit mon geste du regard et lâche un sifflement admiratif.

- Impressionnant ! Une Chimay.

Alors que je commande nos boissons, je le vois détailler la salle et la foule qui s'y presse, s'imprégnant de l'ambiance.

- Vous venez souvent ici ? Me demande-t-il alors que je lui tends son verre.

- À peu près toutes les semaines.

Nous nous faufilons pour atteindre l'escalier et grimpons les marches pour rejoindre l'étage un tantinet plus calme.

À notre approche, Marlène nous adresse un sourire de connivence avant de dire haut et fort :

- Ah ! Vous êtes quand même plus présentables qu'il y a une heure!

À cette remarque les autres se tournent vers nous et se lèvent pour nous accueillir. C'est Caroline qui est la plus rapide et vient à la rencontre de Max.

- Je suis Caroline, on n'a pas eu le temps de se présenter correctement l'autre soir. Et voici Kevin, dit-elle en désignant son mari non loin avant de poursuivre : Si je comprends bien, Marlène n'est plus à présenter, voici donc Abel son cher et tendre.

Après avoir embrassé mon amie, Max serre la main des garçons et adresse un signe de tête à la tornade rousse tandis que je salue tout le monde à mon tour.

Alors que nous prenons place autour de la table-tonneau, Max pose la main sur mon genou dans un geste de réconfort visant à m'assurer que tout va bien se passer.

- Voici donc le fameux Max, dit Kevin. Cela fait dix minutes que ces dames ne cessent de cancaner sur toi. J'espère que tu n'as pas trop la pression ?

- T'étais pas obligé de leur dire, le gronde Caroline en lui donnant une tape dans l'épaule. On est juste un peu curieuses.

- Un peu ? Je ne peux m'empêcher d'ironiser ce qui fait rire tout le monde.

- Bon alors maintenant que vous êtes là, dites-nous tout. Il se passe quoi entre vous ?

- Marlène ! Je m'offusque.

- Quoi ? On n'a pas le droit de poser des questions ? Fallait pas l'amener dans ce cas-là.

- Marlène, Angélique a raison. Elles sont où tes bonnes manières ! La tance Caroline.

- Au fond d'un placard à la maison ? C'est encombrant les bonnes manières ! Vous n'allez quand même pas m'obliger à faire des ronds de jambe ?

Nous rigolons sous cape de son effronterie, alors qu'Abel passe son bras autour des épaules de sa moitié et lui chuchote quelque chose à l'oreille. Quoi que ce soit, cela semble avoir son effet sur l'humeur de mon amie.

- Toutes mes excuses Max. Je ne voulais pas te mettre mal à l'aise. N'empêche que c'est tellement rare de voir Angélique avec un homme qu'on est très curieuses de savoir ce qu'il y a entre vous, insiste-t-elle.

J'en suis à me demander comment formuler les choses sans trop en dire quand Kevin intervient :

- Vous remarquerez qu'elle parle au féminin, précise-t-il. Pour ma part, je me moque bien de ce qu'il peut y avoir entre vous du moment que ça convient à Angélique.

- Vous êtes tous contre moi, si je comprends bien, s'offusque Marlène en se réfugiant théâtralement dans les bras d'Abel.

- En même temps, on est arrivé main dans la main, intervient Max. Je ne vois pas trop ce que vous avez besoin de savoir de plus.

- Un point pour toi, dit Caroline en portant son verre à ses lèvres.

Contre toute attente, c'est Abel qui pose la question que je redoute le plus.

- Vous vous connaissez depuis longtemps ?

Je lance un regard affolé à Max, qui m'adresse un sourire confiant tout en caressant ma joue du revers de la main. Il me rassure.

- Assez oui. Angélique ne s'en souvenait pas quand on s'est revus, mais on s'est connus alors qu'elle était en seconde et moi en première année de fac.

- Cachottière ! S'indigne Caroline.

- Ça, ça m'intéresse ! Reprend Marlène. Et alors, elle était comment à l'époque ? Je parie que c'était une vraie rebelle.

- Très belle déjà, mais diablement insaisissable, dit-il sans me quitter du regard.

- Je la reconnais bien là ! Dirent en cœur Caroline et Kevin ce qui nous fit tous éclater de rire.

Quand nous reprenons notre sérieux, les conversations prennent un chemin plus anodin. Kevin, Max et Abel parlent architecture alors que Caroline nous relate la soirée épouvantable qu'elle a passée à veiller un Malo à l'agonie. Son récit est drôle, et nous rions de bon cœur. Au moment où les garçons abordent des sujets plus sérieux, mes amies et moi allons commander une nouvelle tournée.

Debout face au comptoir, je regarde le serveur remplir nos verres. Je me sens bien, détendue. J'ai l'impression que cette soirée m'a ôté un poids des épaules. Max a su répondre à leurs questions avec adresse, dévoilant uniquement des choses sans conséquences. D'ailleurs, il faudra que je pense à le remercier. Il est décidément bien plus doué que moi pour communiquer avec les autres.

Caroline vient se placer à ma droite et m'attirant contre elle d'un geste maternel, elle dépose un baiser sur ma tempe.

- Il est bien ton Max, tu as bien choisi !

À cet instant, je me dis que je ne suis pas sûre que ce soit *moi* qui l'ai choisi. En fait, je crois que je n'ai pas eu à le faire. Max s'est imposé à moi comme une évidence, comme si je l'avais attendu toutes ces années, sans même m'en rendre compte.

Malgré tout, Caroline a raison, il est bien. Il est même plus que ça. Il est l'homme dont j'ai toujours rêvé sans jamais oser croire que j'aurais un jour la chance de le rencontrer vraiment. Il est celui qui me correspond, celui qui me fait rire. Celui pour qui j'ai envie de me battre. Car j'ai envie de croire que tout est possible entre nous.

Chapitre 37

Depuis ce fameux samedi soir, j'ai la sensation que ma vie a trouvé un juste équilibre. Un peu comme si les deux versants de mon monde étaient parfaitement synchronisés. C'était important pour moi que mes amies apprécient Max, mais également qu'il connaisse mes proches. Ceux qui constituent mon entourage depuis trois ans.

Au cours des derniers jours, je n'ai pas eu de nouveaux flashs de cette soirée si traumatisante pour moi, et mes mauvais rêves semblent s'espacer quelque peu m'offrant un peu de répit.

Mon patron s'est vite calmé après son pétage de plombs de la semaine dernière et nous sommes retombés dans une routine familière. Il aboie au téléphone et fait mine de nous houspiller mais à la flamme paternelle qui brille dans ses yeux, on sait tous que c'est pour le principe.

Ce soir, Max a proposé que l'on passe la soirée dans son appartement. Pour moi, cela ne change pas grand-chose, tant qu'on est ensemble.

En rentrant de ma journée de boulot, je prends une douche rapide et me change pour une tenue plus décontractée avant d'aller toquer à sa porte, impatiente de le retrouver.

Max vient m'ouvrir avec un large sourire et je me blottis sans attendre dans ses bras. Son appartement est plongé dans le noir, ce qui n'est pas sans me rappeler la première fois qu'il est venu chez moi.

- Tu as un problème d'électricité ? Je lui demande en reprenant les mots qu'il avait prononcés alors.

- Je ne vois pas de quoi tu parles, me répond-il en mimant mon effronterie ce qui me fait rire.

Il referme sa porte d'entrée et m'entraîne dans le séjour où effectivement, il ne fait pas noir puisque de multiples bougies inondent la pièce d'une lumière douce et vacillante. Sur la table basse, deux verres de vin sont servis et un plateau de petits fours attendent sagement qu'on les mange.

- On fête quelque chose de particulier ? Tu aurais dû me le dire, je me serais habillée.

Max se tourne vers moi et observe ma tenue qui se compose d'un pantalon de yoga noir et d'un t-shirt qui tombe sur mon épaule, dévoilant ma peau nue et la bretelle de ma lingerie.

- Mais tu es parfaite comme ça, dit-il en s'avançant vers moi pour m'embrasser.

À sa façon d'enrouler sa main autour de mon cou et de m'attirer à lui, pour s'emparer de mes lèvres, je ne peux remettre en cause sa sincérité. Les gestes tendres de Max sont toujours empreints d'une simplicité et d'une pureté désarmantes. Il dissipe tous mes doutes sans qu'aucune parole ne soit prononcée, faisant jaillir des émotions à l'état pur d'une beauté éblouissante.

- Et donc on fête quoi ? Je demande alors que nos bouches se séparent.

- Faut-il forcément avoir une raison ? Me répond-il en attrapant un verre à pied pour me le donner tandis que je m'installe dans le canapé.

- Non, pas forcément. Mais c'est le cas la plupart du temps. Ou alors je viens de pénétrer dans l'antre du chapelier fou sans le savoir.

Max sourit à ma remarque, s'assied à mes côtés et lève son verre pour trinquer avec moi.

- On n'attend pas Alice pour commencer ?

Alors qu'il porte son vin à ses lèvres, il interrompt son geste, le verre en suspens et son sourire s'élargit.

- Tu ne lâcheras pas l'affaire, hein ?

Je réponds d'un haussement d'épaules en goûtant mon vin. C'est un blanc dont la saveur fruitée nappe agréablement mes papilles.

- Et si je te disais que je célèbre le soir où tu m'as laissée entrer dans ton lit ?

- Ah ! Nous buvons donc à une partie de jambes en l'air, très épicurien !

Le sourire de Max est toujours plaqué sur son beau visage mais une lueur étrange brille dans son regard si envoûtant. Ses pupilles d'un bleu profond semblent vouloir tenir un tout autre discours, mais je ne parviens pas à en saisir le sens. Autant je suis habituée à ne pas réussir à décrypter les expressions des gens que je ne connais pas bien. Autant quand il s'agit de Max, cela me perturbe de ne pas comprendre certaines attitudes ou mimiques, j'ai l'impression qu'il m'échappe dans ces cas-là, ce qui est très frustrant. Je voudrais tout savoir de lui tout connaître, même si je sais que cela est impossible.

Posant mon verre sur la table basse, je me tourne un peu plus vers lui un genou replié sur l'assise.

- Max, sérieusement, qu'est-ce qu'on fête ?

Il caresse longuement ma joue du bout de ses longs doigts, comme s'il pouvait trouver la réponse à ma question dans le grain de ma peau.

- Le jour où ma charmante voisine à enfin cessé d'essayer de me fuir, pour me laisser entrer pleinement dans sa vie, finit-il par murmurer. Et je préfère te prévenir au cas où ça te fasse flipper et que tu envisages de fuir, que j'ai fermé la porte d'entrée à clé.

Sa mise en garde me fait sourire.

- Je n'avais pas l'intention de fuir, je contre en inclinant la tête pour poser ma joue dans sa paume.

- Tant mieux, parce que je ne t'aurais pas laissée faire. Tu occupes une place trop importante dans ma vie, mon Ange.

Une nuée de papillons virevolte gaiement dans mon ventre sous l'influence de ses paroles. Mon cœur frappe fort contre mes côtes comme si le trop plein d'émotion qui me submerge à cet instant ne pouvait être contenu par un espace si réduit.

Max s'est immiscé dans chaque facette, chaque recoin de ma vie. Et je réalise à cet instant que depuis quelques temps, je n'envisage pas mon futur sans sa présence. Sans lui, ma vie serait sans saveur, dénuée de sens. D'ailleurs, cette simple idée est comme un coup de couteau dans ma poitrine. La simple éventualité que Max puisse s'éloigner de moi m'est douloureuse.

Mais à l'inverse de lui, je ne suis pas capable de mettre des mots sur ce que je ressens. Tout cela est trop nouveau, trop inattendu pour moi. En à peine quelques semaines, il m'est devenu essentiel, comme l'eau que je bois ou l'air que je respire. Je suis devenue si dépendante de lui que cela me fait peur. Comment avouer ce que je ressens à haute voix sans me mettre en danger ? Cela reviendrait à me livrer corps et âme, à me mettre à nu. Je ne suis pas encore prête à cela. Je fais confiance à Max, mais je suis déstabilisée par la force et la soudaineté de mes sentiments pour lui.

Alors je me penche vers Max, je glisse mes doigts dans ses cheveux, effleure de mes lèvres sa bouche sensuelle, et laisse son souffle caresser ma peau.

- J'ai tendance à être un peu envahissante comme fille.

Malgré ma boutade, je l'attire à moi, je l'embrasse comme si ma vie en dépendait, lui confessant avec mon corps, avec mes lèvres et mes mains ce que je ne peux pas lui dire avec des mots. Notre baiser est sensuel, profond mais aussi calme et mesuré. Max impose son rythme, prenant son temps, me faisant comprendre que quoi que je fasse, il n'ira nulle part.

Une bouteille de vin et quelques petits fours plus tard, je suis allongée sur le canapé la tête sur les genoux de Max. La tension entre nous est un peu retombée et nous discutons de tout et de rien. Du dernier film primé à Cannes, de notre titre préféré du moment, des séries qui nous ont le plus marquées.

- J'aimais bien regarder la série Malcolm, quand j'avais dix ans, je finis par avouer. C'était drôle de voir leur vie de famille. J'étais fascinée par la relation entre Malcolm et ses frères et sœurs.

- C'est parce que tu étais fille unique, rigole Max en passant ses doigts dans mes cheveux. C'était beaucoup moins drôle pour moi.

- Peut-être. J'aimais bien qu'ils se jouent des tours pendables. C'était un peu l'amour vache. C'est vraiment comme ça entre frère et sœurs ?

- Si je te dis que pour ses quinze ans j'avais accroché une pancarte sur la porte de Clarisse sur laquelle était inscrit : « Attention tous aux abris, hormones en ébullition ! ». J'ai beaucoup ri à ses dépends surtout qu'elle a mis plusieurs jours à s'en rendre compte.

- Non ! Tu n'as pas fait ça ! Je m'indigne en me redressant légèrement pour le regarder en face.

- Je crains que si. Mais rassure-toi, elle m'a rendu la monnaie de sa pièce, et avec les intérêts...

Je repose ma tête sur ses genoux, amusée par son histoire. Je me demande comment j'aurais réagi si j'avais été à la place de Clarisse. Et si ça avait été moi qui avais été la grande sœur, aurais-je été une grande sœur protectrice ou bien une enquiquineuse née ? Me serais-je montrée indifférente à son égard ?

En fait, je n'ai pas de réponse à ces questions car j'ai tellement écarté cette période de mon esprit au cours des dernières années, qu'à présent il m'est difficile de me rappeler ce que je ressentais à quinze ou à seize ans. Ais-je été une ado révoltée comme le prétendait Marlène ? Ou au contraire une jeune fille modèle ? Cette dernière idée me semble quelque peu incongrue et m'arrache un sourire. Je crois que je me suis toujours sentie un peu en décalage avec les autres, même à cette époque. Mais ce ne sont que des impressions. Je n'ai aucune certitude. Rien sur quoi je puisse me baser.

- Qu'est-ce qui te tracasse ?

La voix de Max me sort de mes pensées me ramenant dans ce salon dont je m'étais momentanément éloignée.

- Parfois j'aimerais me rappeler de certaines choses. J'ai tellement enfoui les souvenirs de cette époque que j'en ai perdu même les plus heureux. Ça me manque de ne pas me souvenir de certaines choses, j'ai l'impression que l'on m'a volé mon adolescence. La découverte des premiers émois, les amitiés indéfectibles... Tout ce qui fait la vie d'une ado.

- C'est une période qui est souvent chargée de mal être. Crois-en mon expérience, même sans perte de mémoire, c'est parfois difficile de mettre des mots sur ce que l'on ressent à cet âge-là.

- Je sais, mais... Après ce fameux soir, on m'a transféré d'hôpital en hôpital, sans que j'aie mon mot à dire. Mes parents ont mis en vente la maison abandonnant sans remords tout ce qui faisait mon quotidien, mes repères... Et quand après des mois de rééducation, j'ai pu enfin reprendre une vie à peu près normale, plus d'un an et demi s'était écoulé. J'avais dix-neuf ans et on attendait de moi que je me comporte en adulte du jour au lendemain, sans transition.

- Le passage à l'âge adulte se fait rarement sans heurts, alors je peux comprendre que dans ton cas cela ait été très difficile.

- C'est un peu comme si j'avais perdu tout un pan de ma vie. Tous ces mois de soins, les souvenirs perdus... Ce n'est pas juste un soir, c'est tout ce qui m'a conduit à ce fameux soir que mon cerveau a relayé aux oubliettes pour me protéger. Mais, à présent, je réalise que je me suis perdue par la même occasion... Je sais qui je suis, mais je ne sais pas *comment* je suis devenue celle que je suis aujourd'hui.

Les doigts de Max lissent mes boucles dans une caresse lénifiante et je me laisse bercer par leur mouvement apaisant. Au contact de Max, je parviens à aborder certains sujets liés à mon passé que je serais incapable de formuler à haute voix en temps normal. Même lorsque je suivais une thérapie assidue, il me fallait parfois plusieurs séances pour pouvoir exprimer certaines de mes craintes, énoncer tout haut certaines pensées. Je redoutais souvent la réaction du thérapeute, son jugement ou son analyse.

Avec Max, les mots me viennent plus facilement. Je ne crains pas d'être jugée, ou de trop en dire. Au contraire, j'ai l'impression que le fait de lui parler à un petit côté libérateur. Comme si je déposais toutes mes craintes à ses pieds pour m'en libérer, allégeant ainsi mon fardeau.

Après un long silence, la voix de Max, s'élève un peu hésitante :

- Je peux peut être t'aider à comprendre quelle adolescente tu étais, dit-il.

Je me redresse en position assise, et l'observe un instant intriguée.

- Tu comptes me raconter tous tes souvenirs ? Ta version d'Angélique la copine envahissante de ta sœur ? Je dis en mimant des guillemets.

En dépit de ma raillerie, Max reste étrangement sérieux ce qui n'est pas dans ses habitudes. Son expression est un peu incertaine, son front plissé par un semblant d'appréhension, ce qui me laisse perplexe. Je me demande à quoi il pense et pourquoi hésite-t-il autant à formuler son idée.

Puis soudain, il se lève et sans un mot, se dirige vers sa chambre, me laissant encore plus désorientée. Remontant mes jambes contre moi, j'enroule les bras autour de mes genoux comme si cela pouvait me protéger de ce qui va suivre.

C'est idiot, je le sais. Mais pour la première fois, je doute de Max. Et c'est encore plus effrayant que la perspective de lui avouer mes sentiments.

Chapitre 38

J’enchaîne les journées un peu comme un automate pour ne pas avoir à réfléchir à cet objet qui encombre ma table de nuit depuis quelques jours.

Chaque fois que je pénètre dans ma chambre, je suis irrésistiblement appelée par cette couverture colorée et les mots qu'elle renferme. C'est comme si elle susurrait mon nom jour après jour, essayant sans cesse de me faire fléchir, d'entailler le voile d'indifférence dans lequel je me suis drapée pour ne pas lui succomber.

Quand Max est revenu s'asseoir dans le canapé, pressant contre lui un carnet aux bords racornis, je n'ai pas compris tout de suite de quoi il s'agissait. Mais lorsqu'il l'a posé sur le coussin entre nous, je suis restée de longues minutes à observer incrédule le nom qui y était gravé.

Il s'agissait d'un carnet à spirales dont la couverture avait été entièrement recouverte de couleurs vives sans que cela ne semble représenter un dessin précis. Un peu comme si on l'avait trempé successivement dans diverses teintes d'encre jusqu'à ce qu'elles se mélangent les unes les autres en un tourbillon de couleurs chatoyantes. Au milieu de cet hourvari, des lettres tremblotantes avaient été sculptées à l'aide d'un objet pointu. Peut-être une pointe de compas ou des ciseaux.

Les chroniques d'Angélique

L'objet m'était vaguement familier, comme un vieux souvenir perdu depuis longtemps. Au-delà de la surprise, je me fis la réflexion que pourtant j'aurais dû être habituée aux résurgences inattendues, même si normalement, j'étais la seule à les voir.

- Comment est-ce possible...

Cela me semblait si improbable que Max ait en sa possession ce qui, un jour, avait dû constituer une part importante de mon univers d'adolescente. Sans doute y avais-je consigné mes pensées les plus secrètes. Ou bien mon béguin inavoué, répertoriant entre ces pages tout ce que je n'osais confier à mon entourage.

Quand je détachai enfin le regard de la couverture, ce fut pour rencontrer les yeux bleu profond de Max. Rivé à mon visage, il semblait étudier mes réactions pour s'assurer qu'il n'avait pas commis une bévue.

- Il était resté chez mes parents, dit-il simplement.

Détachant mes bras de mes jambes, je tandis la main comme pour en effleurer la surface, sans pour autant me décider à la toucher vraiment, mes phalanges en suspens à quelques millimètres, laissant un fin voile d'air entre moi et ce fragment de mon passé. J'avais l'impression que si je posais mes doigts dessus, je ne pourrais plus jamais revenir en arrière. Certes, ce journal ne contenait pas les clés de mon traumatisme, mais il recelait une partie de moi, de mon passé et des réponses que je pensais ne jamais pouvoir retrouver.

Sentant mon incertitude, ma réticence, Max m'avait dit de l'emmener, que j'aurais tout le temps de m'y consacrer quand je serais prête si je le voulais toujours.

Or, plusieurs jours plus tard, malgré mon envie d'obtenir des réponses, je me demandais si un jour je serais vraiment prête. J'avais la sensation de me tenir au bord d'un précipice vertigineux. Ce journal contenait mes pensées, mes idées du moment, certainement mes lubies aussi. Mais je craignais avant tout qu'il ne réveille d'autres souvenirs moins agréables. Que la lecture de ces pages ne me révèle un aspect de moi auquel je n'étais pas disposée à faire face.

C'est en parcourant les pourtours de sa couverture que je réalise qu'il y a une grande différence entre vouloir savoir et être prêt à affronter la vérité.

Alors, assise sur mon lit, je passe de longues minutes à toucher sa texture douce et patinée par le temps, à déchiffrer les mots griffonnés sur la page de garde d'une main hésitante, à suivre le tracé des dessins nonchalamment esquissés autour. Pourtant, jusqu'à présent, je n'ai pas eu la force ou même le courage d'aller au-delà, de tourner la première page pour y découvrir mes secrets d'antan.

Au cours des dernières nuits, mon sommeil a été agité, perturbé par des songes tortueux. Je me suis réveillée à plusieurs reprises en proie à une agitation que je n'étais pas en mesure d'expliquer, car contrairement à d'habitude, je ne garde aucun souvenir de mes rêves, si rêve il y a. Juste une drôle d'impression qui met quelques minutes à disparaître.

Je ne suis pas superstitieuse. Malgré tout, je ne peux faire taire cette pensée qui me souffle que ce carnet près de mon lit n'y est pas étranger.

Je retourne encore une fois le cahier entre mes doigts, frottant mon ongle le long de la spirale, appréciant son poids rassurant entre mes mains, puis le repose sur ma table de nuit avec un soupir las avant de me préparer pour aller au boulot. Je sais déjà que le mystère que constituent ces quelques pages va me tourmenter toute la journée, accaparant mon esprit sans répit, et que ce soir je n'aurais de cesse que de vérifier qu'il est toujours là. Que je n'ai pas rêvé. Que ce n'est pas un mirage. Une illusion.

****

Attablés près de la fenêtre du Vesuvio, je regarde Max parler avec une pointe d'excitation d'un projet que l'on vient de lui confier au travail. Après validation par le commanditaire, le projet pour lequel il a été recruté est en attente des autorisations nécessaires, si bien qu'en attendant le délai imparti, on l'a sollicité pour un autre dossier. Je l'écoute m'expliquer les grandes lignes de l'étude qu'il va devoir mener un sourire aux lèvres, attendrie par son enthousiasme.

Alors qu'il parlait sans discontinuer depuis plusieurs minutes, Max se tait et m'observe en inclinant la tête.

- Je t'ennuie.

- Mais non, pas du tout ! Je me récrie. Au contraire, je suis fascinée.

Max exhale un léger soupir et se penche vers moi comme s'il ne voulait pas être entendu.

- Tu te moques.

- Non, absolument pas, j'insiste en entrecroisant mes doigts avec les siens posés sur la table. Je trouve ça super que ton métier te plaise autant. Le mien est beaucoup moins... palpitant !

- C'est que tu n'as pas réalisé ton rêve.

- Disons que j'ai compris que le monde n'est pas tel que je me l'imaginais. Le rêves d'enfant ne sont pas toujours faits pour se réaliser. Imagine le nombre de princesses en robes pailletées qu'il y aurait dans les rues !

- Je ne t'imagine pas en princesse à paillettes, contre Max tout en rigolant.

- Tu as raison, beaucoup trop de froufrous pour moi... Non, moi je voulais être journaliste.

- Et qu'est-ce qui t'en a empêché ?

- Les mois passés à l'hôpital pour commencer, les séquelles de ce que j'avais vécu, les flash-back à répétition qui surgissaient sans prévenir et m'auraient fait passer pour une débile aux yeux des autres, la liste est longue. De toute façon, je crois que je n'étais pas faite pour ce métier. La noirceur du monde contemporain au petit déjeuner, trop peu pour moi !

- Tu regrettes ?

- Pas vraiment, j'avoue en haussant les épaules.

Le serveur nous apporte l'addition, tandis que Max finit son café. Il est déjà tard et nous travaillons tous les deux demain, mais la soirée est douce, alors nous rentrons à pied, en flânant un peu.

Les rues sont calmes mais nous croisons malgré tout quelques personnes çà et là. Nous sommes en avril et on sent déjà l'insouciance des beaux jours gagner la ville. Un homme promène son chien, un couple en short fait son jogging en rythme. Au détour d'une rue, caché dans la pénombre, un couple d'ados se bécote sous un porche à l'abri des regards. Leur étreinte a un goût d'interdit, qui me fait penser à ma propre jeunesse.

- Tu l'as lu ?

Nous n'avons pas reparlé de mon journal, mais Max a été témoin de mes réveils nocturnes et je sais qu'il s'inquiète des répercussions que cela peut avoir sur moi. J'ai vu ses remords. Ceux qui me disent que s'il avait su que cela m'affecterait à ce point, il aurait peut-être gardé le silence.

Mais je connais Max. Je sais qu'il pensait me faire plaisir. Répondre à mes questions. Après tout, c'est moi qui lui ai fait part de mon souhait de retrouver certains souvenirs. La surprise passée, j'étais très heureuse de ce présent. Ce n'est qu'après que j'ai réalisé qu'il y avait un revers à cette médaille et que mes doutes ont surgi.

Comme dit le proverbe : *Attention à ce que tu désires, tu pourrais l'obtenir*.

- Oui.

Je hoche la tête en silence. Je suis contente qu'il l'ait fait. Je sais que je n'ai pas écrit ces pages pour qu'elles soient lues, mais penser que Max l'a fait, me fait plaisir. Comme si cela donnait un vrai sens à cette valse de mots.

Nous traversons une rue et le rebond d'un ballon se fait entendre suivi de peu par les blagues tapageuses de deux jeunes qui nous doublent en courant.

- Je suppose que j'y parle de Clarisse.

- Beaucoup.

- Est-ce que je parle de toi ?

Max serre un peu mes doigts dans les siens, frottant le haut de mon pouce du sien.

- Parfois, oui.

Je tourne la tête vers lui et observe son profil éclairé par les lampadaires. La lumière est faiblarde, donnant aux immeubles que nous longeons des couleurs un peu passées comme sur une vieille photo. J'ai soudain très envie de savoir ce que j'ai pu dire sur Max. De revivre mon amitié avec Clarisse à travers le récit de nos soirées pyjama, y retrouver son sourire pétillant et sa façon bien à elle de me pousser à faire des choses que je n'aurais jamais osé faire seule.

- En bien ou en mal ?

Max met tellement de temps à répondre à ma question qu'un instant je crains d'avoir été horrible avec lui. Pourtant, il me semble me rappeler qu'il ne me laissait pas indifférente déjà à l'époque.

Max regarde droit devant lui et malgré un léger plissement du front, il arbore un petit sourire amusé, comme s'il observait une scène que lui seul pouvait voir.

- C'est une chose très étrange que de voir un des garçons qui fait baver toutes les filles du bahut, se faire réprimander par sa mère.

Je mets plusieurs secondes à comprendre que Max récite les mots qu'il a lus dans mon journal. Fascinée, je rive mes yeux à sa bouche, lisant les mots sur ses lèvres pour mieux m'en imprégner.

- J'y repense souvent. Il est tombé de son piédestal ce jour-là. Maintenant, je me rends compte que pour moi, cela l'a rendu plus humain, plus réel. J'en ai parlé avec Clarisse hier, mais tout ce qu'elle a trouvé à me dire, c'est que son frère était toujours aussi lourd que sa mère le gronde ou pas. Je ne suis pas d'accord.

Je crois que je me souviens de ce jour où, alors que je mangeais chez eux, Max est arrivé bien après le début du repas. Clarisse adressait une mimique réjouie à son frère d'un air de lui dire que c'était bien fait pour lui, tandis que sa mère lui rappelait les règles de bienséance à appliquer lorsqu'on avait des invités. Moi qui voulais passer inaperçue, c'était raté. J'avais l'impression qu'on me pointait du doigt.

- J'étais trop mal ce jour-là. Je t'en ai voulu d'être en retard, dis-je dans un murmure. Je ne savais plus où me mettre.

- Ma mère fait parfois beaucoup de bruit pour pas grand-chose, mais elle n'était pas vraiment en colère, sinon, je te garantis que je n'aurais pas eu le droit de manger, s'amuse-t-il.

Il pose ses lèvres sur ma tempe en lâchant ma main pour enrouler son bras autour de mes épaules pour me rapprocher de lui.

- Cela fait trois jours que je ne peux pas aller au lycée et que ma mère m'oblige à rester au chaud. J'étouffe. Cet après-midi, j'ai quand même réussi à me sauver pour aller voir Clarisse quand ma mère est sortie faire des courses. Mais ma copine n'était pas encore rentrée.

Max garde le silence un long moment le visage baissé. Je ne sais pas quand cela a eu lieu mais visiblement le sérieux de Max me laisse à penser que c'est un passage assez marquant pour lui. Quand il reprend son récit, sa voix est profonde et me fait frissonner de la tête aux pieds.

- Je ne m'attendais pas à tomber sur lui torse nu. À croire qu'il sortait de la douche. Il m'a proposé d'attendre Clarisse avec lui... Mais ma mère n'allait pas tarder à rentrer, alors je suis partie. Mais je me demande pourquoi il a fait ça. Je n'imagine pas qu'il ait eu envie de s'enquiquiner à passer du temps avec moi. À moins qu'il ait fait un pari avec ses copains. Il parait que c'est ce que font les mecs, pour se moquer des filles dans mon genre.

À travers les mots, le manque de confiance de l'adolescente que j'étais alors, transparaît clairement. Et je réalise que mes peurs d'alors ne sont pas bien différentes que celles que j'ai ressenties dans ce café la première fois que j'ai revu Max. Il s'arrête et se place face à moi, ses mains sur mes hanches. Nos regards aimantés semblent se dire un million de choses.

- Cela n'avait rien à voir avec un pari, vibre sa voix après un long silence. Je voulais te connaître.

- Pourquoi ? Je demande dans un froncement de sourcils.

- Insaisissable. Tu te souviens, dit-il en reprenant les mots qu'il avait servis à Marlène. Tu m'intriguais.

Ses paroles me troublent, m'ébranlent profondément. Mon palpitant affolé ne sait plus où donner de la tête. Gênée, je secoue la tête, me dégage doucement de sa prise et me remets en marche. Max me rattrape et se saisit de ma main pour me tourner vers lui.

- Tu ne me crois pas ? Dit-il en cherchant mon regard. Si j'étais dans ce couloir avec toi ce n'était pas un hasard. Ce n'était pas non plus un hasard, notre rencontre dans ce café. Ni mon emménagement dans ton immeuble. Tu m'as toujours fasciné. Il y a sept ans, j'étais déjà un papillon de nuit, incapable de me détourner de ta lumière.

Posant sa main sur ma joue, il se penche vers mon visage ne laissant qu'un espace infime entre nos deux bouches. Je sens mon pouls palpiter à toute vitesse sous ma peau. Je suis à deux doigts de rendre les armes et de succomber pleinement à cet homme et ses paroles.

- Max...

- Oui, mon Ange. Tout ce que tu voudras... concède-t-il en s'emparant de mes lèvres.

Étourdie par son baiser, j'oublie tout ce que j'allais dire et me cramponne à sa nuque alors que mes jambes menacent de céder. À cet instant, je suis prête à lui céder tout ce qu'il veut pourvu qu'il ne s'arrête pas. Sa langue exploratrice fait naître des frissons de désir le long de ma colonne vertébrale et un gémissement de contentement monte dans ma gorge. Je sens ses lèvres s'incurver contre ma peau, il est visiblement très fier de l'effet qu'il a sur moi.

- Viens que je te montre à quel point tu m'éblouis, susurre-t-il en me soulevant dans ses bras pour entrer dans notre immeuble.

Cette nuit notre étreinte s'est faite sensuelle, charnelle, lascive et terriblement impudique, mais dans ses bras, sous sa langue et ses regards embrasés, je ne peux que constater sa sincérité, son dévouement. C'est le sourire aux lèvres que je laisse le sommeil m'emporter, heureuse, repue et terriblement amoureuse pour la première fois de ma vie.

****

Il fait sombre autour de moi. Trop sombre pour que je distingue clairement ce qui m'entoure.

Le silence me cerne de toutes parts. Un silence irréel, presque palpable.

Dehors, tout semble baigné dans un halo diffus et je peine à reconnaître l'endroit. Un éclat argenté attire mon attention sur la droite. Tournant difficilement la tête, je contemple l'alignement des bardeaux de bois d'une blancheur immaculée. C'est une vision presque burlesque, comique. Comme un pied de nez lancé à la face de la lune qui nous surplombe. J'en rigolerais presque si je pouvais.

J'ai mal.

À travers le pare-brise moucheté tout semble étrangement paisible et calme. Trop calme. Ajoutant au malaise qui me glace le sang. Un voile de fumée vient momentanément cacher la jolie barrière et j'ai une soudaine envie de crier à m'en briser les cordes vocales mais aucun son ne sort de ma gorge.

J'ai si mal.

Alors que je tente de tourner un peu plus la tête, une odeur métallique écœurante m'assaille les narines sans que je puisse y échapper. Le mur que j'aperçois un peu plus loin est coloré de reflets orangés. C'est à la fois féerique et insolite. Je voudrais pouvoir tendre le bras pour atteindre ce miroitement fascinant, mais je ne peux pas. Quels que soient mes efforts, je ne parviens pas à bouger, comme paralysée, prisonnière de mon corps.

Je baisse les yeux pour comprendre, mais ce que je vois ne fait pas sens. Ma belle robe bleue est maculée de sombre, comme recouverte d'un motif qui n'était pas là quelques minutes plus tôt. Je vois une main agrippée au tissu de ma robe. Ma main. Elle aussi semble tâchée de noir. Je bats des cils pour éclaircir ma vision et la panique pointe le bout de son nez à mesure que je réalise que ce n'est pas du noir qui s'étale sur moi, mais du rouge. Un rouge profond, sombre et chaud qui peu à peu teinte ma belle tenue, ma peau habituellement blanche.

À présent, où que mon regard se pose, je ne vois que du rouge, sur le tableau de bord, sur la vitre, sur le montant de la porte. La couleur envahissant mon champ de vision. Ma première pensée cohérente est qu'il faut empêcher cette couleur de tout absorber, de tout coloniser. Mais je ne peux pas bouger.

Pourquoi j'ai mal.

Ma terreur est amplifiée par le sentiment d'impuissance qui me gagne. De l'aide. Il me faut de l'aide. Vite ! Dans un geste désespéré, je tourne la tête sur la droite, je m'apprête à alerter Clarisse. Il faut que je lui dise... Que je la prévienne...

Un pâle sourire danse paresseusement sur ses lèvres. Ses beaux yeux bleus me regardent avec cette expression un peu éteinte qui lui donne l'air rêveur.

Mes lèvres bougent, mais aucun son n'en sort. Seuls les battements de mon cœur raisonnent à mes oreilles. Comme un bourdonnement entêtant.

Clarisse me regarde toujours avec cette moue en demi-teinte, comme si elle ne percevait pas ce qui nous entoure.

Pourtant, il faut qu'elle m'écoute. Je suis terrifiée à l'idée de détenir une information importante et d'être dans l'incapacité de la transmettre. Ma respiration se fait saccadée, sifflante. Je sens l'imminence d'un danger terrible, comme un instinct de survie qui se manifeste en dépit de tout le reste, même si je ne sais pas ce que c'est. Galvanisée par la peur, je mobilise les maigres forces qu'il me reste, y mets toute ma révolte face à l'impuissance qui est la mienne. La douleur me soulève le cœur, mais je parviens à dégager une de mes mains.

Je tends mon bras ankylosé vers Clarisse, en fermant les yeux pour contrer la nausée et endiguer l'élancement que me procure ce simple mouvement. Sous mes doigts la peau de Clarisse est froide, inerte.

À cet instant, j'entends enfin le cri qui peinait tant à sortir de ma gorge. Il déchire le silence et mes cordes vocales dans sa course folle vers la liberté.

Quand je rouvre les paupières de beaux yeux d'un bleu profond me contemplent pleins d'inquiétude, une peur réelle faisant briller ses pupilles dans la pénombre.

Mais ce ne sont pas les yeux de Clarisse.

Clarisse est morte.

Chapitre 39

Max

Avant...

J'ai toujours cru que les enterrements qui se déroulaient sous un crachin tenace, les présents abrités sous une flopée de parapluies noirs, alors que le ciel déversait un ruisseau de larmes, relevaient de ces images stéréotypées que l'on ne voit qu'au cinéma.

Et pourtant, je suis là, dans un costume noir que je n'ai porté qu'à deux occasions, cerné de personnes que je ne suis pas sûr de connaître, tenant fermement un pébroc sombre comme si cet objet pouvait m'aider à tenir debout et à affronter cette journée qui ne semble pas décidée à finir un jour.

À ma droite, mes parents se cramponnaient l'un à l'autre. Ma mère déversant sur l'épaule de mon père toutes les larmes que son corps peut contenir. Mon père se tient droit, stoïque contemplant le trou béant qui sera dans quelques minutes la dernière demeure de sa fille.

Un jour, j'ai entendu une de mes tantes dire qu'aucun parent ne devrait avoir à enterrer un de ses enfants. Aujourd'hui, je comprends ce qu'elle a voulu dire. Mais que dire d'un grand frère, est-ce une tâche qui m'incombe ? J'ai toujours veillé sur ma sœur, à ma façon. La taquinant plus qu'à mon tour, prenant sa défense lorsqu'un nabot l'embêtait dans la cour de récré, ou qu'un garçon lui manquait de respect. C'était ma mission, mon rôle de frangin. À présent, j'ai l'impression d'avoir échoué sur toute la ligne. J'aurais dû être là, j'aurais dû pouvoir faire quelque chose, même si je ne sais pas quoi.

Que peut-on faire contre le destin ? Que peut-on faire contre l'imprévisible, l'inenvisageable.

Plus j'y pense et plus je réalise que malgré mon souhait de protéger Clarisse, de la préserver, il était impossible de prévoir ce qui lui est arrivé. Je me sens démuni, floué, comme si on m'avait spolié de la mission qui m'avait été confiée à sa naissance. J'étais un grand frère. À présent, je ne suis plus rien.

Un reniflement provenant de ma gauche me tire de mon introspection, alors que je vois du coin de l'œil Yann qui essuie discrètement sa joue. Loin de moi l'idée de me moquer de lui alors que j'ai moi-même pleuré comme un gosse tous les soirs depuis ce drame, et que encore maintenant ma gorge est si nouée que je peine à respirer normalement. Alors je replie le parapluie qui nous abrite, laissant la pluie se mêler à ses larmes, inonder son visage et le mien. Nous offrant une excuse pour laisser libre cours à notre chagrin.

À la gauche de Yann, je vois Ben hésiter, puis faire un pas discret pour se rapprocher de Yann, se plaçant ainsi sous la pluie à son tour.

Alors que j'observe les poignées de terre se répandre sur le cercueil de ma sœur avant de l'engloutir totalement, nous obligeant à ne garder d'elle que les souvenirs que l'on a pu se forger au fil du temps, je me dis qu'on est vraiment peu de choses en ce bas monde. Un jour, on est là, insouciants et le lendemain, tout est fini, ne laissant à vos proches que des vestiges, des réminiscences de ce que l'on a été ou de ce que l'on a fait.

Et moi, à présent que je ne suis plus ce frère invasif et protecteur, que suis-je ? Que reste-t-il de moi ? Si je venais à disparaître demain, quelle trace laisserais-je ? Qu'ai-je accompli, réalisé, construit ?

Que vais-je faire de ma vie, quelles sont mes aspirations profondes ?

Si je fais le bilan des derniers mois, je prends conscience que mes études, mes loisirs, tout est passé au second plan depuis un bout de temps déjà. Toutes mes pensées ne sont focalisées que sur une seule chose. Une seule personne pour être exact.

Angélique.

Et pourtant, j'ai laissé mes émotions, ma frustration, ma jalousie guider mes actes de façon impardonnable. Est-ce cela les souvenirs que je veux lui laisser ? Est-ce ainsi que je veux qu'elle me voie ?

Alors que je me tiens là, devant la dépouille de ma sœur, faisant le bilan de ma vie, de ce qu'il me reste à présent qu'elle n'est plus là, l'effroi qui me comprime la poitrine depuis trois jours se fait plus tranchant, plus douloureux encore car en plus de me priver de ma petite sœur, je crains que le destin ne me prive également de celle qui fait battre mon cœur.

État critique sont les seules informations que j'ai pu obtenir lorsque je me suis rendu à l'hôpital. Cela veut à la fois tout et rien dire. Au moins, elle n'est pas là au fond du trou aux côtés de Clarisse. Seulement, elle est plus inaccessible que jamais, plus intouchable encore. Ce qui m'est intolérable.

Je veux la voir, lui parler, la rassurer. Après ce que je lui ai fait vivre, la frayeur que j'ai dû lui infliger dans ce couloir, l'accident qu'elle a vécu et qui a coûté la vie à sa meilleure amie. Tout cela a dû être traumatisant à plus d'un égard pour elle et je voudrais pouvoir être à ses côtés lorsqu'elle se réveillera. Car à cet instant précis, alors que je fais mes derniers aurevoirs à ma sœur, je ne veux même pas envisager qu'elle puisse ne pas s'en sortir.

C'est impossible. Inconcevable.

Elle ne peut pas partir sans me laisser le temps de me racheter, d'expier mes fautes à son égard. Parce qu'alors ma vie n'aurait plus aucun sens.

Je ferme un instant les yeux, appelant les images de Clarisse et Angélique se roulant dans la neige cet hiver, leurs rires joyeux, cette plénitude que j'ai ressentie alors, et que je veux éprouver à nouveau. Je laisse ces souvenirs imprégner mon être et m'apporter un soupçon de réconfort dans cette froide journée. Je me fais la promesse d'être là pour mon ange et de me faire pardonner mes actes, même si je dois y consacrer le reste de mon existence.

La vie ne m'a pas laissé la possibilité de sauver ma sœur, mais je serai là pour celle qui est devenue sans le savoir le centre de mon monde.

Celle sans qui je doute de pouvoir continuer à vivre.

Chapitre 40

Adossé à la tête de lit, je contemple Angélique qui dort d'un sommeil agité près de moi.

Je ne peux oublier les cris d'effroi qui ont déchiré le calme de la nuit secouant son corps de spasmes d'angoisse. La panique qui brillait dans ses yeux lorsqu'ils se sont enfin ouverts ne laissait aucun doute possible sur ce qu'elle avait vu. Ses doigts fins se sont plantés dans ma peau de façon douloureuse alors qu'elle tentait de reprendre son souffle. Mais l'air semblait ne pas vouloir pénétrer ses poumons de peur d'y faire une mauvaise rencontre.

Il m'a fallu déployer des trésors de patience pour réussir à la calmer suffisamment pour que sa respiration redevienne un réflexe.

- Elle est morte, sont les premiers mots qui ont franchi ses lèvres alors que la tête sur ma poitrine, elle s'agrippait encore à moi comme à une bouée de sauvetage.

- Je sais mon Ange, je sais.

J'aurais tellement voulu lui épargner ça. Faire en sorte qu'elle ne connaisse pas la douleur causée par la perte d'un être cher. De mon point de vue, elle avait déjà suffisamment souffert comme ça, mais visiblement quelqu'un en avait décidé autrement.

Impuissant, je ne pouvais que la tenir dans mes bras pour tenter de la réconforter de mes caresses et lui montrer que j'étais là pour elle. Elle a longuement pleuré en silence, son corps fragile secoué de spasmes avant de finir par s'endormir dans mes bras.

Je n'ai pas réussi à retrouver le sommeil, veillant sur mon Ange pour tenir à distance les mauvais rêves et la protéger de mon mieux. Au creux du ventre, j'ai cette peur irrépressible de la perdre à nouveau qui ne me quitte jamais, même quand elle dort à mes côtés.

C'est la perte de Clarisse, qui m'a fait réaliser à quel point la vie est courte et fragile. C'est debout face à son cercueil que j'ai pris la décision de me battre pour réaliser mes rêves les plus chers. Je me suis donné comme un acharné dans mes études pour trouver la stabilité qui allait me permettre de me battre pour Angélique. J'étais disposé à tout faire pour entrer dans sa vie, et lui prouver que nous étions faits l'un pour l'autre.

Je l'ai cherchée pendant des années, la pistant sans relâche sur le net, allant glaner des informations dans les hôpitaux de renommée auxquels ses parents avaient fait appel. Sans succès. Elle avait réussi à couper les ponts avec son passé et tous mes efforts s'avéraient vains. Désespérés.

J'ai finalement découvert la nouvelle adresse de ses parents, mais quand j'ai tenté de reprendre contact avec eux, c'est pour m'entendre dire qu'Angélique avait également coupé les ponts avec eux. Ils pensaient qu'elle vivait près du littoral atlantique, mais ne savaient pas dans quelle ville.

Je n'ai pas perdu espoir, au contraire, le peu qu'ils m'ont dit c'était plus que tout ce que j'avais pu découvrir malgré mes nombreuses recherches.

Lorsque je l'ai revue pour la première fois, j'ai cru que mon cœur allait me lâcher, flancher pour de bon et que même les meilleurs médecins du monde ne pourraient jamais le réanimer. Mais lorsque j'ai provoqué notre rencontre dans ce café où elle se rendait tous les matins, la douleur qu'elle ne me reconnaisse pas a failli m'étouffer pour de bon.

Je la revoie encore drapée dans sa fureur le jour où elle a compris qui j'étais. Elle était magnifique, sublime dans ses récriminations et ses attaques passionnées, ses cheveux en bataille venant encadrer ses traits angéliques. J'avais tellement souffert de son apparente froideur des années auparavant, que la voir déchaîner autant de sentiments à la fois, m'a comblé de joie, gonflant mon cœur d'une fierté que je peinais à contenir. Sa colère était dirigée contre moi, elle m'appartenait toute entière, m'accablant comme autant de coups portés qui auraient dû m'atteindre. Pourtant, c'est l'orgueil qui menaçait de m'étouffer à cet instant, me rappelant sans modestie aucune que c'était moi qui étais à l'origine de cet éclat.

Cette nuit-là, sept ans plus tôt, c'est ma mère qui a reçu l'appel de la police. Son véhicule avait été impliqué dans un grave accident de la route. Mes parents se sont rendus à la police et ont eu la lourde charge de reconnaître le corps de leur fille. La police les informa que le passager avait été grièvement blessé, qu'il était sur la table d'opération, et que son pronostic vital était engagé.

Après le départ d'Angélique, j'étais resté chez Yann où j'ai bu une bonne partie de la nuit. Lorsque je suis rentré le lendemain chez ses parents, c'est pour trouver sur mon portable plusieurs appels manqués de ma mère. Sa voix paniquée, me disait que Clarisse avait eu un accident et qu'elle ne savait pas qui était le passager... En quelques mots, je voyais le monde qui était le mien s'écrouler sous mes yeux. Car pour moi il n'y avait pas de doute possible sur l'identité du passager.

Dans les jours qui ont suivi, j'ai tenté de l'approcher à l'hôpital, mais son état ne permettait aucune visite en dehors de la famille.

Après l'avoir tenue quelques minutes dans mes bras, l'avoir fait vibrer sous mes doigts, voilà que mon ange m'était de nouveau inaccessible.

Après l'enterrement, ma famille était effondrée, ma mère incapable de franchir le seuil de la chambre de Clarisse. J'ai dû l'aider à ranger les affaires de ma sœur.

La pièce était telle que ma sœur l'avait laissée ce soir-là. Au sol, un couchage de fortune avait été aménagé afin qu'Angélique y passe la nuit, comme souvent. Au pied du matelas, son sac à dos. Et au fond du sac, son journal intime.

Ce fut plus fort que moi. J'avais déjà perdu ma sœur et par la même occasion, la fille qui hantait mes pensées était devenue intouchable. Sans réfléchir, j'ai subtilisé ce sésame, incapable de renoncer à posséder un petit bout d'Angélique. Une occasion à ne pas rater pour tenter de percer le mystère que représentait mon Ange.

C'est comme ça que j'ai appris quelle était sa boisson préférée, sa couleur de prédilection, son livre favori... La musique qui la faisait vibrer...

À travers ces pages, j'ai découvert une belle âme, une jeune fille forte et touchante. Elle y parlait de moi à mots couverts, sans jamais citer mon nom. Elle semblait intriguée, troublée par nos échanges. S'interrogeant sur mes attitudes, mes paroles.

Mais ne voyait-elle pas à quel point elle était spéciale, généreuse, naturelle, bouleversante même. Au fil de ma lecture, je comprenais ses peurs et ses espoirs, ses envies et ses hésitations. J'entrevoyais celle qu'elle était vraiment. Celle dont je tombais irrémédiablement et éperdument amoureux.

Quittant Angélique des yeux, je tourne la tête vers le réveil posé sur la table de nuit. Le temps n'est pas mon allié ce matin. Je ferais l'impossible pour le ralentir, l'étirer et pouvoir rester près de mon Ange. Mais c'est impossible.

J'ai rendez-vous à propos du nouveau dossier que l'on m'a confié. Une rencontre qu'il m'est impossible d'ajourner, car le client, qui vit à l'étranger, vient exprès pour me faire visiter les lieux à réaménager avant de reprendre l'avion et rentrer chez lui.

Je sais que cela ne me prendra pas plus de deux ou trois heures, mais j'ai peur de laisser

Angélique seule. Je voudrais être là pour la tenir dans mes bras et la rassurer lorsqu'elle se réveillera. Au lieu de ça, elle va se réveiller seule, déboussolée. Encore effrayée de ses souvenirs retrouvés.

Elle est censée travailler aujourd'hui, mais après la nuit qu'elle a passée, je ne pense pas qu'elle soit en état de s'y rendre. Il vaut mieux qu'elle se repose.

Résigné, je sors du lit sans bruit et dépose un baiser dans les cheveux de ma belle. Je quitte la pièce à pas feutrés et referme doucement la porte sur moi pour aller prendre une douche et m'habiller en vue de ce rendez-vous. J'ai attendu le plus longtemps possible sans me mettre en retard, mais à présent je n'ai plus le temps de déjeuner si je veux être à l'heure.

Je griffonne un mot pour Angélique que je lui laisse en évidence, pose un trousseau de clés à côté pour qu'elle puisse aller et venir librement et quitte mon appartement la mort dans l'âme.

Alors que je franchis la porte de l'immeuble, je me promets de faire au plus vite pour ne pas laisser Angélique trop longtemps seule.

****

Finalement, c'est déjà le début d'après-midi lorsque je gare de nouveau ma voiture dans le garage de l'immeuble. Le client a tellement insisté pour que nous déjeunions ensemble afin d'aborder des détails de son projet, que je n'ai pas réussi à me défiler. Il avait réservé dans un restaurant assez huppé dont le service n'est pas à proprement parler réputé pour sa rapidité.

Le nez rivé à ma montre, j'ai donné le change plus par automatisme que par motivation, mes idées entièrement tournées vers Angélique et mon désir de la retrouver au plus vite. Ce projet que j'avais pourtant trouvé enthousiasmant et innovant avait, au cours de la nuit, perdu tout son charme.

Je pousse la porte de mon appartement, accueilli par le silence. Je laisse mes chaussures dans l'entrée pour rejoindre le séjour. Un coup d'œil rapide au plan de travail de l'îlot, me permet de constater que le mot et les clés que j'avais laissés pour mon Ange ont disparu.

Poussé par le besoin de m'assurer qu'elle va bien, je remonte néanmoins le couloir qui mène à la chambre. Mais comme je n'y attendais, la pièce est vide.

Contre toute attente, Angélique a dû se rendre à son travail. Je décide donc de lui envoyer un message.

>Rentré de mon rendez-vous, j'ai hâte de te prendre dans mes bras.

Revenant dans le séjour, je sors mon ordinateur portable et m'installe pour rédiger un courriel afin de résumer les grandes lignes de ce rendez-vous à mon patron. J'étais tellement préoccupé pendant l'entrevue que j'ai peur d'oublier une partie de ce qui s'est dit si je ne mets pas tout par écrit au plus vite.

Concentré sur ma tâche, je ne vois pas le temps passer, mais quand je valide l'envoi de mon courrier, je réalise que l'après-midi touche à sa fin et qu'Angélique ne m'a pas répondu.

Je décide de lui envoyer un nouveau message et de partir à sa rencontre. Arrivé devant l'immeuble où elle travaille, je patiente sur un banc. Il ne faut pas longtemps pour que les gens qui travaillent là franchissent les portes au compte-goutte. Mais toujours pas d'Angélique. Je sais qu'habituellement, elle part au plus tard vers dix-huit heures. Sortant mon téléphone, je pianote :

>Je t'attends devant le journal

Toutefois, à dix-huit heures vingt, elle n'est toujours pas sortie et je commence à m'inquiéter.

Poussé par un élan soudain, j'apostrophe un homme qui passe la porte avec un badge presse épinglé à sa veste.

- Excusez-moi, vous connaissez Angélique ?

Le gars me regarde surpris avant de me répondre :

- Oui, mais je ne l'ai pas vue aujourd'hui.

Se détournant de moi, il longe le trottoir avant de s'engouffrer dans une voiture stationnée plus loin.

Je reste là, interdit, ne sachant pas trop comment réagir. Comme je le craignais ce matin, Angélique n'a pas eu la force ou le courage, d'aller travailler, après la nuit dernière. Mais alors, où est-elle ?

Et surtout, pourquoi ne répond-elle pas à mes messages ?

Chapitre 41

Ce soir-là en rentrant dans notre immeuble, je vais toquer directement à sa porte me traitant d'imbécile heureux pour ne pas y avoir songé plus tôt.

Mais tous les coups portés à sa porte qu'ils soient empreints d'espoir, de colère ou d'inquiétude restent sans réponse.

Ou Angélique n'est pas là, ou elle ne veut pas me voir.

C'est donc la mort dans l'âme que je me replie seul dans mon appartement. Inquiet et meurtri de ne rien pouvoir faire. Je veille tard, incapable de trouver le sommeil, à l'affût du moindre bruit dans l'immeuble, plein d'espoir dès qu'un bruit de porte se fait entendre. Mais Angélique ne se montre pas.

Sa porte reste close au cours des jours qui suivent malgré mon insistance. Mon acharnement finit même par faire sortir son voisin de palier qui me contemple un long moment avec un regard compatissant avant de me dire de sa voix cassée par les années et le tabac :

- Écoute mon gars, rends-toi service et à nous aussi tant que tu y es, laisse tomber. Si elle veut te voir, je crois qu'elle sait où te trouver...

Il a raison, mais il m'est tout simplement impossible de renoncer à elle. Pas après tout ce que j'ai fait pour la retrouver, pour la tenir dans mes bras, pour qu'elle s'ouvre à moi. Je ne peux pas la perdre de nouveau. Cette idée m'est simplement insupportable.

Le lundi matin, je décide de me rendre à son travail pour vérifier par moi-même si elle s'y trouve. Une petite voix dans un coin de ma tête me souffle qu'elle a peut-être besoin d'être seule après la révélation de l'autre nuit. Angélique a toujours été très indépendante, évoluant un peu en retrait du monde qui l'entoure, cela ne serait donc pas étonnant. Mais c'est plus fort que moi, je m'inquiète pour elle. J'ai besoin de m'assurer qu'elle va bien. Qu'elle va surmonter cette épreuve.

C'est une jeune femme forte, je le sais, mais je ne suis pas sûr qu'elle s'en rende compte.

Lorsque la porte de l'ascenseur s'ouvre sur l'étage du journal, il y règne déjà une certaine activité. Plusieurs personnes sont déjà à pied d'œuvre, vissés à leur bureau, tandis que d'autres, échangent à voix basse. Les gens sont concentrés sur ce qu'ils font et personne ne fait vraiment attention à moi. Un peu désorienté, je scrute les lieux du regard quand j'avise un petit bureau vide placé quasiment face à l'ascenseur.

Sur le dessus, un chevalet noir porte un nom en lettres blanches : A. CHEVALIER. Les lettres sont droites, sans fioritures et je me dis qu'elles ne font pas honneur à mon Ange.

Tendant la main, j'effleure la surface du chevalet, comme pour réduire la distance entre Angélique et moi. L'écran de l'ordinateur est éteint et le dessus du bureau impeccablement rangé en piles bien droites, hormis un petit tas d'enveloppes posé sur le dessus.

Apparemment, Angélique n'est pas venue travailler ce matin. Mais une nouvelle idée vient germer dans mon esprit quand je réalise que Marlène travaille également ici. Je me saisis d'un bloc et commence à griffonner un mot à son intention, quand une porte s'ouvre à ma droite laissant apparaître un homme d'une cinquantaine d'années à l'allure imposante.

- Je peux vous aider ? Me demande-t-il d'un ton un peu abrupt.

- Peut-être, je cherche Angélique.

Le type me détaille de la tête aux pieds les sourcils froncés, puis revenant à mon visage, il esquisse un sourire ironique.

- Vous êtes le voisin ?

Je suis soufflé par sa question. Surpris qu'Angélique lui ait parlé de moi.

- Elle vous a parlé de moi ?

- Pas vraiment.

Son ton est évasif, ce qui me rend d'autant plus suspicieux mais avant que j'aie pu lui demander plus de précisions, il reprend :

- Il ne vous aura pas fallu longtemps pour merder.

- Si seulement cela pouvait être aussi simple...

Mais déjà le type me tourne le dos et rentre dans son bureau, comme si le sujet était clos. Alors qu'il va refermer la porte, je remarque un petit écriteau collé dessus : J. MILAN, Rédacteur en chef.

Sans perdre un instant, je m'élance derrière lui en quête de réponses.

- Vous savez où elle est ? Je l'interroge en bloquant la porte.

Milan me lance un regard navré avant de lâcher la porte pour aller s'installer derrière son bureau.

- Tout ce que j'ai c'est un courrier dans lequel elle demande un congé sans solde.

Il me regarde avec insistance avant de préciser en s'enfonçant dans son fauteuil.

- Sans limite de durée.

Cette information vient se ficher dans ma poitrine avec la facilité d'un poignard au fil acéré. La douleur que cela me procure est si forte qu'il me faut faire preuve d'un self-control hors du commun pour ne pas montrer à cet homme à quel point ses paroles m'atteignent.

- Je lui ai répondu que je lui accordais une semaine et qu'au-delà ce n'était pas la peine de revenir.

Sa voix est bourrue et son ton se veut ferme, sans appel.

- Qu'a-t-elle répondu ?

Il lâche un rire désabusé et se passe la main sur le visage d'un geste qui pourrait trahir une certaine lassitude s'il n'esquissait pas par ailleurs un sourire presque attendri.

- Que j'étais un chic type, répond-il en haussant les épaules. Est-ce que j'ai l'air d'un chic type ? me demande-t-il d'un ton agacé.

Je me garde bien de lui dire qu'effectivement sous ses airs de doberman semble se cacher un bon vieux golden retriever. Je préfère revenir à mon idée initiale.

- Je souhaiterais contacter Marlène. Pourriez-vous lui faire passer un message de ma part, je sollicite en tendant la feuille sur laquelle j'ai griffonné deux courtes lignes et mon numéro de téléphone.

- Puisque tout le monde semble penser que je suis le bon samaritain de service ! Peste-t-il en s'emparant de la feuille.

Puis, d'un geste de la main, il me fait signe de partir comme s'il m'avait assez vu comme ça.

Je ne quitte pas mon portable des yeux de la journée. Pour rien au monde je ne voudrais rater l'appel de Marlène. S'il y a bien quelqu'un qui peut me dire où se trouve Angélique ce sont ses amies. Mais je ne sais pas comment contacter Caroline. Marlène reste donc ma dernière chance. Les heures filent et mon téléphone reste désespérément muet jusque tard dans la soirée. Penny Lane[8] retentit dans l'appartement et je me précipite sur mon appareil sans prendre le temps de consulter l'écran.

- Allo ?

- Maxime, mon chéri, je ne te dérange pas ?

Ma mère. Pour la première fois depuis longtemps, je suis déçu que ce soit elle au bout du fil. La dernière fois que nous nous sommes parlé je lui ai annoncé que je voyais quelqu'un, sans lui préciser de qui il s'agissait. Je croise les doigts pour qu'elle n'aborde pas le sujet.

- Bonsoir maman, non, t'inquiète.

- Je ne voulais pas appeler aussi tard, mais je n'ai pas vu l'heure passer, s'excuse-t-elle.

- Ça va maman. Tu ne me déranges pas.

- Je t'appelle pour savoir si tu viens toujours ce week-end ?

Mince ! J'avais oublié. Ça ne pouvait pas plus mal tomber. J'avais envisagé de proposer à Angélique de m'accompagner mais, à présent il est hors de question que je m'absente au risque de rater son retour.

- Je suis désolé, maman. Mais finalement ce ne sera pas possible.

- Tout va bien mon chéri ? Tu as l'air contrarié.

Au fil des années, ma mère a développé un instinct tout particulier pour détecter mes sautes d'humeur, à tel point que cela en est parfois un peu flippant. À croire que la perte de Clarisse lui a permis de concentrer son don maternel sur moi, un peu comme quelqu'un qui serait privé d'un sens et développerait les autres pour compenser.

- Je suis juste un peu fatigué. Je préfère me poser ce week-end plutôt que de prendre la route, j'argumente pour la rassurer.

C'est un peu lâche de ma part d'utiliser cette excuse vu les circonstances qui nous ont séparés de Clarisse, mais je sais que c'est une justification qui fera mouche. Le trajet en voiture pour aller chez mes parents ne prend pas plus de quatre à cinq heures, mais là, clairement, je compte sur le côté mère poule de ma mère.

- Je comprends Maxime, j'espère juste que tu pourras quand-même te libérer bientôt, le mois prochain, peut-être ?

- Bien sûr maman. Ne t'inquiète pas. Dès que possible.

Quand un son aigu retentit avec insistance le lendemain matin, il me tire d'un sommeil comateux. Je n'ai pas réussi à m'endormir avant le petit matin et je suis on ne peut plus vasouillard. J'ai demandé à travailler pendant quelques jours chez moi, je n'avais donc pas mis mon réveil en me couchant hier soir. Je mets quelques secondes à comprendre qu'il s'agit de ma sonnette. Je n'avais jamais eu l'occasion de l'entendre, en général Angélique préfère gratter contre le montant ou y frapper du poing selon son humeur.

Je traîne des pieds vers la porte uniquement habillé de mon bas de pyjama alors que le son strident raisonne à nouveau. Je me note intérieurement de changer de sonnette au plus vite, et tourne la poignée pour découvrir Marlène et Caroline sur le pas de ma porte.

- Je te pensais plus lève tôt, raille Marlène en me reluquant d'un air moqueur.

- Mauvaise nuit ? S'enquiert Caroline.

- On peut dire ça... Je confirme en me dirigeant vers la cuisine. Je vous offre un café ?

Reproduisant les automatismes du matin, je sors deux tasses et allume ma cafetière. J'entends les amies d'Angélique refermer la porte d'entrée et pénétrer dans le salon pendant que je dépose une cuillerée de Nutella dans la première tasse et sors le lait et la chantilly du frigo.

Quand je relève les yeux vers elles, je croise le regard compatissant de Caroline. Debout de l'autre côté de l'îlot, elle m'adresse un sourire de réconfort qui me touche en plein cœur.

- C'est plus grave que ce que je croyais, dit Marlène en fronçant les sourcils alors qu'elle détaille les mugs alignés sur le plan de travail. Si je compte bien, tu es sans nouvelles depuis trois jours ?

Je regarde à mon tour les trois cappuccinos alignés comme si je les voyais pour la première fois. Pourtant, je sais que c'est moi qui les ai préparés. Ils arborent tous un point d'interrogation plus ou moins avachi, qui a plus ou moins fondu avec le temps.

Baissant le regard vers mes mains qui tiennent encore la cuillère, je réalise que je m'apprêtais à y ajouter un quatrième.

- Je veux bien goûter à ton fameux cappuccino noisette, dit Caroline en répondant à la question que je leur avais posée.

- Café noir pour moi, complète Marlène.

Je reprends ma préparation sans rien dire. De toute façon, je ne vois pas trop ce que j'aurais pu dire pour expliquer l'alignement qui orne mon plan de travail.

Je dépose une tasse devant chacune d'elles avant de finir de me préparer un café bien serré que je bois presque d'un trait dans l'espoir qu'il me remette les idées en place. Je grimace sous sa force, et repose ma tasse de façon un peu brusque.

- Vous avez de ses nouvelles ?

- Juste un message reçu vendredi dans la journée.

- Elle dit quoi ?

- Rien de bien précis qu'elle a besoin d'une pause et qu'elle nous aime, dit Marlène en portant son café à ses lèvres.

Cette réponse fait grimper en flèche ma frustration. Pourquoi ne m'a-t-elle pas donné de nouvelles à moi ? Au moins un petit message pour ne pas que je m'inquiète... Moi aussi je l'aime. Ne voit-elle pas combien elle me blesse en me fuyant ainsi ?

Caroline attire mon attention en posant sa main sur mon bras.

- Max, il faut que tu comprennes qu'elle fonctionne comme ça Angélique. Quand quelque chose devient trop dur à gérer pour elle, elle prend de la distance.

- Je comprends tout ça, je contre avec un peu trop de véhémence. Mais elle aurait pu au moins me dire qu'elle partait. Pourquoi je dois l'apprendre de vous ou de son patron ?

- Alors là ! Si tu savais comme on lui a fait la guerre pour obtenir ne serait-ce qu'un pauvre texto ! S'exclame Marlène. Il n'y a pas si longtemps, elle serait partie sans rien nous dire...

Sa remarque fait retomber quelque peu ma colère. Je sais qu'Angélique est indépendante. Je sais aussi, que c'est pour cela qu'elle n'a pas toujours pris soin de prévenir ses amies. Elle n'a jamais voulu leur faire de la peine ou les inquiéter. Ça ne lui est tout simplement pas venu à l'esprit.

- Laisse-lui deux ou trois jours, elle reviendra, essaye de me réconforter Caroline.

Je sais qu'elle a raison, Angélique a retrouvé la mémoire comme on rencontre un quinze tonnes. Violemment, douloureusement. Elle a peut-être besoin de temps pour assimiler la mort de Clarisse, et comprendre qu'elles ne se sont pas simplement perdues de vue.

- On pensait faire un tour chez elle, j'ai les clés, reprend Caroline en reposant sa tasse vide. Tu veux nous accompagner ?

Devant la porte de son appartement, je me fais l'impression d'être un voleur. Je suis allé chez elle un nombre incalculable de fois, mais le fait d'y aller alors qu'elle n'est pas là, me fait un drôle d'effet. J'ai failli refuser la proposition des filles, mais j'ai besoin de voir de mes yeux qu'elle n'a pas fait un malaise seule enfermée dans son logement, qu'elle est partie, mais aussi que ses affaires sont toujours là en attendant son retour, comme moi. Alors, après avoir enfilé un t-shirt et un jean, nous sommes montés. J'ai beau avoir discuté avec son patron, la peur qui lui soit arrivé quelque chose ne cesse de me hanter.

- On va en profiter pour aérer et arroser les plantes dit Caroline en pénétrant chez Angélique.

Marlène prend la direction de la cuisine et commence à remplir une bouteille alors que Caroline ouvre les rideaux en grand et entrebâille les ventaux. Je mets un temps à les suivre, encore mal à l'aise d'être là. Sur la table basse sont posés le mot que je lui avais laissé, les clés et son téléphone.

- Elle a laissé son portable, je fais remarquer dépité. Je pouvais toujours lui envoyer des messages.

- M'en parle pas ! Dit Marlène en revenant de la cuisine pour s'occuper des plantes du salon. À chaque fois, je suis folle qu'on ne puisse pas la joindre !

La pièce est telle que je l'ai vue pour la dernière fois. Le plaid que j'avais ramené le week-end où elle s'est blessée à la cheville est replié sur l'accoudoir du canapé. Il semble attendre qu'on vienne s'y réchauffer. La pochette du dernier film qu'on a regardé est toujours posée par terre devant le meuble télé. Je remonte le couloir qui mène à la chambre. Là non plus, rien n'a bougé. Son pantalon de yoga est négligemment abandonné sur la chaise, à côté d'un t-shirt m'appartenant. Ce détail me fait sourire. Cela fait un moment déjà que nous avons pris l'habitude de laisser des vêtements traîner chez l'autre, rendant un peu floues les limites du chacun chez soi.

À ma gauche, la porte coulissante de son placard est entrouverte et je remarque que le petit sac de voyage qui se trouvait sous les cintres de la penderie n'y est plus.

Je ne veux pas céder au désespoir, mais voir cette chambre vide est un vrai crève-cœur pour moi. Je m'assieds sur le lit du côté d'Angélique, passant mes doigts sur le dessus de lit multicolore. Ça lui ressemble tellement toutes ces couleurs, qu'assis là, cerné par son odeur de vanille et coco, je m'attends presque à la voir arriver un sourire aux lèvres. Je repense aux nuits que nous avons passées ensemble dans ce lit. Priant pour en vivre bien d'autres encore dans ses bras, contre sa peau douce. N'écoutant que mon instinct, je m'allonge la tête sur son oreiller, laissant les souvenirs et l'odeur de mon Ange m'envelopper.

Face à moi, la table de nuit d'Angélique porte comme un trophée le journal intime que je lui ai rendu.

À cette vision, mon cœur se brise un peu plus se désagrégeant en une multitude de morceaux si petits que je doute qu'il réussisse à reprendre forme un jour. Pour la première fois depuis qu'elle est partie, j'ai peur, vraiment.

Peur que ce ne soit pas qu'une simple pause.

Et si Angélique avait voulu tourner la page ? Laisser derrière elle tout ce qui la rattache à ce passé douloureux dont elle se souvient enfin, comme elle l'a déjà fait il y a trois ans ?

Quelles seraient mes chances alors ?

Ne suis-je pas, moi aussi, une des pièces du puzzle ?

Chapitre 42

Cette incursion chez Angélique a au moins eu le mérite d'apaiser mes craintes quant à ce qui a pu lui arriver.

Elle va bien. Elle a fait le choix de partir. C'est un constat douloureux, mais je dois accepter son choix si c'est ce dont elle a besoin. Caroline et Marlène n'ont cessé de m'assurer qu'elle ne tarderait pas à revenir. Que c'était l'affaire de quelques jours. Mais voir qu'elle a tout laissé derrière elle ne fait que réveiller mes craintes les plus sombres de la perdre à nouveau.

Nous avons échangé nos numéros de téléphone et les filles ont promis de me tenir au courant si jamais elles avaient des nouvelles de mon Ange. J'ai promis de faire de même, même si je doute d'en avoir le premier.

Depuis, je passe mon temps plongé dans mon nouveau projet, trompant mes angoisses comme je le peux. M'abrutissant de travail sans compter les heures. Travaillant jusqu'à tard dans la nuit, pour ne pas avoir à affronter le manque, seul dans mon lit.

Chaque matin, je reçois un appel de Caroline. Juste quelques phrases échangées, un appel rapide pour prendre de mes nouvelles et savoir comment je vais. Mais elle met dans cet échange toute sa gentillesse et le réconfort dont elle est capable, et je ne peux que remercier le destin de l'avoir mise sur le chemin d'Angélique car je sais qu'elle a su être un soutien indéfectible au fil des années. Une amie à qui se confier.

J'apprécie d'autant plus ces appels, qu'ils me donnent l'illusion de garder un lien même infime avec mon Ange.

J'ai aussi reçu la visite de Marlène. Elle passe en coup de vent de façon aléatoire. J'ai rapidement deviné qu'en fait c'est sa façon de s'assurer par elle-même qu'Angélique n'est pas revenue. Elle commence toujours par aller toquer à la porte de son appartement avant de venir me voir quelques minutes.

Sous ses airs de tornade qui balaye tout sur son passage, c'est en fait une âme sensible et généreuse qui s'inquiète pour son amie.

Ces femmes pensent peut-être qu'Angélique reviendra pour moi. Moi, je n'ose plus y croire. Alors j'espère qu'elle tient assez à ses amies pour leur donner des nouvelles à un moment ou un autre.

Malgré tout, ce n'est pas dans ma nature de baisser les bras. Je me suis fait une promesse et je compte la tenir. Et si Angélique a besoin de temps, je peux bien faire ça pour elle.

Alors je tiens bon.

J'attends.

****

Au milieu de la semaine suivante, des bruits inhabituels dans le couloir de l'immeuble attirent mon attention. Je me détache de mes plans et de mes calculs, pour aller voir ce qu'il se passe. À peine arrivé sur le palier, je manque de heurter deux armoires à glace qui transportent une bibliothèque qui m'est vaguement familière. Des voix dans les étages supérieurs m'indiquent qu'ils ne sont pas seuls. Sûrement à l'étage du dessus vu la proximité des conversations.

Intrigué, je grimpe les escaliers tendant le cou pour voir de quel appartement ils sortent, lorsque j'aperçois un autre homme portant la table basse d'Angélique à bout de bras qui vient vers moi.

Face à l'horreur de cette vision, je suis incapable de monter une marche de plus. Je me plaque au mur cherchant dans cette surface lisse le soutien qui me manque, alors que l'homme passe devant moi.

Ce n'est pas possible. Ils ne peuvent pas être en train de vider ses meubles.

Je suis incapable d'intégrer cette information trop lourde de conséquences. Je n'en ai pas la force. Il doit y avoir une autre explication. Quelque chose m'échappe.

Prenant mon courage à deux mains, je reprends mon ascension une marche à la fois. Chaque nouveau pas étant plus difficile que le précédent. Chaque marche gravie tailladant ma raison de ses bords contondants.

Quand j'arrive enfin au palier de son étage, je ne suis plus capable de respirer, oppressé par la vision de sa porte béante et de ces hommes qui démontent pièce par pièce la vie de mon Ange, empaquetant ses effets comme s'il s'agissait d'objets sans raison d'être.

Le contenu de ses placards est déjà partiellement vidé, son monde chamboulé, et le mien manque de se disloquer par la même occasion.

Sortant du couloir qui vient de la chambre, un homme semble diriger les opérations. Une liasse de feuilles à la main, il grommelle des directives expéditives en désignant des cartons ou des meubles alors que les autres s'empressent de lui obéir au doigt et à l'œil. Le détachement dont ils font preuve, me sort de ma stupeur, chassant ma léthargie au profit d'une vague d'indignation et de rébellion.

Sans réfléchir, je m'avance vers lui mes pieds me portant presque sans que je ne m'en aperçoive.

- Hé, qu'est-ce que vous faites ?

L'homme me regarde sereinement approcher avec l'aplomb de celui qui gère ce genre de situation tous les jours.

- Mon travail Monsieur.

- Vous devez faire erreur ! Vous avez dû vous tromper de logement...

- Je ne crois pas, non. Appartement 2A, lit-il sur la feuille qu'il tient à la main. On est au bon endroit.

Le désespoir m'envahit sans que je puisse le contenir, balayant sans pitié les derniers espoirs auxquels je me suis raccroché au cours des derniers jours. En quelques mots, cet homme vient de m'anéantir, piétinant sans remords tout ce pour quoi je me suis battu depuis des années.

Je vais la perdre à nouveau.

La douleur qui traverse ma poitrine à la formulation de cette simple pensée, ouvre une brèche béante dans ma poitrine par laquelle s'échappent toutes mes aspirations, me laissant démuni comme jamais.

Alors que le gars s'écarte pour retourner à son ouvrage, je réalise qu'il sait forcement où est Angélique. Il est ma dernière chance d'essayer de la retrouver, de lui parler, de lui dire ce que je ressens pour elle. Qu'elle comprenne que nous sommes faits l'un pour l'autre, que je l'aime comme un fou depuis des années.

Sans elle la vie ne vaut plus le coup d'être vécue. Sans elle, la vie n'a plus de sens, plus de saveur, plus de raison d'être. Elle est ma lumière, mes espoirs, mon objectif. Mon univers.

J'attrape le gars par la manche de son pull pour le retenir un instant de plus.

- Attendez ! Où emmenez-vous ses affaires ?

Il regarde mes doigts crispés sur son vêtement, mais je ne lâche pas prise, déterminé à obtenir des réponses. Je sais que ce n'est pas très fair-play de ma part, et que je lui demande d'enfreindre les règles de confidentialité... Mais je suis incapable de me montrer raisonnable.

- Je ne peux pas vous répondre. Désolé.

- S'il vous plaît. Vous êtes mon dernier espoir.

Le gars, baisse le regard vers sa feuille avant de revenir vers moi en secouant la tête.

- Écoutez, même si je le voulais, je ne pourrais pas vous aider.

Je lâche sa manche, laissant retomber mon bras le long de mon corps. Je suis anéanti. Je me sens vidé, épuisé comme si je venais de mener une bataille à mort contre le destin et que j'avais été battu à plates coutures.

Je me frotte le visage de la main, comme pour en chasser le trop plein d'émotions, et sors vaincu de l'appartement. Au moment où je passe la porte, la voix du responsable retentit derrière moi chargée de commisération.

- Je n'ai pas d'adresse, juste un garde-meubles.

Assis sur la première marche de l'escalier, je regarde impuissant les allées et venues des déménageurs.

J'ai appelé Caroline et Marlène pour les prévenir de ce qui se passait. Elles sont en route.

La rouquine a réagi avec colère, refusant d'accepter les faits, prétendant qu'il ne pouvait s'agir que d'une incroyable et terrible erreur. Comme je voudrais qu'elle soit dans le vrai. Que soudain, un miracle inattendu lui donne raison et que tout rentre dans l'ordre.

Caroline s'est montrée plus pragmatique. Après avoir raccroché, je me suis demandé si elle avait déjà envisagé cette possibilité au cours des derniers jours. Sans doute. Elle est trop à l'écoute des autres pour ne pas l'avoir fait.

Quand les filles finissent par arriver, il ne reste plus que quelques cartons épars dans l'appartement. Après un bref regard à mon intention, Marlène se précipite sur le chef d'équipe pour déverser sur lui son flot de questions. Anesthésié, j'écoute leur échange sans vraiment y prêter attention. Je me sens éthéré, comme si mon corps était présent mais que mon esprit avait déserté les lieux depuis longtemps à la recherche d'une solution qui n'existe pas.

La voix de Caroline me parvient toute proche et je réalise qu'elle est assise à mes côtés, un bras passé autour de mes épaules.

- Il doit y avoir une bonne explication. Ne baisse pas les bras.

Je tourne la tête vers son visage. Il exprime une inquiétude profonde et je me demande un instant si elle s'inquiète pour moi ou pour Angélique. Certainement les deux.

Elle veut que je garde espoir, mais sait-elle que ces hommes viennent d'enfouir dans leurs cartons mon cœur et mon âme pour les emmener je ne sais où ?

Quel espoir me reste-t-il au juste ?

- On va la retrouver, j'en suis sûre.

- Comment ? Par où commencer ?

Je repense au mal que j'ai eu à la localiser malgré tous mes efforts, à toutes ces années passées à la chercher, à la pister sans relâche.

- Elle est très forte pour effacer ses traces, je souffle du bout des lèvres.

- Ne crois pas ça...

Fronçant les sourcils, je m'écarte un peu d'elle pour bien étudier son regard. Sa remarque m'interpelle, piquant ma curiosité au vif. Mais peut-être sait-elle des choses au sujet d'Angélique qui m'échappent. J'ai beau connaître son passé, ses angoisses, ses traumatismes. Je ne suis pas au courant de grand-chose concernant les trois dernières années. Je ne sais de sa vie actuelle que ce qu'elle a bien voulu me laisser voir.

- Elle a une attirance particulière pour la mer. Généralement quand elle part, c'est toujours pour s'y recueillir.

Combien de kilomètres de côte y a-t-il dans notre pays ? Par où commencer ? Malgré cette nouvelle information, la tâche me semble insurmontable.

- C'est vaste.

Dans l'appartement, les cris de Marlène montent en volume alors qu'elle fait part à sa victime du fond de sa pensée. J'en viendrais presque à avoir pitié du pauvre type.

- Peut-être pas. Angélique tient à toi, j'en suis certaine, me dit-elle en pressant mon épaule. Elle a dû aller dans un endroit où elle se sentait bien, en sécurité. Peut-être un endroit où vous aviez des souvenirs communs.

À cet instant, Marlène sort de chez Angélique d'un pas déterminé et vient se planter devant nous.

- Quelle bande d'incapables !

La colère qui déforme ses traits est indomptable, impétueuse. Marlène ne se contente pas d'accepter la situation. Elle est prête à se battre contre des moulins si cela peut faire revenir son amie.

- J'aurais le fin mot de cette histoire, vous pouvez me croire ! Assène-t-elle sur un ton qui n'admet aucune remise en cause.

Sa détermination est une révélation pour moi. Moi aussi, je veux qu'Angélique revienne. Je ne la laisserai pas m'abandonner ainsi. Pas alors que nous avions tout pour être heureux. Ensemble.

La honte me submerge à l'idée que, ne serait-ce que quelques heures, j'ai pu laisser le désespoir et l'accablement avoir raison de moi. Me faire douter de mes chances à la retrouver. Remettre en cause le bonheur qui nous attend.

Les mots de Caroline raisonnent à mes oreilles.

Elle a dû aller dans un endroit où elle se sentait bien, en sécurité. Peut-être un endroit où vous aviez des souvenirs communs.

Je sais par où je vais commencer mes recherches.

Non, mieux.

Je *vais* la retrouver, et la convaincre de nous donner une seconde chance.

Chapitre 43

Le lendemain matin, je me lève tôt, regroupe tous les plans, mes calculs et les études que j'ai faites au cours des dix derniers jours et me rends à l'étude d'architectes qui m'emploie afin d'y déposer les éléments sur lesquels j'ai planché sans relâche. Alors que je n'étais chargé que de faire la pré-étude, le dossier est quasiment bouclé ce qui ravit mon patron. Avant de repartir, j'en profite pour lui soutirer deux jours de congés qu'il me concède sans se faire prier.

Je rejoins le trottoir et chausse mes lunettes de soleil. Le temps est magnifique, j'y vois un bon présage pour la mission que je me suis fixée. Mon sac de voyage est déjà dans le coffre de ma voiture. Caroline et Marlène savent où je vais et m'ont assuré qu'elles seraient de tout cœur avec moi.

C'est donc le cœur léger que je prends la route. J'ai répété les mots que je vais lui dire toute la nuit. J'espère que je saurai la convaincre.

Quand je me gare sur le petit parking qui longe la plage, les images de la journée que nous avons passée ici ensemble, remontent à la surface. Encore bouleversé des révélations qu'elle m'avait faites le matin même, je peinais à garder mes distances et me montrer raisonnable. Tout me poussait à la prendre dans mes bras, à goûter ses lèvres, à m'imprégner de son odeur. C'est ce jour-là que j'ai réalisé à quel point son passé pesait sur elle, sur ses frêles épaules. Je n'osais imaginer l'horreur des cauchemars qu'elle faisait nuit après nuit. Pourtant, elle endurait tout cela pour moi, pour être à mes côtés.

Je me sens bien avec toi, m'avait-elle avoué.

Cette simple phrase avait eu l'effet d'un raz-de-marée sur mon cœur, me donnant plus d'espoir qu'au cours de ces huit dernières années. Encore aujourd'hui, ces quelques mots étaient chargés de promesses car ils sous-entendaient que mon Ange tenait à moi. Et ça, ça n'avait pas de prix à mes yeux.

Coupant le contact, je sors de la voiture et rejoins la bordure qui sépare le bitume du sable. Lorsque nous étions venus, j'avais contemplé Angélique d'un œil attendri alors qu'elle laissait son empreinte dans le sable. On aurait dit un esprit libre, une fée s'émerveillant des prouesses de la nature, du mouvement d'un grain de sable, d'un rayon de lumière. Ce jour-là, son innocence m'avait touchée de bien des façons.

Je parcours la plage en refaisant le trajet que nous avions fait alors. Aujourd'hui la mer est haute et la bande de sable bien plus étroite est parcourue de quelques touristes attirés par la douceur de la saison. Le soleil me donne chaud et après quelques minutes, je retire ma veste pour la tenir à la main.

La cabane de pêcheur faisant office de restaurant est toujours là. Mais contrairement à la fois où nous y avions mangé, l'affluence fait que toutes les tables sont prises. Familles, couples ou retraités, il n'y a pas une table qui ne soit occupée. Toutefois, j'ai beau scruter les visages attablés, je ne vois pas mon Ange.

J'aperçois la dame qui tient les lieux et m'avance vers elle pour la saluer.

- Bonjour, je suis venu il y a quelques semaines avec cette jeune femme, pouvez-vous me dire si vous l'avez vue ces jours-ci ? Je l'interroge en lui montrant une photo d'Angélique prise avec mon portable.

Son visage buriné par les années se concentre un court instant sur ce que je lui montre, avant de me répondre :

- Je ne l'ai pas vue depuis deux jours.

Même si je suis déçu par sa réponse, l'excitation me gagne à l'idée que je ne me suis pas trompé. Je suis sur la bonne piste et la distance qui me sépare d'Angélique vient de se réduire de façon significative. Je remercie la femme pour son aide et ressors du restaurant la poitrine gonflée d'un nouveau souffle. Ces quelques mots ont fait remonter mon moral en flèche.

Je contemple un long moment l'avancée formée par la côte, ce petit bras de terre isolé. D'ici, où que le regard se porte on ne voit que la mer, une étendue bleue pure et calme. Cet endroit ressemble à Angélique un peu à part, naturellement beau, sans artifices. Rien d'étonnant à ce qu'elle y soit revenue, à ce qu'elle s'y sente bien. Je m'apprête à rebrousser chemin lorsque mon regard est attiré par une masse sombre sur un rocher non loin de là. Une silhouette assise face la mer, les genoux repliés, de longues boucles brunes balayées par le vent.

Le cœur battant à tout rompre, je fais un pas hésitant vers cette forme qui m'est douloureusement familière, n'osant croire ce que j'ai sous les yeux.

Le visage tourné vers l'océan, elle suit des yeux le ressac des vagues, se laissant bercer par ce va et vient hypnotique. Moi, c'est par elle que je suis hypnotisé. Je marche comme un automate jusqu'à elle, m'arrêtant à quelques pas pour savourer encore un instant l'image qu'elle me renvoie. Elle est belle, à la fois si proche et si lointaine, insaisissable, presque évanescente.

La gorge sèche et les mains moites, je peine à déglutir et soudain je réalise que tout ce que j'avais préparé dans ma tête, tout ce beau discours a été emporté par l'angoisse qui me tiraille. Je resserre le poing sur ma veste et frotte ma main libre sur mon jean dans un geste nerveux. Je fais un pas supplémentaire dans sa direction.

Angélique demeure impassible, alors prenant mon courage à deux mains, je parcours le dernier mètre et vient m'asseoir près d'elle en posant mon vêtement sur le rocher. Nos deux corps sont proches et je meurs d'envie de tendre la main pour vérifier qu'elle est bien là, que ce n'est pas un mirage, mais je n'ose la toucher de peur de l'effrayer, de la faire fuir de nouveau.

Angélique est comme un cheval sauvage que j'aimerais savoir dompter, mais si j'ai appris une chose à son contact, c'est que rien ne sert de la brusquer. Il faut lui laisser le temps de venir de son plein gré.

Alors les yeux rivés sur l'Atlantique, j'attends. Je me délecte de sa présence, de sa douce odeur vanille coco qui m'a tant manqué et qui portée par la brise maritime, vient chatouiller mes narines.

Je ne sais pas combien de temps nous restons là, assis côte à côte en silence, mais quand sa voix atteint mes oreilles, elle me cueille par surprise.

- Quand je suis ressortie de la salle de bains, j'ai scruté du regard tous les garçons présents à la fête dans l'espoir de deviner qui était celui qui était dans ce couloir quelques minutes plus tôt.

Je l'écoute sans rien dire, conscient qu'après toutes ces années, elle a besoin de mettre des mots sur ce qu'elle a vécu. Mettant ainsi de l'ordre dans ses souvenirs retrouvés.

- Mais alors que je faisais le tour de la maison, concentrée sur ma quête, c'est sur Jay que je suis tombée... J'ai essayé de l'esquiver, mais il ne voulait rien entendre...

À l'évocation de ce garçon qui avait tenté de la harceler et d'abuser d'elle lors d'une danse en début de soirée, je me tends, attendant la suite. Prêt à lui faire payer ses actes, même si à présent, il est hors de ma portée.

- Quand il m'a attrapée par le bras pour reprendre les choses là où elles en étaient restées, j'ai réussi à me dégager, je ne sais pas comment... Je suis partie aussi vite que possible. Prise de panique, j'ai couru à travers la maison. À cet instant, je n'aurais pas supporté qu'il me touche. J'avais ton odeur sur la peau, je sentais encore tes doigts en moi et j'étais prête à tout pour que personne ne puisse les effacer. Alors, je suis partie à la recherche de Clarisse, j'ai couru de pièce en pièce pour échapper à Jay. Il était énervé et criait mon nom, mais je ne me suis pas retournée... J'avais trop peur. Lorsque j'ai trouvé Clarisse sur la terrasse en train de danser avec un type que je ne connaissais pas, j'étais à bout de souffle et un peu incohérente. Je lui ai demandé de nous ramener. Au début, elle ne voulait pas rentrer. Mais j'ai tellement insisté. Elle a fini par céder.

Son récit est calme et posé, mais son timbre vibrant indique toutes les émotions contradictoires que lui inspirent ces souvenirs. J'imagine sans peine son soulagement de savoir enfin tout ce qui s'est passé, mais également la peur encore palpable, trop fraîche qui remonte à la surface.

- Cette soirée avait été chargée en sensations fortes. C'est normal que tu aies réagi ainsi...

Elle tourne le visage vers moi, ses traits sont ravagés par les émotions. Le désespoir et la culpabilité s'y affrontent sans relâche, ses joues sont striées de larmes silencieuses. Elle n'a jamais été aussi belle qu'à cet instant. Plus rien ne vient museler ce qu'elle ressent, plus aucune barrière nous sépare et pour la première fois, je peux lire en elle comme dans un livre ouvert.

- C'est de ma faute si nous sommes parties à ce moment-là ! C'est moi qui ai insisté ! Crie-t-elle désespérée que je ne la comprenne pas. Quelques minutes de plus et nous n'aurions pas rencontré ce chauffard.

Sa douleur me percute de plein fouet, sa culpabilité et sa colère me lacérant la peau de leurs bords incisifs, me laissant un instant désarmé. Démuni.

- Comment peux-tu supporter de me voir vivante chaque jour sous tes yeux, alors que j'ai tué ta sœur ? Reprend-t-elle en se tournant vers moi, avant que j'ai eu le temps de réagir. Comment peux-tu accepter cela ? Je suis un monstre. Tu ne vois donc pas que c'est de ma faute ? Tout est de ma faute !

Sa détresse, ses remords, je peux les comprendre, j'étais passé par là quelques années plus tôt. Ce que je ne supporte pas c'est qu'elle s'auto flagelle ainsi, qu'elle soit prête à endosser toute la faute de ce qui s'était passé, seule.

- Et toi, ne vois-tu pas que je suis aussi fautif que toi ? Dis-je en enroulant mes doigts autour de sa nuque. Si je n'avais pas perdu mon sang froid dans ce couloir, si je n'avais pas laissé libre cours à mon désir pour toi, tu n'aurais pas été aussi déboussolée. Tu n'aurais pas eu à affronter Jay de nouveau. Tu n'aurais pas voulu partir à tout prix.

- Tu ne pouvais pas savoir...

- Tout comme toi, mon Ange. Toi non plus, tu ne pouvais pas savoir.

Je l'attire vers moi jusqu'à ce que son front soit contre le mien. J'encadre son visage de mes mains dans une caresse que je veux apaisante.

- Nous avons tous les deux précipité votre départ de cette fête, mais n'oublie pas une chose, c'est le chauffard qui conduisait la voiture qui a percuté celle de Clarisse de plein fouet. Pas nous. Nous n'avons été que des victimes passives de cet accident. Tu as perdu ta meilleure amie et plusieurs années de ta vie en interventions et rééducation. Moi, j'ai perdu ma sœur et j'ai failli te perdre.

La peur que j'ai ressentie en apprenant l'accident est encore très vive dans mon esprit. J'avais du mal à réaliser que ma sœur n'était plus, mais tout ce que j'ai ressenti alors est inextricablement lié à mon inquiétude pour Angélique. À mon affliction pour ce que je lui avais fait, mes craintes de ne jamais avoir l'occasion de me racheter, de lui dire combien je tenais déjà à elle. Toutes ces choses, qu'au final, je ne lui ai jamais dites.

- Après ton départ, je suis resté chez Yann, muré dans une des chambres de l'étage. J'ai bu une bonne partie de la nuit tentant de diluer ma culpabilité dans le whisky. Au final, je me suis endormi sur un tapis à même le sol. Le lendemain quand j'ai émergé, c'est pour constater plusieurs appels manqués de ma mère sur mon portable.

Je marque une pause la gorge nouée par les souvenirs de cette terrible journée.

- La police ne savait pas qui était le passager... Tout ce qu'ils ont pu nous dire c'est que le passager était grièvement blessé. Il avait été pris en charge par les secours, mais son pronostic vital était engagé. Pour moi, il n'y avait aucun doute possible, Clarisse ne serait jamais repartie sans toi. J'ai cru que j'allais vous perdre toutes les deux. Que le destin me punissait pour ce que je t'avais fait...

- Mais, tu ne m'as rien fait de mal, et puis, je suis là...

Je caresse sa joue de mon pouce, appréciant sa texture veloutée et l'humidité laissée par ses larmes.

- Oui, mon Ange, tu es là. Et je ne te laisserai pas partir de nouveau, je murmure contre ses lèvres. Je ne te laisserai pas m'échapper une nouvelle fois. Je t'aime mon Ange, et ma vie est un enfer sans toi. Crois-moi, j'ai déjà testé. Ces dernières années ont été un cauchemar.

Ses lèvres s'incurvent dans un faible sourire contre les miennes, alors qu'elle glisse ses doigts autour de mes poignets.

- Tu sais que je vais finir par y croire.

Nos bouches s'effleurent dans une danse timide comme si elles avaient besoin de se redécouvrir, de se ré-apprivoiser avant de se déguster pleinement. Son goût envahit mes papilles alors que j'approfondis notre baiser y mettant tout mon amour et tous mes espoirs.

- Je ne veux pas vivre sans toi, je te garde auprès de moi, je susurre contre son oreille quand nos lèvres se séparent.

- J'adore ton obstination.

- Juste mon obstination ? Et que fais-tu de ma persévérance ? De mon acharnement ? De mon insistance ?

Angélique rit doucement à ces mots et vient se blottir dans mes bras, la joue contre ma poitrine, le regard perdu sur l'horizon.

- J'aime tout chez toi, Max Cavalhoc.

À ces mots, mon cœur se gonfle de bonheur dans ma poitrine, et je ferme un instant les yeux pour savourer leur caresse à mes oreilles. Je resserre ma prise autour de son corps comme pour fusionner nos molécules, nos essences. Le moment est presque parfait, nous sommes à notre place.

- Dis-moi la vérité. Où as-tu eu mon journal ? Reprend-elle après une éternité.

Sa question me fait sourire. Je comprends sa curiosité. À vrai dire, je suis même étonné qu'elle ait autant tardé à me le demander.

- Mais je t'ai dit la vérité. Quelques jours après l'enterrement, ma mère a voulu ranger la chambre de Clarisse. Tout remettre en ordre comme si cela pouvait l'aider à prendre la mesure des choses. Je lui ai proposé de l'aider. Au pied du lit se trouvait encore le sac de couchage qui avait été préparé pour que tu y passes la nuit. Au pied du matelas, j'ai trouvé ton sac à dos. Il contenait le nécessaire pour la nuit : pyjama, brosse à dents, un change pour le lendemain. Et au fond du sac, ton journal intime.

- Et tu l'as gardé.

- Je n'étais pas sûr de te revoir un jour. J'avais essayé de te rendre visite à l'hôpital, mais comme je n'étais pas de la famille, je n'ai pas pu t'approcher. Alors, ça a été plus fort que moi, je l'ai subtilisé. Je voulais posséder un petit bout de toi.

En le lisant, j'avais été surpris de constater qu'elle y parlait à différentes occasions de moi. Elle semblait intriguée, troublée par nos échanges. Incapable d'imaginer qu'un garçon comme moi, étudiant de surcroît, puisse être intéressé par une fille aussi peu sûre d'elle.

Au fil des pages, elle relatait certaines de nos rencontres, décortiquant mon attitude, mes gestes, mes regards afin de comprendre quel avantage j'avais à me moquer d'elle ainsi. J'avais trouvé déconcertant qu'il puisse y avoir un tel décalage de ressenti entre elle et moi, alors que nous avions vécu les mêmes moments.

Au moins, nous étions d'accord sur un point, nous nous sentions aussi démunis face à l'autre.

- Je te ramène à la maison.

Angélique s'écarte de moi le regard un peu perdu.

- Ce n'est pas possible, j'ai rendu mon appartement...

- Quand je dis que je ne te laisserai pas partir. Qu'est-ce que tu ne comprends pas ? Cela fait sept ans que je t'attends. Que je te cherche. Que tu m'obsèdes. Tu ne crois pas qu'on a perdu assez de temps ? Ce chauffard m'a pris ma sœur, je ne le laisserai pas t'éloigner de moi.

- Mais, je ne peux pas vivre chez toi... Je ne veux pas m'imposer.

- Angélique, je te veux à mes côtés chaque jour. Je veux me réveiller près de toi chaque matin, m'endormir à tes côtés chaque soir. Je veux te voir hésiter entre deux parfums ou deux couleurs comme si c'était le choix le plus cornélien qui soit. Je veux que tu me fasses rire. Je veux prendre soin de toi, te serrer dans mes bras quand tu fais un mauvais rêve. Je veux tout partager avec toi.

- Moi aussi je veux tout ça, Max. Mais c'est trop précipité...

- Cela fait sept ans que je t'attends, tu trouves ça précipité ?

Angélique se mord la lèvre, fronçant les sourcils à la recherche de nouveaux arguments. Moi, je croise les doigts pour qu'elle n'en trouve pas. Comme elle garde le silence un long moment, je décide d'avancer mon pion.

- On va aller chercher tes affaires au garde-meubles et tout installer dans mon appart. Mais d'abord, allons récupérer ton sac.

Nous remontons le long du rivage, pressés l'un contre l'autre comme pour rattraper le temps perdu. Nous avons presque atteint la voiture quand Angélique me demande :

- Les filles sont au courant ?

- Je le crains.

- Autrement dit les foudres de Marlène m'attendent... résume-t-elle résignée.

- Je te protégerai, je la rassure en posant mes lèvres sur sa tempe.

Chapitre 44

Quand Max m'a proposé de l'accompagner dans sa famille pour le week-end, je me suis récriée, incapable de concevoir que ses parents puissent vouloir me revoir après tout ce qu'il s'était passé.

Contre toute attente, cela a beaucoup fait rire Max qui n'a rien trouvé de mieux à me rétorquer que :

- Tu crois que le jour où je te passerai la bague au doigt mes parent ne seront pas là ?

J'en étais restée estomaquée. Prise de court par son sous-entendu avant de rétorquer :

- Si c'est une demande en mariage, elle est très maladroite.

Il m'avait alors pris dans ses bras, repoussant les lourdes boucles sur mon épaule et contemplée avec sérieux.

- Non, mon Ange. Le jour où je te demanderai en mariage, ce sera en déposant mon cœur à tes pieds. Mais il faudrait que tu comprennes que nos destins sont liés à présent. Alors tu seras bien obligée de voir mes parents de temps en temps. Et puis, contrairement à ce que tu crois, ils ont envie de te revoir. Ils se sont beaucoup inquiétés pour toi.

Après un tel discours, je n'ai pas pu me défiler. Alors nous voilà tous les deux en route vers une ville que je n'aurais jamais cru revoir un jour.

Je dois avouer que je n'y ai pas que de mauvais souvenirs, loin de là. Depuis un mois que j'ai emménagé avec Max, j'ai enfin trouvé le courage de parcourir les pages de mon journal. Redécouvrant l'adolescente que j'étais alors, un peu insouciante, à fleur de peau, narrant le monde avec une hypersensibilité liée à l'âge.

Max et moi avons beaucoup discuté de cette époque, celle où j'étais une fille comme les autres. Avant l'accident. Cela m'a permis de me souvenir de moments heureux que j'avais partagés avec ma meilleure amie.

Le week-end après mon retour, Max a fait venir tous nos amis pour récupérer mes affaires au garde-meuble. Je ne souhaitais pas envahir son espace personnel, mais Max a tellement insisté que finalement mes meubles et les rares objets auxquels je tenais se sont retrouvés disséminés dans son trois pièces. On aurait dit des tâches de couleurs dans son intérieur en demi-teinte. Seul son bureau a été sauvé de l'invasion, préservant ainsi son espace de travail.

J'ai pu constater qu'une connivence s'était installée entre mes amies et Max. Cela m'a fait plaisir de voir à quel point tout le monde l'avait accepté dans notre cercle, le considérant comme un membre à part entière, même Abel et Kevin.

À la fin de la journée, alors que nous mangions des pizzas dans le salon, rigolions des anecdotes d'Abel et des boutades de Kevin, je me suis sentie vraiment chez moi, entourée des gens que j'aime pour la première fois de ma vie.

- Bon, alors, maintenant que vous êtes rodés, a dit Marlène en me tirant de ma rêverie. On recommence la semaine prochaine ?

On l'a tous regardés comme si une deuxième tête lui était sortie du cou, puis Abel s'est penché vers elle lui volant un baiser avant de la tancer :

- Tu en as mis du temps à te décider ! Ça fait des jours que j'attends qu'on emménage ensemble !

Je souris au souvenir de Marlène tentant d'arborer un sourire innocent qui ne trompait personne. C'était pour le moins désopilant. Quoi qu'il en soit, nous avons remis ça la semaine suivante et ces deux-là filent depuis le parfait petit bonheur conjugal.

Comme nous d'ailleurs. Je tourne le visage vers Max. Il a le regard rivé vers la route, attentif à la circulation, mais un sourire flotte sur ses lèvres, signe qu'il sent mon attention tournée vers lui.

Si on m'avait dit un jour que je serais aimée et que j'aimerais en retour un homme aussi merveilleux que lui, j'aurais cru à une mauvaise blague. Notre quotidien n'est pas tous les jours parfait bien sûr, mais Max a un don pour désamorcer les conflits qui me fait défaut, et il est rare qu'il ne trouve pas une solution qui nous convienne à tous les deux.

Bien sûr dans un monde parfait, Clarisse serait toujours à nos côtés et nous aurions gardé contact, mais jour après jour, j'apprends à savourer ce que m'offre la vie, ses bons moments et les moins bons. Ils forment un tout indissociable.

- Elle est enterrée où Clarisse ?

Max quitte la route du regard une courte seconde pour observer mon visage.

- Au cimetière Saint-Thomas, me répond-il en rivant de nouveau son attention sur la route.

Même si cela reste douloureux, savoir ce qu'il est advenu alors que j'étais hospitalisée m'aide à faire mon deuil. Il y a tant de choses que j'ai ratées.

- Si tu veux, on peut s'y arrêter.

Je suis très souvent passée devant le cimetière Saint-Thomas quand j'étais au collège. Ses grands murs de pierre partiellement recouverts de lierre et ses grilles monumentales laissant entrevoir les allées gravillonnées qui serpentent entre les tombes. Mais je n'ai jamais eu l'occasion d'y entrer jusqu'à aujourd'hui.

Les jambes un peu ankylosées par les longues heures de route, je contemple la grille entrouverte qui semble m'inviter à la franchir. Alors que cela me semblait une bonne idée il y a quelques minutes encore, tout à coup, je ne suis plus aussi sûre de vouloir aller plus loin.

Max ferme la voiture et me rejoint, enroulant un bras fort et réconfortant autour de moi. Je me laisse aller contre lui, la tête reposée sur son épaule.

Le lieu est verdoyant, paisible et bien plus accueillant que dans mes souvenirs. Dans les arbres, des oiseaux chantent et je me fais la réflexion qu'ils semblent bien moins effrayés que moi.

Je prends une longue inspiration et me redresse, prête à suivre Max. Nous remontons l'allée centrale bordée de sépultures silencieuses et empruntons une contre allée. Je suis un peu impressionnée par le lieu qui semble me raconter bien des tragédies. Pourtant, je suis bien sûre que la plupart des gens enterrés ici ont eu une longue vie bien remplie.

D'une certaine façon, j'ai l'impression que j'ai abandonné Clarisse sur cette route bordée de palissades blanches des années plus tôt. À présent, chaque pas que je fais me rapproche un peu plus d'elle, réduisant la distance qui s'est creusée entre nous.

Lorsque nous nous arrêtons, au détour d'une allée étroite, une lourde pierre grise nous fait face dont la partie haute est en forme de cœur. Plusieurs plaques souvenir jonchent sa surface, témoignages de proches ou de la famille. La gorge nouée, je suis happée par les dates gravées dans le granit. Elles sont si rapprochées que c'en est injuste.

1993-2010

La vie de mon amie a été trop courte. Brisée par un chauffard alors que Clarisse sortait à peine de l'enfance. Ce soir-là, tous ses espoirs et ses projets ont pris fin. Je réalise alors, que cela aurait pu également être mon cas. J'aurais pu être là, couchée près d'elle. Néanmoins, malgré les cicatrices et les séquelles, la vie m'a donné une seconde chance.

J'ai longtemps cru que j'avais perdu une partie de moi, de mes espérances, mais il ne tenait qu'à moi de prendre un nouveau départ, de refaire ma vie. De saisir la cette chance que la vie m'offrait. À présent, je suis décidée à le faire, avec Max.

- Salut sœurette.

La voix de Max me surprend. Il s'accroupit, repousse du bout des doigts quelques pétales déposées là par le vent. Comme s'il cherchait à tromper son émoi.

- Regarde qui je t'amène, dit-il en saisissant ma main pour que je m'approche. Je t'avais dit que j'y arriverais...

Sa voix est rauque, lourde d'émotions mal contenues, et je sens les larmes me monter aux yeux.

- Ça n'a pas été facile, tu peux me croire, dit-il en émettant un léger rire. Elle ne se laisse pas facilement apprivoiser.

Le vent fait bruisser les feuilles des arbres alentours, et virevolter mes cheveux. Je voudrais avoir la capacité de Max à exprimer ses sentiments, à mettre des mots sur ce qu'il ressent. Mais ce n'est pas le cas. Alors je me tiens là, silencieuse, tentant de graver l'image de Max penché vers sa sœur, les bruits de la nature, la sérénité des lieux.

Je me demande ce que Clarisse aurait pensé en nous voyant ensemble. Aurait-elle trouvé ça bizarre ? Ou bien aurait-elle été contente pour nous ?

Une brise légère vient sécher les larmes qui zèbrent mes joues avec la douceur d'une caresse. Et je veux y voir un signe.

La confirmation que où qu'elle soit, Clarisse est heureuse pour nous.

****

Nous sommes restés un long moment sur la tombe de Clarisse et je suis encore très émue de ce moment d'intimité, perdue dans mes pensées. Si bien, que je ne vois pas défiler le trajet jusqu'à chez les parents de Max et n'ai pas le temps d'angoisser.

La maison est toujours telle que dans mes souvenirs, accueillante et chaleureuse. Le petit jardin de devant est parfaitement entretenu, bordé par des hortensias fleuris.

Max sort notre sac de voyage du coffre et nous avançons main dans la main jusqu'aux marches qui mènent au porche. Puis, marquant une pause, il se tourne vers moi et me dit d'un air malicieux :

- C'est ici que je t'ai vue pour la première fois.

Je le regarde incrédule.

- Tu te souviens de ça ?

- Parfaitement. Tu étais venue pour que Clarisse t'aide pour un exo. On s'est croisés ici même, précise-t-il en me tirant par la taille de son bras libre pour me rapprocher de lui.

À cet instant, la porte d'entrée s'ouvre sur la mère de Max, qui nous contemple d'un œil amusé.

- Chéri, ils sont arrivés, dit-elle en s'adressant à quelqu'un dans la maison.

Puis, elle s'écarte pour ouvrir la porte en grand, et nous dit de façon un peu théâtrale :

- Les enfants, bienvenus à la maison !

Elle n'a pas changé, quelques cheveux blancs en plus, peut-être, mais toujours cette vivacité qui me plaisait tant.

Max monte les marches en me traînant par la main, comme s'il avait peur que je prenne mes jambes à mon cou. Mais après notre passage au cimetière, je n'ai plus aussi peur de revoir ses parents. J'ai compris que je voulais profiter de la vie, faire des projets avec Max, le rendre heureux. Alors je m'arme de courage et j'avance à sa suite.

- Bonjour, maman, dit Max en embrassant sa mère sur la joue.

- Bonjour, Madame Cavalhoc, je dis à mon tour avec un sourire timide.

- Bonjour Angélique, contente de te revoir chez nous, dit-elle en me prenant dans ses bras.

Épilogue

Angélique

Cinq ans plus tard

Adossée au plan de travail, je regarde Max occupé à ouvrir une bouteille de vin. Manches remontées sur les avant-bras, jean qui tombe un peu bas sur les hanches, il est diablement sexy. Je ne me lasse pas de le contempler dès que j'en ai l'occasion.

On aurait pu croire que l'attirance ce serait un peu émoussée avec le temps, mais ce n'est pas le cas. Max ne cesse de m'éblouir par son physique mais aussi par ses qualités, son caractère. Il est le sel de ma vie. Celui qui me rend heureuse chaque jour. Celui qui me fait rire. Celui sur qui je peux me reposer. Quoi qu'il arrive.

Sans lui, je ne serais pas là aujourd'hui.

Toutes les promesses qu'il m'a faites, il les a tenues, et bien plus encore. Nous avons goûté tous les plats de la carte du petit restaurant situé au bout de la plage. Chaque balade sur le rivage restant gravé dans mon cœur comme un moment de plénitude extrême.

Quand je repense aux quelques années qui viennent de s'écouler, mon cœur se gonfle d'amour pour lui et je me dis que j'en veux encore. Plus de Max. Plus de ces petites joies qu'il distille au quotidien et qui font que notre vie est douce.

Cinq ans.

Pourtant cela m'a paru un battement de paupières, à peine le temps de relâcher un soupir qui s'envole au vent.

Cela n'a pas été tous les jours facile. Mes souvenirs retrouvés ne m'ont pas épargné les cauchemars qui ont émaillé mes nuits de longs mois durant. Mais Max a toujours su me réconforter, me soutenir. Il était à mes côtés chaque jour, chaque nuit.

Peu de temps après avoir emménagé ensemble, je suis retournée consulter un psy pour qu'il m'aide à surmonter les images de l'accident qui ne cessaient de tourner en boucle, à dépasser la culpabilité que j'associais indéniablement au souvenir de Clarisse, à accepter que je sois en vie et pas elle. Cela n'a pas été simple. Mais quand après les séances, je rentrais à la maison pour retrouver les bras de Max, je savais que c'était la bonne chose à faire.

Aborder l'accident avec les parents de Clarisse et Max m'a également beaucoup aidée. Cela m'a permis aussi de faire mon mea-culpa. Même si pour eux, je n'étais pas responsable de ce qui était arrivé, moi, j'en avais besoin pour aller au-delà. Pour tourner cette page.

J'ai également repris contact avec mes parents. Nos liens sont encore assez ténus et les choses sont loin d'être réglées. Mais nous avons fait un pas dans le bon sens, même s'il en reste encore beaucoup à faire. Mais comme disait mon psy, un pas après l'autre, c'est bien assez.

Le bruit du bouchon me tire de mes pensées.

- Ah ! Fais-nous goûter cette merveille ! Dit Kevin en tendant son verre à Max.

Je prends le plateau de fromage et la salade que je viens de préparer et retourne m'asseoir entre Caroline et Max.

- Attends, attends... Je goûte, dit Kevin en portant son verre à ses lèvres alors que Max s'apprêtait à servir Abel.

- Tu as peur qu'il ne soit pas bon ? S'étonne ce dernier.

- Je ne voudrais pas vous empoisonner... Il faut bien que je me dévoue !

- Moi aussi je peux goûter ? Demande Malo en tendant son verre.

- On va attendre encore un peu mon bonhomme, lui répond Caroline en ébouriffant ses cheveux.

- Je te ferai goûter dans mon verre, lui chuchote à l'oreille Marlène en se penchant vers lui.

- Et moi ? Demande à son tour Emma.

- Tu es trop petite, lui dit son frère.

- Je suis une grande, j'ai six ans et demi ! Répond la fillette en levant le menton avec effronterie ce qui nous fait sourire.

- Bon, alors, je sers ou pas ? S'impatiente Max la bouteille toujours à la main alors que Kevin fait mine de savourer son vin à la façon d'un œnologue.

- Hum... Non, laisse tomber, je vais me sacrifier.

- Dans tes rêves ! Si tu le gardes pour toi c'est qu'il est bon ! Sers-moi Max, se rebelle Marlène en tendant son verre à son tour.

Je rigole tout en faisant passer le fromage pour que chacun se serve. Marlène ne s'est pas assagie avec les années, loin de là.

Après avoir rempli les verres, Max me regarde avec un petit froncement de sourcils qui ne le quitte pas dernièrement.

- Tu ne prends pas de fromage ?

- Je n'ai plus faim. Je vais juste prendre une feuille de salade.

Max attrape le saladier et me sert un beau monticule de verdure.

- Max ! Mais il n'y en aura plus pour les autres !

- Si besoin j'en referai. Ne t'inquiète pas, mange !

- Est-ce que vous êtes sûr qu'il aime la salade au moins, demande Emma en triturant son fromage dans ses doigts. Moi j'aime pas ça...

Je souris à la blondinette qui semble vraiment embêtée. Avec sa petite frimousse, elle est adorable et ressemble de plus en plus à sa maman.

- Ne t'inquiète pas ma puce, dis-je en posant ma main sur mon ventre. Il ne sent pas les goûts comme nous, pour l'instant, il se contente de profiter de nutriments.

- Les *putriments*, ça n'a pas l'air bon ton truc ! Me répond-elle avec une grimace de dégoût.

- Les nu-tri-ments, bécasse ! La rabroue son frère en appuyant sur chaque syllabe alors que nous rigolons tous en cœur.

- Et sinon, vous en êtes où dans vos recherches de prénom ? S'enquiert Abel.

- Ça y est on est décidés, lui répond Max en posant amoureusement une main sur mon ventre.

- Alors, alors ? Ne fais pas durer le suspense ! Le pousse Marlène.

- Ils n'ont peut-être pas envie de nous le dire, objecte Caroline.

Je regarde Max un peu hésitante. Ce choix de prénom était une évidence pour nous. Il revêt une symbolique qui nous tient à cœur à tous les deux, alors je veux être sûre, qu'il soit d'accord pour en parler.

- Nous avons choisi Clary, dit-il sans me quitter du regard. C'est un diminutif du prénom de ma sœur.

Une des étapes de ma thérapie, consistait à parler de mon passé à mes proches, alors nos amis sont au courant de ce que j'ai vécu et de la perte qu'a subi Max.

- C'est un très bon choix, dit Caroline en posant sa main sur mon avant-bras. C'est très joli.

- Et si le toubib s'est planté et que finalement c'est un garçon, vous l'appellerez comment ? Intervient Marlène.

- Claro, ce serait bizarre, dit Malo avec une drôle de moue.

- Au début du XIXe siècle, Clarisse était également donné aux garçons, même si ce n'était pas très répandu, précise Abel. D'ailleurs on pouvait l'écrire "sse" ou "is".

- Je ne suis pas sûr que ça marche pour Clary, se moque gentiment Kevin. Ou alors ça va être dur pour lui à l'école.

- Arrêtez de les inquiéter pour rien, intervient Caroline. De nos jours, il est rare que les médecins se trompent à ce sujet.

- J'aime bien Claris écrit "is" pour un garçon. Ça fait un peu penser à Clovis.

- Tu as raison, me dit Max qui ne semble pas du tout perturbé par cet échange. Une chose est sûre, ce sera un Cavalhoc !

Les rires raisonnent à l'unisson autour de la table mettant fin à la discussion.

- J'ai faim moi ! Se plaint Emma. Pourquoi on ne mange pas du dessert ?

- Mais tu as toujours faim ! La sermonne son père. Tu vas nous ruiner avant même d'arriver à l'adolescence !

- Du gâteau au chocolat ça te dit ? Propose Max en se penchant par-dessus la table vers la fillette.

- Ouais ! T'es le meilleur Max ! Et puis, au moins on est sûrs que le bébé il va aimer !

Je souris alors que Max se lève pour ramener le dessert tant attendu.

Même si je n'ai pas pleinement renoué avec mes parents biologiques, les personnes autour de cette table sont ma famille de cœur. Celle que j'ai choisie.

J'ai toujours pu compter sur eux au fil des années. Sans jugement, sans restriction. Ils ont été là pour moi, comme je veux être là pour eux à mon tour.

C'est la vie que j'ai choisie, pas celle que me dicte la peur ou celle que m'a imposé un chauffard perdant le contrôle de son véhicule. C'est mon choix.

Je veux honorer chaque jour l'homme que j'aime et tout faire pour le rendre heureux, lui donner la vie qu'il mérité et de beaux enfants que nous regarderons grandir ensemble, main dans la main. Découvrant à nos dépens la joie et les défis d'être parents.

Sans peur du lendemain, ni peur du passé.

S'aimer au jour le jour et profiter de la vie pour ne jamais avoir de regrets.

Aujourd'hui, je sais que c'est possible.

Avec Max à mes côtés.

Notes de l'auteur

[1] Chanter l'amour ne suffit jamais / Il en faudra plus / Pour te le dire encore pour te dire qu' / Il n'y a pas de plus belle chose / De plus belle chose que toi / Unique comme tu l'es / Immense quand tu le veux / Merci d'exister...

[2] Bradley Cooper est un acteur, réalisateur, producteur et chanteur, né le 5 janvier 1975 à Philadelphie.

[3] Joe Manganiello est un acteur américain d'origine arménienne et italienne, né le 28 décembre 1976.

[4] John Travolta : Acteur américain, né le 18 février 1954 à Englewood, New Jersey aux États-Unis.

[5] Olivia Newton-John : Actrice anglo-australienne, née le 26 septembre 1948 à Cambridge en Angleterre.

[6] Grease : Film musical américain de Randal Kleiser sorti le 13 septembre 1978. Il est adapté de la comédie musicale homonyme de Jim Jacobs et Warren Casey, créée en 1972 à Broadway.

[7] Compay Segundo : Guitariste et musicien cubain, né le 18 novembre 1907 à Siboney et mort le 13 juillet 2003 à La Havane.

[8] Penny Lane : Chanson composée par John Lennon et Paul McCartney, interprétée par The Beattles dans l'album Magical Mystery Tour en 1967.

Un petit mot...

Si vous en êtes arrivés là, c'est que vous venez de lire *Mon passé dans tes yeux*, aussi, je me dois de vous remercier.

L'histoire de Max et Ange, est un peu particulière pour moi. Elle est le fruit d'un travail à la fois difficile et gratifiant. Dès le départ, je savais à quel résultat je voulais aboutir. Mais ce n'est pas parce qu'on connaît la destination, que l'on sait quel chemin il faut emprunter pour y parvenir. Ce roman a été une remise en question constante de mes choix. Et encore aujourd'hui, je ne suis pas sûre que si je le relisais, je ne voudrais pas tout remanier.

C'est sans fin, alors je crois que le moment est venu de laisser Max et Ange prendre leur envol et mener leur propre vie.

J'espère que vous avez ressenti autant de choses à la lecture de ce livre que moi lorsque je l'ai écrit.

Si vous avez lu, apprécié, conseillé ou détesté ce roman, je vous serais reconnaissante de me laisser une petite évaluation sur la plate-forme où vous l'avez acheté ou découvert. C'est peut-être anodin pour vous, mais c'est très important pour un auteur et toute critique bonne ou mauvaise est bonne à prendre. Alors je vous en remercie par avance.

À bientôt,

Sandre

Restez en contact avec Sandre Plume

Si ce livre vous a plu vous pourriez aimer l'histoire de Carmen et Angus, publiée sous le titre *Tiendras-tu ta promesse*, un autre de ses romans qui est également disponible sur **Kobo, Fnac** et chez Amazon.

Résumé

Faire une promesse à un vieil homme sur son lit de mort, c'est une chose, la tenir c'en est une autre, surtout quand ça implique un homme beau à se damner, taciturne et caractériel qui fait griller mes neurones et grimper ma température à chaque coup d'œil.

Reprendre pied dans la vie civile tout en échappant à son passé, autant dire que c'est mission impossible. Pourtant, des missions j'en ai menées un certain nombre. Mais jamais avec une petite brunette sexy en diable et aussi têtue qu'un écossais pure souche dans les pattes. Je me demande si je ne préférais pas l'armée.

Alors ajoutez dans l'équation un toxico obsessionnel et un chef de gang froid et calculateur, vous comprendrez que les choses peuvent vite déraper et mettre à bas les meilleures résolutions...

Résumé

A seulement vingt ans, May a fait le choix de vivre seule dans la capitale pour y mener ses études et rester proche de son meilleur ami Léo.

Inséparables, en apparence pourtant tout les sépare. Vivante et pétillante, May voit la vie à travers un kaléidoscope de couleurs. Léo, lui, évolue dans un monde en nuances de noir et de blanc, se laissant gagner par sa timidité, il trouve refuge dans le monde imaginaire de ses lectures ne se livrant qu'à sa famille et à May.

Pourtant, un jour, tout va basculer... Confrontée à une réalité à laquelle elle n'était pas préparée, May parviendra-t-elle à accepter de voir son monde basculer ? Pendra-t-elle le risque de perdre l'amitié de Léo ? Et surtout, Léo arrivera-t-il à sortir de sa réserve ?

Résumé

Quand j'étais gamin, je pensais que la vie était belle.

Je regardais mes parents rire, danser, s'aimer et je me disais que moi, aussi je serai comme eux plus tard. Heureux, insouciant.

Et puis, un jour, tout s'est arrêté.

Comme ça. Sans avertissement.

Après ce jour, ma vie est devenue un combat, une brasse désespérée pour garder la tête hors de l'eau, pour survivre.

Jusqu'au jour où cette fille m'a souri pour la première fois.

Ce jour-là, j'ai recommencé à y croire.

Un peu...

www.ingramcontent.com/pod-product-compliance
Lightning Source LLC
La Vergne TN
LVHW101915220826
846093LV00009B/255

* 9 7 8 2 9 5 6 9 0 4 0 6 9 *